U.G.E. 10|18
12, avenue d'Italie — Paris XIIIe

Du même auteur
dans la collection 10/18

La plume du corbeau, n° 2307
Miss Silver entre en scène, n° 2308
Miss Silver intervient, n° 2362
Le point de non-retour, n° 2363
Pleins feux, n° 2406
Les lèvres qui voient, n° 2407
La roue de Sainte-Catherine, n° 2437
Le chemin de la falaise, n° 2450

Catherine

L'EMPREINTE
DU PASSÉ

PAR

PATRICIA WENTWORTH

Traduit de l'anglais
par Patrick BERTHON

10|18

« Grands Détectives »
dirigé par Jean-Claude Zylberstein

SEGHERS

Si vous désirez être régulièrement tenu au courant
de nos publications, écrivez-nous :
Éditions 10/18
12, avenue d'Italie
75627 Paris Cedex 13

Titre original :
Out of the Past

ISBN 2-264-00140-2

Prologue

La première fois où James Hardwick vit Carmona Leigh fut le soir du vingt et unième anniversaire de la jeune fille. Il était dans une loge du Royalty en compagnie des Trevor et, parcourant la salle des yeux, il la vit. Elle était assise dans le second des fauteuils raides et dorés qui leur faisaient face dans la loge opposée. Elle portait une robe blanche et un petit manteau de fourrure blanche qu'elle avait retiré et repoussé. Elle se pencha en avant, le coude posé sur le rebord rembourré de la loge et regarda dans sa direction.

Mais, en réalité, elle ne le voyait pas. Elle avait l'esprit tout entier occupé par son vingt et unième anniversaire, par le rang de perles que lui avait offert Esther Field, par la pièce qu'elle allait voir et par ce qu'Alan lui avait susurré pendant qu'ils gravissaient l'escalier. Elle ne voyait rien d'autre que ses propres pensées, et elle les voyait nimbées d'un merveilleux rayonnement de bonheur et d'espoir.

James Hardwick contemplait ce qu'il avait attendu toute sa vie. Le coup de foudre existe. Il venait de le rencontrer. Il y eut une sorte de choc accompagné de picotements, une sensation de reconnaissance, d'achèvement. C'était quelque chose qu'il lui fut impossible de traduire en paroles, aussi bien sur le moment que plus tard. C'était simplement quelque chose qui s'était passé. Il continua de regarder.

Il vit une jeune fille au visage délicat et sérieux, aux

cheveux bruns, à l'air très jeune et plutôt pâle. Le visage dur et grave, les lèvres serrées, il réfléchissait à cela. Il aurait pu s'agir d'une question de vie ou de mort, tellement il y apportait d'attention. Une fille peut être pâle parce qu'elle est fatiguée... ou triste... ou bien malade. Mais la jeune fille qu'il regardait n'était rien de tout cela. Sa pâleur avait une qualité lumineuse. Elle émanait des profondeurs de son être et avait un éclat serein. Elle avait les yeux sombres. Non pas bruns, mais d'un gris très doux et profond. Mais ses cils étaient noirs. Et c'étaient en partie ces cils noirs qui la faisaient paraître si pâle. Il n'était pas conscient d'un enchaînement dans ses pensées. Tout était là dans son esprit, comme une vision instantanée, mais il ne devait jamais en oublier le moindre détail.

Cela ne dura pas. La grande femme bien en chair assise à côté de la jeune fille dit quelque chose, et un homme qui s'était tenu derrière elles s'avança et prit place sur le troisième des fauteuils raides et dorés. Il était grand, blond et remarquablement beau. La manche du manteau de fourrure blanche lui frôla le bras. Il l'écarta en riant. La jeune fille se tourna vers lui. Elle avait les pommettes légèrement colorées. Ils échangèrent un sourire.

— Vous voyez ces gens là-bas ? grogna le colonel Trevor. Le père de cette jeune fille était le meilleur ami que j'aie jamais eu... George Leigh. Il s'est tué dans un accident de voiture... lui et sa femme. Il m'avait désigné pour être l'un des tuteurs de Carmona. Eh bien, elle a vingt et un ans aujourd'hui, et je ne peux plus l'empêcher de se conduire comme une idiote si elle en a envie.

— Je ne comprends pas pourquoi tu appelles cela se conduire comme une idiote, intervint Mrs. Trevor d'un ton irrité. Je suis bien sûre qu'il y a très peu de jeunes filles qui ne se jetteraient pas à la tête d'Alan Field.

— Eh bien, ce seraient des idiotes, répliqua le colonel Trevor avec une sécheresse toute militaire.

James se prit à espérer qu'ils n'allaient pas commencer

une de leurs scènes. Alan Field... qu'avait-il donc entendu dire sur Alan Field ? Il avait l'impression d'en avoir entendu parler... quelque part... il y avait peu de temps. Cette impression était plutôt désagréable. Mais il ne parvenait pas à la situer.

Mrs. Trevor avait pris la mouche.

— Je ne vois absolument pas pourquoi ! C'est simplement qu'il est trop séduisant.

— Il faut se méfier des jeunes gens trop séduisants, ma chère.

A cinquante-cinq ans, Maisie Trevor savait encore battre des cils. C'est ce qu'elle fit.

— Jaloux ! s'exclama-t-elle en partant du rire perlé qui avait fait tant d'effet sur ses soupirants à l'époque de ses dix-sept ans.

James, malgré l'affection qu'il avait pour elle, se dit pour la millième fois que ce rire était vraiment trop bête et se demanda comment le colonel pouvait le supporter. C'était uniquement par habitude, car son esprit était tout entier occupé par Carmona.

Le colonel Trevor avait rembarré sa femme. Elle se tourna vers James.

— Je présume que vous allez prendre parti pour Tom... c'est ce que font toujours les hommes, n'est-ce pas ? Je veux dire que vous vous soutenez mutuellement. Mais il faut reconnaître que Carmona pourra s'estimer heureuse si elle fait sa vie avec un jeune homme aussi séduisant. C'est une fille adorable et tout, et elle a de bons petits revenus. C'est Tom qui s'en est occupé pour elle, vous savez. Mais on ne peut pas dire que ce soit vraiment une beauté, n'est-ce pas ? Alors qu'Alan est vraiment un charmeur. Il est vrai qu'il n'a pas d'argent, donc cela pourrait arranger tout le monde. Ils ont été élevés ensemble, vous savez... du moins après la mort des parents de Carmona. Quel malheur ! C'est Esther Field qui est avec eux dans la loge — la tante de Carmona — une des sœurs du pauvre George Leigh. Une femme bien

ordinaire pour avoir été épousée par un peintre aussi célèbre, mais, naturellement, elle avait de l'argent et il n'était pas encore célèbre à l'époque. C'est amusant, n'est-ce pas, comme les choses n'arrivent pas quand on le voudrait. Maintenant, dix ans après sa mort, tout le monde connaît son nom. C'était Penderel Field. Un nom ridicule, mais ses œuvres se vendent bien. Esther est la belle-mère d'Alan, ainsi, dans un sens, Carmona et lui sont cousins, mais naturellement, ce ne sont pas de vrais cousins, si vous voyez ce que je veux dire. Dommage qu'Alan ait dû quitter l'armée. Je ne sais vraiment pas pourquoi il a fait cela, mais Esther en a été profondément bouleversée, et je suppose qu'elle aimerait le voir se caser avec Carmona.

— Espérons qu'elle ne fera pas cette bêtise, l'interrompit sèchement le colonel Trevor. Et moins l'on parlera de la cause de son départ de l'armée, mieux ce sera. Et ne t'avise pas d'accoler son nom à celui de Carmona... tu m'entends, Maisie ? Tout cela doit vous ennuyer, ajouta-t-il en se tournant vers James.

Mrs. Trevor sortit un mouchoir de dentelle et eut un reniflement outragé.

— *Vraiment*, Tom !

James s'empressa de répondre que cela ne l'ennuyait pas... que les gens l'intéressaient. Il avait dans l'idée qu'il ne devrait guère être difficile de faire en sorte que le colonel l'emmène pendant l'entracte pour le présenter à Carmona. Cent contre un que le colonel irait de toute façon lui présenter ses vœux de bon anniversaire. Facile de l'accompagner.

Mais cela ne se passa pas ainsi. Mrs. Trevor fut prise d'une de ses « crises ». La pièce l'ennuyait et elle considérait que Tom s'était montré discourtois envers elle. Elle se sentit mal, menaça de s'évanouir et déclara qu'il lui fallait partir. Comme ils étaient venus dans la voiture de James, il fut bien obligé de les raccompagner. Il avait vu Carmona Leigh, et c'était tout.

Dès potron-minet le lendemain, il partit pour le Moyen-Orient et resta absent plus d'un an.

Il la revit le lendemain de son retour. Il allait rejoindre les Trevor qui pouvaient l'héberger et il irait rendre visite à sa tante Mildred Wotherspoon, dont la vieille bonne dévouée et tyrannique ne lui permettait plus d'offrir l'hospitalité à quiconque. La dernière tentative qui avait eu lieu avait été si désagréable pour tout le monde que, par un accord tacite, on avait décidé de ne pas recommencer l'expérience, James écrivant que les Trevor avaient proposé de l'héberger, et miss Wotherspoon répondant que c'était très gentil à eux et qu'elle espérait qu'il passerait prendre le thé.

Il était assis dans le train et se disait qu'il était bon d'être de retour. Le plus étrange, lorsque l'on revenait au pays, était que l'on s'attendait que rien n'eût changé. On partait, on apprenait un certain nombre de choses, et cependant on n'imaginait pas qu'il ait pu arriver quoi que ce fût d'important à ceux que l'on avait laissés derrière soi. Le vieux Tom Trevor devait cultiver ses dauphinelles, ses œillets et ses dahlias pour concourir à des floralies, et Maisie devait trouver la campagne follement ennuyeuse et le harceler pour aller passer de temps à autre une semaine à Londres, rendre visite à de vieux amis et faire la tournée des théâtres. La tante Mildred devait être au beau milieu d'une de ses algarades avec Janet. D'aussi loin qu'il s'en souvînt, elles n'avaient jamais cessé et paraissaient être accueillies de part et d'autre avec une intense satisfaction. Tout dans leur petit monde devait être exactement tel qu'il avait été avant son départ.

Il commença à penser à Carmona. Les Trevor devraient pouvoir lui dire où elle était et ce qu'elle faisait. Elle touchait leur monde sans en faire réellement partie. Les années comprises entre vingt et un et vingt-trois ans étaient des années au cours desquelles bien des choses étaient susceptibles de changer. Il se refusait à admettre qu'elles aient pu élever entre elle et lui une barrière insurmontable. Il

se refusait à admettre qu'elle ait pu épouser Alan Field. Ou n'importe qui d'autre. Chaque fois qu'il avait pensé à son retour, c'était dans son esprit un retour auprès de Carmona. Il avait eu à deux reprises des nouvelles d'elle. Dans une lettre de Maisie Trevor — « Carmona est venue passer quelques jours avec nous. Affreusement ennuyeux pour elle. Tom devrait vraiment... » Par Mary Maxwell, qui était une vieille amie et avait été invitée dans la même maison à peine un mois auparavant — « C'est une vague cousine. Une fille assez singulière. Je l'aime beaucoup. J'espère qu'elle ne va pas épouser ce misérable Alan Field. Ils sont un peu cousins et tout le monde dit qu'ils sont fiancés ou qu'ils vont l'être... » Non, elle n'avait pas épousé Alan Field. Il avait curieusement toujours été certain qu'elle ne le ferait pas. Elle allait épouser James Hardwick.

Ils approchaient d'une gare, et pendant qu'ils y entraient, un autre train en sortait. Il y eut un moment où les deux trains se croisèrent, l'un s'ébranlant, l'autre ralentissant, et c'est pendant ce moment qu'il vit Carmona Leigh. Elle avait une place côté fenêtre, et lui aussi. Il eut l'impression qu'il lui suffisait de tendre la main pour pouvoir toucher la vitre par laquelle elle regardait. Ce qu'il vit lui serra le cœur. Elle avait les yeux écarquillés et elle était très pâle. Mais ce n'était pas la pâleur qu'il avait déjà observée. Elle était heureuse à cette époque, elle ne l'était plus maintenant. Elle n'eut pas le temps de composer son visage devant lui. Si elle était pâle, c'était à cause d'une peine de cœur. Les fenêtres s'écartèrent, le visage de Carmona s'éloigna. Elle avait disparu.

Il découvrit que le train allait à Londres.

En lui faisant admirer ses dauphinelles qui étaient en pleine floraison, le vieux Tom Trevor lui apprit que Carmona allait épouser Alan Field la semaine suivante.

Chapitre premier

Carmona Hardwick remontait de la plage en suivant le chemin en zigzag. L'après-midi était chaud et elle prenait son temps. Elle portait une robe de toile sans manches et un grand chapeau de soleil. Elle allait jambes nues et avait aux pieds des sandales vertes. L'effet d'ensemble était frais et plaisant. Elle était en train de se dire que Pippa ne pouvait faire autrement qu'arriver au beau milieu d'un après-midi torride ! C'était bien joli de dire : « Surtout ne te sens pas obligée de rester à la maison pour m'accueillir ni quoi que ce soit », il fallait, bien entendu, le faire. Elle n'avait pas vu Pippa Maybury depuis trois ans, et à une époque, elles avaient été très liées. Ces amitiés d'école ne duraient pas... Pippa avait toujours été une petite oie... Trois ans, c'était bien long... Elles s'étaient toutes deux mariées... Son visage se rembrunit légèrement.

Elle atteignit le sommet de la falaise et prit le sentier qui la longeait jusqu'à la maison que James avait héritée de son grand-oncle Octavius Hardwick. Beaucoup trop grande pour eux, et il faudrait la vendre, mais en attendant, ils pouvaient prendre leurs aises, inviter tous leurs amis et profiter du congé de James.

Bien qu'elle fût baptisée Cliff Edge[1], la maison était

1. Le Bord de la Falaise.

légèrement en retrait. Il y avait un mur de pierres qui la séparait du chemin de la falaise et une porte privée donnant accès à un jardin nu, peuplé seulement d'anciennes figures de proue tournées dans la direction où l'horizon se fondait dans la mer.

La maison était hideuse — très plate et nue à l'extérieur, les pièces remplies de rideaux de peluche et d'affreux meubles victoriens. De l'autre côté il y avait une route et une allée de pierres. Les six urnes qui flanquaient l'entrée avaient resplendi de géraniums écarlates à l'époque du grand-oncle Octavius. Maintenant elles étaient vides et deux d'entre elles étaient fêlées. Carmona les regarda en se disant qu'ils feraient bien de vendre cette bâtisse aussi vite que possible, car elle avait vraiment piètre apparence et cela coûterait les yeux de la tête pour la remettre en état. Ils ne voudraient certainement jamais vivre ici.

Elle venait de poser le pied sur la première marche du perron quand une voiture de sport franchit le portail à toute allure et vint s'arrêter brusquement à côté d'elle. Pippa, en pantalon écarlate et jersey sans manches, bondit hors de la voiture et l'embrassa. La dernière fois qu'elle l'avait vue, elle avait les cheveux châtain clair. Ils étaient maintenant platine. Elle portait des lunettes noires à monture écarlate qu'elle enleva et fit disparaître dans un invraisemblable sac rouge et blanc en effleurant la joue de Carmona de la sienne. Ses yeux au moins n'avaient pas changé. Ils étaient aussi brillants, aussi bleus, et presque aussi éblouissants que la mer.

— *Chérie !* s'écria-t-elle. Quelle affreuse maison ! Mais comme c'est bon de te revoir ! Tu ne vas pas t'installer ici, n'est-ce pas ? *Jamais* tu ne pourrais ! Je suis sûre qu'il y a des cafards, et une cuisine en sous-sol, et le genre de fourneau qui engloutit des quantités de charbon ! Il faut que tu me dises tout ! Mais je ferais mieux de garer la Tick d'abord — elle appartient à George Robertson, et il est plutôt mesquin pour ce qui est de ses affaires ! Si tu

avais vu comme il était furieux quand je suis rentrée dans un lampadaire et ai cassé le pare-brise de la voiture qu'il avait avant celle-ci... mais, de toute façon, elle tombait en morceaux et était depuis longtemps bonne à mettre à la ferraille !

Les trois années qui s'étaient écoulées depuis leur dernière rencontre étaient effacées. Pippa était restée exactement la même. Le nom de son ami attitré de l'époque était Jocko, il semblait maintenant que ce fût George. C'était tout. Quel que fût son nom, il était considéré comme un pourvoyeur de voitures, de fleurs et autres bagatelles et plus ou moins traité comme un chien pendant que le gentil et placide Bill Maybury observait la situation avec un sourire indulgent. L'espace d'un instant, Carmona se demanda ce que James ferait ou dirait si elle se mettait à emprunter des voitures et à passer son temps ici et là avec une succession de jeunes gens entichés d'elle. Tout d'un coup, elle frissonna et eut froid. C'était idiot... alors que le soleil était si fort.

Le garage était une ancienne écurie aménagée faisant pendant à la grande serre victorienne de l'autre côté de la maison, dépouillée maintenant de ses palmiers, de son héliotrope grimpant, de sa dentelaire, de ses bégonias et ses pélargoniums. Quand la Tick eut été garée, en évitant de justesse d'érafler une aile, Carmona précéda Pippa dans un escalier qui débouchait dans le hall pavé de mosaïque.

Pippa donna son point de vue sans ambages.

— Chérie, c'est épouvantable ! Cela ressemble trop au genre d'hôtel dans lequel nos grand-mères auraient pu descendre !

— Eh bien, répondit Carmona en riant, cela fait tout à fait hôtel de famille en ce moment. Nous avons les Trevor ici. Tu te souviens de Maisie et de Tom ?

— Naturellement... C'était ton tuteur. C'est un agneau.

— Et Adela Castelton...

Pippa fit une grimace.

— Chérie... ce n'est pas *la* lady Castelton ! Parce que je ne sais pas si je pourrais la supporter ! J'ai dans l'idée que nous nous sommes déjà rencontrées et qu'elle m'a regardée comme si je me trouvais là par erreur ! Tu vois le genre de regard !

Carmona voyait fort bien. Un regard qui marquait une désapprobation de la jeunesse. Elle passa précipitamment à Esther Field.

— Tante Esther ! s'écria Pippa en éclatant de rire. Elle est ici aussi ? Toujours en train de sauter des mailles et d'appeler tout le monde « Ma chère » ? Eh bien, je dois reconnaître que tu soignes bien la famille !

— Elle est la seule qui soit vraiment un membre de la famille. Les autres n'en font partie que parce qu'ils étaient des tuteurs ou n'importe quoi, mais Esther était la sœur de mon père.

— Et la belle-mère d'Alan Field. Carmona... où est Alan ?

— Je ne sais pas.

Elles étaient sorties du hall pour entrer dans ce qu'Octavius Hardwick appelait le petit salon, une pièce orientée au nord et qui ne recevait jamais le soleil, l'obscurité naturelle était encore renforcée par la tablette sculptée de la cheminée en bois exotique noir et par des rideaux de peluche indigo.

Carmona ferma la porte. Il était parfaitement inutile d'espérer que Pippa abandonnerait le sujet.

— Comment cela, tu ne sais pas ? Mais, *chérie !* reprit Pippa, les yeux brillants d'intérêt. Tante Esther a certainement...

— Elle n'en a pas la moindre idée.

— Tu veux dire qu'il a simplement tout rompu et qu'il a disparu ?

— Quelque chose comme ça.

Elle ne voulait pas rompre les chiens. Cela ne rendait

pas vraiment les choses pires d'en parler. Parfois même c'était mieux, et puis... ce n'était que Pippa.

— Mais Carmona ! Enfin, chérie, il faut absolument que tu me racontes tout ! Quand j'ai reçu ton télégramme m'annonçant que tout était fini entre vous, j'ai eu envie de courir te rejoindre ! Mais Bill s'y est formellement opposé... tu sais, cela lui arrive parfois. Il a dit que ma présence ne changerait rien, qu'il était sûr que tu préférerais que je ne vienne pas et qu'il n'était pas raisonnable d'attendre de lui qu'il débourse une centaine de livres pour que je prenne l'avion uniquement pour venir te tenir la main. Je comprenais son point de vue, tu sais, et quand il est comme ça, je me suis aperçue qu'il était préférable de me ranger à son avis. Chérie, tu as bien compris cela, n'est-ce pas ?

— Naturellement.

— Mais maintenant tu dois tout me raconter ! A quel propos vous êtes-vous querellés ?

— Nous ne nous sommes pas querellés.

La voix de Pippa monta d'un tiers d'octave.

— Pas querellés ? Mais, *chérie !*

Il valait mieux continuer.

— Il n'est pas venu, tout simplement.

— Le jour de ton mariage !

— Oui.

— Chérie, mais c'est absolument affreux ! Tu ne veux pas dire que tu es restée dans l'église à l'attendre ?

— Si.

Cela faisait horriblement mal. Beaucoup plus qu'elle n'aurait cru. La douleur était intolérable. L'église grise, froide et sombre, avec cette odeur bizarre propre aux lieux vides. Vide... au moins, grâce à Dieu, elle était vide ! Il n'y avait que Tom, Maisie et la douce Esther comme témoins pendant qu'elle attendait Alan qui ne venait pas. Il y avait aussi un pasteur et un bedeau, mais ils ne comptaient pas. Des vieillards grisonnants à qui ce qui lui

arrivait était indifférent, pour qui l'époque des vives anxiétés et des chaudes larmes était depuis longtemps révolue. Elle regardait Pippa d'un air vague, mais elle ne la voyait pas. Elle voyait l'église vide.

— Chérie, c'est *épouvantable !* Mais qu'est-ce qui a bien pu le pousser à faire une chose pareille ? S'il voulait rompre, pourquoi ne l'a-t-il pas fait décemment ? Je n'arrive pas à imaginer Alan... *Alan* flanchant au dernier moment et incapable de faire face à la situation ! Carmona, il a dû écrire ! Il a dû arriver quelque chose à la lettre... ou à lui-même !

Carmona secoua la tête. Le geste fut à peine perceptible. Il signifiait « non ».

Pippa Maybury répéta ce qu'elle venait de dire.

— Il a *dû* lui arriver quelque chose !

Cette fois ce furent les lèvres de Carmona qui remuèrent.

— Non... il a écrit après. La lettre est arrivée le lendemain. Il disait qu'il ne pouvait aller jusqu'au bout... qu'il n'était pas fait pour le mariage et qu'il allait rejoindre un ami qui élevait des chevaux en Amérique du Sud.

— C'est tout ? demanda Pippa, l'air incrédule. Eh bien, chérie, je pense sincèrement que tu peux t'estimer heureuse d'en être débarrassée ! C'était un charmeur et tout ce genre de choses, et il était merveilleux de sortir avec lui, mais pour ce qui était de faire un mari... » Elle haussa les épaules et se mit à rire. « ... tu sais, je crois que nous avons intérêt à le choisir solide. Après tout, c'est lui qui mène la barque, qui règle les factures et qui se charge de toutes les choses désagréables comme la déclaration d'impôts, les joints de robinets et les araignées dans la baignoire, et je vois mal Alan exceller dans ce genre de choses. Je te parle tout à fait franchement, tu sais. »

Carmona non plus ne le voyait pas très bien. Elle avait toujours su que dès qu'il y aurait quelque chose de désagréable à faire, il lui faudrait s'en charger elle-même. Ce

qui avait été brisé en elle était la conviction qu'Alan avait besoin d'elle. C'était une conviction qui plongeait ses racines jusque dans son enfance. Il était égoïste, il pouvait se montrer cruel, il avait une conscience fatale de son propre charme et des faiblesses des autres, seulement... il avait besoin d'elle. Et lorsqu'elle s'était aperçue que ce n'était pas vrai, qu'il était capable de la repousser et de mettre entre eux toute la largeur d'un océan, quelque chose en elle s'était brisé.

— Non... dit-elle.

Pippa la pinça légèrement.

— Réveille-toi, chérie ! Tu as répondu cela comme si tu te trouvais à des centaines de kilomètres d'ici, et la seule chose que l'on ne devrait jamais s'autoriser à faire est bien de rêver du passé. Cela ne pardonne pas ! Et ce n'est pas comme si tu étais devenue une laissée-pour-compte ou quelque chose comme ça. En un rien de temps tu as épousé James. Au vrai, je n'imaginais pas que tu aurais ce courage.

— Merci, Pippa.

— Eh bien, tu sais, tu as toujours été d'un naturel peu démonstratif et tu aurais pu t'occuper de bonnes œuvres ou t'abîmer dans la mélancolie... comme la jeune fille de Shakespeare qui s'est assise sur un monument pour s'abandonner au chagrin, une attitude que j'ai toujours trouvée particulièrement stupide, car les jeunes gens ne s'intéressent pas vraiment aux monuments et ne se donneraient pas la peine d'y grimper. Et maintenant, raconte-moi tout à propos de James et de toi ! Il est loin d'être aussi beau garçon qu'Alan, bien sûr.

— Effectivement.

Pippa hocha vigoureusement la tête.

— Les maris n'ont pas besoin de l'être. Et j'ai toujours estimé qu'Alan dépassait la mesure. Après tout, la beauté est plutôt l'apanage des femmes, tu ne trouves pas ? Quoi qu'il en soit, je meurs d'envie de revoir James.

— Il est parti, dit Carmona.

— Parti ?

— Il va revenir d'un jour à l'autre maintenant. Il travaillait pour l'O.N.U. — je crois qu'il s'agissait de retrouver la trace de personnes disparues. Il parle un tas de langues, alors on le trouve précieux.

— Mais cela ne l'oblige-t-il pas à beaucoup s'absenter ? C'est l'impression que cela donne.

— Oui, assez. » Après un silence, Carmona reprit : « Parfois je l'accompagne. Au printemps, je suis allée avec lui aux États-Unis. »

— Cela paraît un peu désinvolte, dit Pippa en plantant son regard dans celui de Carmona. J'espère qu'il reviendra assez tôt pour que j'aie le temps de le voir. Et où sont tous les autres ? Tu m'as dit que la maison était bourrée de membres de la famille. Où sont-ils ?

— Ils sont sur la plage. J'espère que tu ne t'ennuieras pas ici. Il n'y a pas de jeunes.

Pippa la regarda à travers ses cils.

— Ce sera merveilleusement reposant. Pas tout le temps, tu sais, mais une fois de temps en temps — je parle de la famille — le genre de gens âgés, doux et paisibles, à qui rien n'est jamais arrivé.

— Tu crois qu'il y a des gens qui sont vraiment comme cela ?

Pippa éclata de rire.

— Ce serait merveilleux s'ils détenaient tous des secrets ! Mais non, je préfère être rassurée ! Alors, où sont-ils ?

— Sur la plage... et nous avons juste le temps de prendre un bain avant le thé.

Chapitre II

La marée montait lentement. La chaleur faisait miroiter la mer et il n'y avait pas de vent. Esther Field était assise sur un coussin à l'ombre de la cabine de bain et tricotait avec diligence. Depuis cette année, elle offrait comme cadeaux de Noël aux trois ou quatre vieilles pensionnées des châles qu'elle avait héritées de la mère de Penderel Field, et comme le châle qu'elle tricotait était presque terminé et d'un pourpre vif, elle paraissait avoir et avait en fait extrêmement chaud. Des flots de laine rouge ondoyaient dans toutes les directions.

— C'est une très grande taille, était-elle en train d'expliquer à lady Castelton qui partageait la zone d'ombre. Pour la vieille Mrs. Mount. Elle épaissit d'année en année et elle en est très fière, alors, bien entendu, il ne servirait absolument à rien que je lui offre quelque chose d'étriqué.

Elles étaient allées à l'école ensemble trente ans plus tôt, à l'époque où Adela Castelton s'appelait encore Adela Thane et avait un frère dans l'armée dont les visites occasionnelles émoustillaient les autres filles. Elles n'avaient guère changé ni l'une ni l'autre. Esther avait toujours été forte, aimable et mal fagotée, et Adela avait été belle. Sa beauté était merveilleusement conservée. Le célèbre profil, le teint éclatant et la non moins célèbre

silhouette étaient tous restés intacts. S'ils étaient devenus légèrement figés, un peu — comment dire — stéréotypés, l'effet était suffisamment imposant. A côté d'elle, Esther Field paraissait ficelée comme un sac et Maisie Trevor de cette élégance surannée qui est tellement pire que d'être simplement mal fagotée. Son maillot était parfaitement seyant, ainsi que le chapeau de plage tout simple qui avait probablement coûté plus cher que ce qu'Esther avait jamais dépensé de toute sa vie pour en acheter un.

— Vraiment, Esther, dit-elle en jetant un coup d'œil au châle ondoyant, je ne comprends pas comment tu peux faire ! Veux-tu laisser tomber cette horreur et nous laisser une chance de nous rafraîchir ! Ce n'est pas le moment de te préoccuper de Noël !

— J'ai sauté une maille, ma chère. Tu comprends, c'est pour cela que je suis obligée de continuer... je suis toujours en train de sauter des mailles. Je me demande pourquoi elles ne veulent pas rester sur l'aiguille. Tout le monde semble y parvenir, mais moi, je n'ai jamais été capable de le faire. C'est là où Carmona me manque tellement. C'était toujours elle qui me les rattrapait. C'est merveilleux d'être ici avec elle maintenant. » Elle éleva légèrement la voix. « Chérie, si cela ne te dérange pas... je crains qu'il n'y en ait une autre de partie. »

Carmona s'approcha et s'agenouilla près d'elle. Pippa souleva la tête de ses bras croisés et dit d'une voix indolente :

— Ma chère Esther, pourquoi ne pas prendre un patron à maille sautée pour en finir ?

— Eh bien, ma chère, c'est que je ne pense pas être capable de sauter la bonne maille. Il ne faut pas que ce soit n'importe laquelle, vous savez. Il y a un modèle à suivre, et je trouve les modèles tellement difficiles. J'ai appris celui-ci quand j'étais à l'école et on dirait que je ne suis pas capable d'en réussir un autre.

Carmona reposa le châle sur les genoux d'Esther et

repartit vers l'endroit où le soleil scintillait sur le vermeil des cheveux de Pippa. Il n'y avait pas un souffle d'air. Elle se dit que le colonel Trevor devait avoir très chaud pendant sa promenade. Elle se demanda pourquoi l'on restait à cuire au soleil et se dit que Maisie était vraiment la mieux inspirée lorsqu'elle l'entendit déclarer qu'il devait faire bien plus frais dans la maison et qu'elle allait y chercher un livre divertissant.

Carmona attendit qu'elle se fût éloignée pour dire :

— Elle n'en trouvera pas.

— L'oncle Octavius n'avait pas le goût des ouvrages légers ? demanda Pippa en bâillant.

Carmona secoua la tête.

— Scott, Dickens, Thackeray, les œuvres complètes — belle reliure et très petits caractères. Il y a aussi tous les ouvrages de Mrs. Henry Wood... East Lynne, tu sais. Et d'épouvantables mémoires, comme ceux qu'Esther apporte solennellement ici tous les jours sans jamais les lire. L'oncle Octavius lui-même ne les avait jamais lus... personne ne les a jamais lus parce que les pages n'ont pas encore été coupées. Mais elle pense qu'ils lui permettront de cultiver son esprit si elle parvient à le détacher suffisamment longtemps de son tricot pour leur laisser une chance, alors elle s'arme de son coupe-papier favori, présent de Penderel, et elle attend le moment de se cultiver.

A l'ombre de la cabine de plage Adela Castelton demanda brusquement :

— Cette fille est heureuse, n'est-ce pas... c'est un mariage réussi ?

Sous le chapeau avachi qui avait connu des jours meilleurs, la surprise se peignit sur le visage placide de Mrs. Field. Ses cheveux ne restaient jamais propres très longtemps. Elle repoussa une mèche et répondit rapidement :

— Oh, mais *oui*. Qu'est-ce qui te fait demander cela ?

— Elle a l'air différente de ce qu'elle était, répondit

Adela Castelton. Alan n'était pas fait pour elle, mais lorsqu'elle était avec lui elle avait cet air rayonnant. Cela n'aurait pas duré, naturellement... cela ne dure jamais. As-tu parfois des nouvelles de lui, Esther ?

— Non, jamais.

— Tu n'as aucune idée de l'endroit où il se trouve ?

— Il a dit qu'il allait en Amérique du Sud.

— Tu n'as jamais su pourquoi les fiançailles ont été rompues ?

— Non.

— Et elle a épousé son James pratiquement du jour au lendemain !

— Cela faisait trois mois, Adela.

— Eh bien, comment appelles-tu cela ? C'est ce que j'appelle du jour au lendemain. Et elle a bien fait. Tom était ravi. James a toujours été son chouchou. En ce qui me concerne, c'est tout juste si je l'ai vu depuis qu'enfant il passait ses vacances chez Mildred Wotherspoon. Est-il vrai qu'il a eu le coup de foudre pour Carmona ? Je ne comprends pas comment cela peut arriver à quelqu'un, mais les choses les plus extraordinaires se produisent parfois.

Esther Field hérissa ses plumes comme une mère poule volant à la rescousse de son unique poussin.

— *Vraiment, Adela !*

— Qu'ai-je dit de mal ? J'adore Carmona, mais personne ne pourra prétendre qu'elle est le genre de beauté susceptible de faire tourner la tête à un homme dès le premier regard. Elle a le genre de physique qui séduit à la longue, et cela donne en général à une jeune fille les meilleures chances de bonheur. Ce n'est pas toujours le cas de la beauté. » Elle baissa légèrement la voix. « Te souviens-tu à quel point Irene était jolie ? »

Esther Field abandonna son air vexé. La cordialité et la bonté irradièrent de son visage.

— Oh, ma chère, si je m'en souviens ! Je crois n'avoir

jamais vu quelqu'un d'aussi joli qu'elle pendant ce dernier été.

Adela se mordit les lèvres. Quelle idiote elle avait faite de parler d'Irene. Elle n'arrivait pas à comprendre ce qui lui avait pris. Une bouffée de jalousie envers Carmona, une brève envie froide de blesser Esther Field, et ses yeux recommençaient à la picoter et la vieille blessure à la faire souffrir comme si jamais elle n'avait vraiment guéri. Cela faisait plus de dix ans qu'Irene était morte... tout guérit, tout passe. Qu'est-ce qui lui avait pris de déterrer ces vieux souvenirs oubliés ?

Esther Field se souvenait aussi. Irene Thane, la jeune sœur qu'Adela avait aimée comme son propre enfant — jolie, intelligente et une fin tragique à l'âge de vingt ans. On avait dit qu'il s'était agi d'un accident... mais était-ce vrai ? Une chaude journée d'été, une mer calme, et Irene s'était éloignée à la nage et n'était jamais revenue...

On avait dit qu'elle avait dû être victime de crampes. Le meilleur nageur du monde peut être victime de crampes... Le mot franchit ses lèvres.

— Avait-elle déjà eu des crampes avant ?

Le visage d'Adela se durcit.

— Tout le monde en a à un moment ou à un autre.

— Oh, je ne pense pas, ma chère. Pour ma part je n'en ai jamais eu. Ce ne serait pas prudent, si l'on en avait, de trop s'éloigner du rivage. Et Irene était une si bonne nageuse... et si gracieuse dans l'eau. Tu sais, je suis vraiment contente que tu aies parlé d'elle. C'est toujours tellement triste quand personne ne parle d'eux... comme si on les laissait à l'écart pour essayer d'oublier. C'est difficile, bien sûr, quand on a eu un choc. C'est ce que j'ai ressenti quand Penderel est mort, mais je savais que je ne pourrais pas le faire, parce que si je l'avais fait j'aurais eu la sensation de l'avoir totalement perdu... ne jamais parler de lui, tu comprends. Et cela n'aurait pas été commode non plus — son nom étant si peu commun et les étrangers

en faisant si fréquemment la remarque. Il figurait sur mes cartes de visite — mais, de nos jours, on ne fait plus aussi souvent de visites... enfin, de visites formelles. Mais je me suis toujours appelée Mrs. Penderel Field, et alors on me demande : « Pas *le* Penderel Field ? », et souvent nous parlons de lui. Quel plaisir de savoir qu'il n'est pas oublié. Tu sais, son portrait de lord Dainton vient d'être acheté par la Tate Gallery[1], et pourtant les Dainton ne l'avaient guère apprécié à l'époque où il l'a peint. Si encore cela avait été cet adorable portrait qu'il a fait d'Irene — je l'ai toujours beaucoup aimé — mais lord Dainton était un vieillard au visage tellement quelconque que l'on n'aurait jamais cru qu'il puisse avoir envie de se faire peindre. Et d'après *The Times*, c'est le chef-d'œuvre de Penderel ! Bien sûr, il a été grand chancelier.

— J'ai toujours estimé que c'était un beau portrait, dit Adela d'une voix ferme.

— Je ne m'y suis jamais connue en art, ma chère. Penderel me conseillait de ne pas essayer. Il disait qu'il n'y avait de pire que le parfait philistin, que le philistin qui prétendait ne pas l'être. Et quand je lui disais que je ne comprenais pas pourquoi il avait accepté de m'épouser, il me répondait que c'était parce que j'avais les deux seules vertus indispensables chez une épouse, un tempérament doux et une bonne main pour la pâtisserie. Il avait tellement le sens de l'humour et il raffolait de ma tarte au citron meringuée. Sais-tu que ce brillant jeune homme, Murgatroyd, va écrire sa biographie. Il est venu me voir, et quand je lui ai parlé de la meringue au citron, il m'a dit que c'était le genre de détail personnel qu'il voulait. Il vient d'écrire un livre que tout le monde juge très brillant sur Mr. Parnell[2]. Tous les journaux disent qu'« il est plein d'allant » et qu'« il a une approche nouvelle », comme si quelqu'un savait ce que cela veut dire.

1. Musée de peinture de Londres (Chelsea) fondé en 1897.
2. Charles Stewart Parnell. Homme politique irlandais. 1846-1891.

— Cela veut généralement dire quelque chose de désagréable, fit Adela Castelton.

Esther Field sauta une maille sans s'en apercevoir.

— Oh, ma chère, j'espère bien que non ! Comme je lui ai dit : « Eh bien, je crains de ne guère pouvoir vous être utile, car c'est mon beau-fils qui a compulsé pour moi les papiers de son père. » J'étais vraiment trop malade pour le faire moi-même et tant de ces premiers écrits avaient un rapport avec la mère d'Alan que je ne me sentais pas capable...

Elle sauta une nouvelle maille.

— Ma chère Esther, il est hors de question de simplement remettre ces documents à un inconnu ! Il faudra absolument que tu les lises toi-même au préalable.

— Je sais, ma chère, je sais. Mais ce n'est pas possible. Tu vois, je ne suis pas sûre de ce qu'Alan en a fait. J'étais malade, et il s'est occupé de tout.

— Tu dois savoir ce qu'il a fait des papiers.

Esther prit un air vague.

— C'est lui qui s'est occupé de tout... et cela fait près de dix ans... Carmona et moi avions ce cottage... il y avait si peu de place. Naturellement, ils doivent être quelque part. J'ai promis à M. Murgatroyd de bien fouiller partout, et il m'a dit qu'il insérerait une annonce dans les journaux d'Amérique du Sud... pour Alan, tu comprends.

Adela Castelton pressa les lèvres l'une contre l'autre. Son opinion était qu'il serait probablement préférable pour Esther et pour tout le monde qu'Alan Field reste à l'autre bout du monde. Tant d'histoires avaient couru sur son compte. Les hommes ne l'aimaient pas... ne l'avaient jamais aimé... n'avaient jamais eu confiance en lui. A une certaine époque, il avait fait une cour empressée à Irene. Il en allait de même pour tant de jeunes gens, et lui était encore un garçon... vingt et un ans... vingt-deux. Assez âgé pour être terriblement séduisant... et un faiseur d'embarras. La dernière année, Irene avait assidûment fréquenté les Field... Irene qui s'était éloignée à la nage et

qui s'était noyée... Avait-elle eu une crampe soudaine ?... elle qui n'avait jamais eu de crampes de sa vie...

— Oh, mon Dieu ! s'exclama Esther Field. J'ai encore sauté deux mailles ! Non, trois ! Carmona chérie...

Quand elle eut rattrapé les mailles, Carmona se releva. Elle tenait encore le châle à la main. L'homme qui avait descendu le sentier de la falaise regarda le petit groupe et la vit ainsi, dans sa robe blanche, les plis et les replis de laine pourpre descendant jusqu'à ses pieds. Il s'arrêta quelques instants pour bien embrasser la scène du regard. L'effet était très esthétique. Si elle avait changé, c'était à son avantage. Le mot jolie ne lui conviendrait jamais, et nul ne songerait à la qualifier de belle, mais il y avait quelque chose en elle qui ravissait le regard... un certain charme, de la grâce. Comme Hardwick était absent, leurs retrouvailles pourraient prendre une tournure sentimentale.

Ses yeux se portèrent sur Esther Field. Elle n'avait pas changé le moins du monde. Il supposa qu'il en serait toujours ainsi avec ce vieux tableau au cœur tendre et à l'esprit brouillon. Il se sentit plein d'affection pour elle en se souvenant à quel point il avait toujours été facile de l'entortiller.

Ni l'un ni l'autre des Trevor n'était en vue. La bonne d'Esther lui avait dit qu'ils seraient ici. « Un bon petit groupe, monsieur Alan. Mrs. Field était tellement contente. Le colonel et Mrs. Trevor, et lady Castelton... on peut dire que ce sera une réunion, sans parler du plaisir de retrouver de vieux amis qu'on avait l'habitude de voir quand on allait à Cliffton tous les étés. C'est bien dommage que le commandant Hardwick ne soit pas là. »

En tout cas, il avait le sentiment qu'ils réussiraient fort bien à se passer de James Hardwick. Et des Trevor aussi. Maisie était supportable — elle pourrait même être utile — mais le vieux Tom lui avait toujours tapé sur le système. Adela Castelton — non, réflexion faite, il pou-

vait faire entrer Adela dans son jeu. Ce serait délicat, naturellement, mais il pouvait réussir... oh, oui, il pouvait réussir. Et bien jouer un jeu serré, c'était déjà la moitié du plaisir.

Il traversa les galets jusqu'à la cabine de plage, et Carmona le vit. Ce fut exactement comme si quelqu'un venait de la frapper très sèchement. Le châle lui glissa des mains et tomba. Elle ne savait pas si elle avait mal ou non. Elle avait seulement cette sensation de choc et l'impression que sa vue se brouillait légèrement. Sa voix et le contact de sa main sur son épaule...

— Carmona !

Il lui souriait et la regardait dans les yeux en baissant la tête, comme il avait eu l'habitude de faire. Puis il se retrouva à genoux auprès d'Esther Field, un bras passé autour de ses épaules, l'embrassant.

— Alors, ma bonne vieille Esther, comment vas-tu ? Mais je n'ai pas besoin de te le demander... tu as une mine resplendissante. J'en suis même un peu vexé. Quoi ! la brebis égarée est de retour au bercail, et nul n'a langui de son absence !

— Oh, mon cher garçon ! Oh, Alan, mon cher, cher garçon !

Il subit une étreinte qui l'emberlificota dans la laine pourpre. Sur la moitié de l'aiguille les mailles glissèrent et furent perdues. Il se dégagea en riant et se tourna vers Adela.

— Lady Castelton... comme il est agréable d'arriver en pleine réunion de famille ! Emily m'a mis au courant quand je suis passé chez Esther, alors je me suis dit que je ferais aussi bien de venir directement. Il est seulement dommage que Hardwick ne soit pas ici. J'avais hâte de le rencontrer.

Carmona n'avait pas bougé. Elle resta immobile, mais elle prit la parole.

— J'espère qu'il sera ici demain.

— Merveilleux ! fit Alan Field.

Elle commença à sortir de sa torpeur. L'impact du coup qu'elle avait reçu s'atténuait et elle retrouvait ses sensations. Ce qu'elle ressentait n'était pas ce qu'elle s'était attendue à ressentir. Chaque fois qu'elle s'était imaginée retrouvant Alan, elle avait éprouvé une intolérable sensation de recul, mais maintenant qu'elle se trouvait en sa présence, cette sensation avait disparu. Il la regardait avec le sourire qui naguère lui dilatait le cœur, mais tout ce qu'elle sentait était la colère qui montait en elle.

Lorsqu'il avança dans le soleil, elle vit qu'il paraissait avoir vieilli de beaucoup plus que les trois ans qui s'étaient écoulés depuis son départ. Quoi qu'il ait pu faire en Amérique du Sud, cela ne lui avait pas fait de bien. Certes, il y avait toujours le vieux charme, la vieille grâce des gestes et du maintien, la vieille aisance, mais il lui semblait que quelque chose s'était tari dans tout cela. A moins que quelque chose ne se fût tari en elle. Sa colère persistait. C'était révoltant de la part d'Alan d'arriver ainsi à l'improviste... Il était venu voir Esther. Il n'y avait rien de révoltant à cela... Ce n'était pas la maison d'Esther... Elle appartenait à James Hardwick qu'elle avait épousé après qu'Alan l'eut quittée... Et James n'était pas là... S'il avait été là, Alan aurait-il eu l'audace de débarquer ainsi ? N'avait-il pas l'audace maintenant de lui rire au nez en demandant : « Eh bien, Carmona, qu'en penses-tu ? J'espère que tu vas m'inviter chez toi, parce que, très franchement, je suis raide comme un passe-lacet. »

Pippa se mit sur son séant et s'étira.

— Qui ne l'est pas ? demanda-t-elle. Salut, Alan, d'où débarques-tu ? Je ne t'ai pas vu depuis une éternité.

— Chérie, tu aurais eu du mal... j'étais en Amérique du Sud.

— Pourquoi n'y es-tu pas resté ?

— En partie parce que j'étais fauché, ma douce, et en partie parce que quelqu'un essayait de me retrouver en

faisant insérer des annonces. Je me suis dit qu'il y avait peut-être de l'argent à récolter, mais en arrivant je me suis aperçu que ce n'était qu'un type désireux de parcourir les papiers de mon père. Il semble que Penderel Field soit en vogue, et ce type veut prendre le train en marche et écrire une biographie.

Pippa le regardait d'un air ébahi.

— Tu sais, je ne pense pas que Carmona puisse t'héberger. Franchement, je pense que tu as un sacré culot de lui demander. Et, de toute façon, la maison est bondée.

Esther Field s'était mise debout avec effort.

— Non, non, tu ne peux pas rester ici... bien sûr que non ! La maison est vraiment très pleine. Il n'en est absolument pas question. Carmona ne doit pas envisager cela. Monte à la maison avec moi, et nous allons discuter. Tu te souviens des Anning ? Elles prenaient des hôtes payants et tu y avais séjourné une ou deux fois quand nous ne pouvions loger tout le monde chez nous.

— Oh, oui, je me souviens des Anning, dit-il en riant.

— Eh bien, Mrs. Anning est devenue invalide, mais Darsie a continué. C'est devenu une véritable pension maintenant. J'ai rencontré Darsie hier et il se trouve que j'ai parlé de toi. Et je ne pense pas que ce soit complet, alors peut-être... Mais montons plutôt à la maison, mon cher garçon, et nous pourrons en discuter. Je suis obligée de marcher lentement sur ce sentier.

Carmona n'avait pas ouvert la bouche. Son visage avait une expression grave et calme. Alan Field se tourna vers elle, les yeux pétillants.

— Alors, Carmona ? Le temps passe et j'ai déjeuné d'un sandwich. Ma conversation avec Esther risque d'être un peu longuette. Suis-je invité à dîner, ou bien la maison est-elle trop pleine pour cela ?

Elle sourit et répondit avec naturel :

— Oh, je pense que pour le dîner, nous pourrons nous arranger, Alan.

Chapitre III

Esther Field était assise près de la fenêtre et s'éventait. Ils s'étaient installés dans le petit salon qui était la pièce la plus fraîche de la maison. Elle avait laissé son tricot dans le hall, mais la montée du chemin de la falaise lui avait donné chaud. Elle était préoccupée aussi, car passé le premier choc de la surprise, elle réalisait fort bien qu'en venant ici Alan les avait tous mis dans une position très délicate. Il n'avait vraiment pas le droit de débarquer ainsi chez eux. Plus elle y pensait, moins elle aimait cela et plus elle était sûre que cela n'irait pas du tout. James n'apprécierait pas son procédé... pas après la manière dont Alan avait traité Carmona. On ne pouvait pas lui en vouloir, bien qu'elle ne fût pas sûre de ce qu'il savait exactement. On ne se dit pas toujours tout entre mari et femme. Même Pen...

Ses pensées revinrent brusquement à Alan. Ce qu'il aurait dû faire, c'était rester à l'appartement et lui téléphoner de là-bas. Emily se serait occupée de lui.

— Alors, ma bonne vieille Esther ? dit Alan en riant. Où en es-tu arrivée ? « Il n'aurait vraiment pas dû nous donner un tel choc ? » Oui, c'est bien ce qu'il me semblait. Je parviens en général à lire dans tes pensées. Mais tu sais, j'ai toujours été un peu bizarre. Quand je pense à quelque chose, j'aime le faire sur-le-champ.

Bien qu'Esther s'éventât sans discontinuer, sa rougeur persistait.

— Tu n'aurais pas dû venir ici, dit-elle très simplement.

Il fit un geste désinvolte.

— Parce que Carmona et moi étions fiancés et avons eu la sagesse de renoncer à nous marier ? Vraiment, Esther chérie... nous ne sommes plus à l'époque victorienne !

— Tu n'aurais pas dû venir, répéta-t-elle. Pourquoi es-tu revenu d'Amérique du Sud ?

Il lui sourit.

— Je te l'ai dit... pour relire les papiers de mon père pour ce Murgatroyd. Mais je ne suppose pas que tu croiras que j'agis ainsi uniquement par piété filiale, car ce n'est bien évidemment pas le cas. Je ne peux vraiment pas me permettre ce genre de chose... en tout cas pas gratuitement et pour rien. Mais s'il doit y avoir une vogue, j'estime avoir au moins autant que quiconque le droit d'en profiter.

Les yeux bruns qui étaient ce qu'il y avait de plus remarquable chez Esther Field exprimaient le doute.

— Mais, Alan, Mr. Murgatroyd n'a pas l'intention d'acheter les lettres. Les gens ne font pas cela quand ils écrivent une biographie.

— Tout à fait exact... ils ne font pas cela. Mais il y a peut-être quand même de l'argent à ramasser.

— Je ne vois pas comment.

— Tu le verras en temps utile. Tu comprends, il faut absolument que je trouve de l'argent. On ne peut malheureusement pas s'en passer. En l'occurrence, j'ai une chance de réussir un gros coup. Si cela marche, mon avenir est assuré jusqu'à la fin de mes jours et je ne serai plus un souci pour personne. Mais il faut d'abord une mise de fonds.

Esther ne le quittait pas des yeux.

— Qu'est-ce que tout cela a à voir avec les papiers de ton père ?

— Tout ou rien, selon la manière dont se passeront les choses. Il ne sera peut-être pas nécessaire d'y toucher. En fait, tout dépend...

— De quoi ?

Il la gratifia de l'un de ses plus charmants sourires.

— De toi. Jusqu'où exactement es-tu disposée à aller, Esther chérie ?

— *Moi ?*

— Oui, toi. Tout cela est très simple, tu sais. Les biens de mon père ne m'ont pas rapporté grand-chose, n'est-ce pas ?

— Tu as eu tout ce qu'il y avait, Alan.

— Je sais, je sais... il n'y avait que quelques centaines de livres, et tu me les as laissées. L'argent était à toi... ce n'est pas la peine d'insister là-dessus.

— Tu avais déjà eu l'argent de ta mère. As-tu déjà tout dépensé ?

— Jusqu'au dernier sou, chérie. T'attendais-tu à autre chose ?

En posant la question, elle connaissait déjà la réponse. Pour Alan l'argent était fait pour être dépensé. Ce qu'elle lui donnerait ce jour lui aurait déjà filé entre les doigts le lendemain. Il pouvait séduire son cœur dont Pen avait coutume de lui dire qu'il était tendre comme la rosée, mais elle descendait d'une longue lignée d'hommes d'affaires sagaces pour qui l'argent était quelque chose que l'on mettait de côté, et il ne pourrait jamais séduire entièrement son esprit.

— Je crains d'avoir depuis longtemps perdu l'espoir de te voir devenir raisonnable.

— Je me suis conduit comme un idiot, Esther chérie, fit-il en hochant la tête. Ce n'est pas la peine de me le dire. Mais cette fois le coup est sûr. Écoute-moi, je vais tout te raconter. C'est cette affaire d'élevage de chevaux. J'ai travaillé avec un type du nom de Cardozo. L'affaire marche comme sur des roulettes. Il a un petit ranch et il

s'en tire très bien. Et maintenant il a une chance de reprendre quelque chose de beaucoup plus grand — une affaire prospère, un bon cheptel, bonnes réserves d'eau — tout est parfait. Il est disposé à fournir les deux tiers du capital et il me prendra comme associé si je peux trouver le reste. C'est la chance de ma vie.

— Et combien te faudrait-il trouver ?

— Oh, trois ou quatre mille livres. Cardozo espère faire baisser le prix, mais même si le propriétaire ne rabat rien, c'est donné.

Esther Field avait cessé de s'éventer. Elle n'avait plus chaud. Elle n'avait jamais aimé dire non à Alan, mais il n'y avait pas de doute que c'était ce qu'elle devait faire. Dans la mesure où elle pouvait lui apporter une aide financière, elle le ferait volontiers. Mais avancer un capital était une tout autre histoire. L'argent lui venait de sa propre famille et il devait aller à Carmona et aux enfants de Carmona.

— Oh, mon cher, dit-elle de sa voix douce, je ne vois pas très bien ce que l'on peut faire. Vraiment je ne vois pas.

— Vraiment ? Eh bien, moi, si. C'est la chance de ma vie et je n'ai pas l'intention de la laisser passer. » Sa voix, qui s'était durcie, s'attendrit soudain. « Tu sais, ma chère vieille Esther, tu n'aurais pas à le regretter. C'est une affaire absolument sûre, et je te rembourserais... disons cinq cents livres par an après les deux premières années. Avec intérêt si tu veux. Allons, on ne saurait être plus honnête. Qu'en dis-tu ? »

Esther Field détourna les yeux. Si elle avait été un autre genre de femme, elle aurait pu être furieuse. En l'occurrence, elle se sentait seulement honteuse. S'imaginait-il sérieusement qu'elle — ou quelqu'un d'autre — pouvait croire qu'il rembourserait l'argent ? C'était le fils de Pen et elle les avait tous deux beaucoup aimés. Il avait de l'aisance, du charme, de la grâce et ces manières

caressantes qui plaisent tant aux femmes, mais elle savait depuis des années qu'on ne pouvait avoir aucune confiance en lui. Et l'argent ne lui appartenait pas. Elle considérait qu'elle en était dépositaire pour Carmona et ses enfants. Elle espérait vivement que Carmona aurait des enfants.

En l'observant, il réalisa qu'il avait échoué. Ces femmes fortes et douces étaient malléables seulement jusqu'à un certain point. Il y avait un noyau résistant, et lorsqu'on l'atteignait la partie était perdue. Très bien, si c'était ce qu'elle voulait, elle l'aurait. Il sortit un paquet de cigarettes, en alluma une et remit le paquet dans sa poche.

— Comme tu vois, mon étui a disparu. Pour ne rien te cacher, j'ai dû le mettre en gage pour pouvoir acheter mon billet de train.

— Alan...

— C'est la vérité.

C'était possible, mais rien de moins sûr.

— Je peux te prêter de quoi vivre en attendant que tu puisses trouver quelque chose à faire.

— Ma chère Esther, *j'ai* trouvé quelque chose à faire. Et j'ai bien l'intention de le faire. Mais je dois avoir un capital. Si tu ne veux pas m'aider, il me faudra le trouver ailleurs. Il y a la biographie de mon père. Avec les matériaux que je puis fournir à ce Murgatroyd, elle a de très bonnes chances d'obtenir un grand succès de librairie. Sans ces matériaux... eh bien, je suppose que les libraires en prendront un certain nombre d'exemplaires et que Murgatroyd aura quelque chose à se mettre dans la poche. Mais tu sais ce que c'est... les biographies sont ennuyeuses. » Il exhala un petit nuage de fumée. « Elles sont fichtrement ennuyeuses parce que tous les éléments intéressants sont laissés de côté. Mais s'ils n'étaient pas laissés de côté... si le public pouvait acheter la véritable histoire, savoir qui tirait les ficelles qui faisaient travailler

le grand homme, et pourquoi exactement il a fait ceci et cela et autre chose encore — en particulier cette autre chose — ne crois-tu pas que le livre se vendrait comme des petits pains ? »

Esther tourna vers lui un regard ébahi.

— Je ne comprends pas ce que tu veux dire.

— Ne t'inquiète pas... je vais t'expliquer. Avec des mots d'une syllabe si nécessaire. Pour dire clairement les choses, Esther chérie, mon père a conservé un certain nombre de lettres que, par discrétion, il aurait mieux fait de détruire. Elles constituent ce que la presse qualifierait probablement de « correspondance révélatrice ». Je pense qu'elles feraient de n'importe quel livre un succès de librairie et je ne vois pas pourquoi Murgatroyd devrait être le seul à en profiter. Mais je suis prêt à partager les bénéfices moitié-moitié, et si tu veux mon avis, c'est une offre extrêmement généreuse. Il touchera une avance et des droits d'auteur. S'il accepte mes conditions, il pourra compulser les papiers et prendre ce qui lui plaît. S'il refuse, je publierai moi-même les lettres et je raflerai le tout.

Esther Field le regardait en silence, l'air abasourdi. La fumée de sa cigarette flottait dans l'air. Après le soleil aveuglant de l'autre côté de la maison, la pièce paraissait obscure. Alan se tenait debout devant la tablette de cheminée noire surmontée d'ébène sculptée. Il avait l'air confiant et assuré. Ses cheveux blonds luisaient. S'il y avait au coin des yeux et autour des lèvres des rides qui ne s'y étaient pas trouvées trois ans plus tôt, la lumière tamisée leur était favorable. Esther détourna son regard.

— Tu ne peux pas faire cela !

— Oh, si, je peux. Tu m'as donné procuration, tu te souviens, après la mort de mon père... quand tu étais malade.

— Je peux la révoquer.

Elle le forçait à abattre son jeu. Il n'avait pas supposé

un instant qu'elle pût être au courant de cela. Il agita sa cigarette avec désinvolture et reprit d'une voix enjouée :

— Eh bien, Esther chérie, la seule chose qui puisse faire un battage encore accru autour de ce livre serait un procès nous opposant pour la propriété des papiers. Tu comprends, même si les originaux te revenaient, j'en aurais fait faire des copies et, de toute façon, je les aurais lus et j'ai une excellente mémoire. Tu ne pourrais empêcher les faits de — comment dire — de filtrer. Alors, tu vois, il n'y a rien à faire, à moins que tu ne sois prête à allonger l'argent toi-même.

L'esprit d'Esther ne l'avait pas suivi. Il était resté fixé sur les lettres de Pen. Que pouvaient-elles bien contenir qu'elle ignorât ? Ils avaient vécu heureux ensemble. Il avait eu des sautes d'humeur, il avait connu des conflits intérieurs, il avait été en proie aux tourments de son imagination. Tous les artistes étaient comme cela, ils connaissaient des hauts et des bas. Ils avaient besoin de quelqu'un qui les apaise, de quelqu'un qui, jour après jour, soit toujours le même. La sécurité — oui, c'était le mot juste — ils avaient besoin de quelqu'un qui puisse leur donner un sentiment de sécurité. C'était ce qu'elle avait été capable de faire pour Pen. Et cela, personne ne pourrait le lui enlever. Elle se souvenait de la manière dont il la regardait, avec son étrange sourire un peu tordu, et dont il lui disait : « Je suis bien auprès de toi, Esther. »

Son regard s'était reporté sur Alan. Il ressemblait parfois tellement à Pen que cela lui faisait mal. Elle avait de la peine à trouver ses mots.

— Mais, Alan... tu ne pourrais pas... faire une chose comme ça. Pas avec la correspondance privée de ton père. Je ne sais pas ce que sont ces lettres... ni quand elles ont été écrites. Je suppose qu'il a dû écrire bon nombre de lettres qu'il n'aurait pas souhaité voir publier. Il a toujours eu énormément de succès — avec les femmes — et elles lui écrivaient. Il n'en a jamais fait mystère, mais, naturel-

lement, il ne me disait pas leurs noms... Seulement que ce n'était qu'un ramassis d'inepties, et qu'il se demandait pourquoi il fallait qu'il y ait tant d'imbéciles en ce bas monde. Il se mettait à rire, déchirait les lettres et jetait les morceaux au feu. Je n'aurais pas cru... qu'il en eût conservé.

— Eh bien, si, il a conservé celles dont je parle. Et je peux te dire une chose, c'est qu'il ne s'en est pas moqué. Il les a conservées et il y a répondu.

— Comment sais-tu cela ?

— Parce que les réponses y sont. Toute la correspondance y est — ses lettres et celles de l'autre. Je suppose qu'elle n'osait pas les garder elle-même et qu'elle ne pouvait supporter l'idée de les détruire.

— Elle ? » demanda Esther Field. Puis elle ajouta vivement : « Non, ne me dis rien ! Je ne veux pas savoir ! Ne me dis rien ! »

Il se mit à rire comme si cela l'amusait.

— Ma chère, tu ne pourras éviter de l'apprendre... quand les lettres seront publiées. *Si* elles sont publiées un jour ! Ce n'est, naturellement, pas indispensable. Je ne tiens pas particulièrement à te faire de la peine. Je préférerais de beaucoup ne pas réveiller le chat qui dort et obtenir l'argent par un autre moyen. » Il se tourna pour regarder la pendule sur la tablette de cheminée, un engin monumental en marbre noir avec un cadran bleu et des aiguilles trapues et dorées. « Six heures et demie ! Comme le temps passe vite dans ces réunions de famille ! A quelle heure dînez-vous ? »

— Dîner froid à huit heures, répondit machinalement Esther.

— Parfait. Alors je pense que je ferais mieux de passer voir Darsie pour savoir si elle peut me loger. Sinon, je serai obligé de m'adresser à « l'Ancre », à moins que l'on ne puisse convaincre Carmona de changer d'avis.

Le rouge s'était retiré des joues d'Esther. Elle donnait

l'impression d'être absorbée dans ses pensées, mais en entendant le nom de Carmona elle secoua son apathie.

— Non, non, tu ne peux pas rester ici... ce ne serait pas du tout convenable...

— Comment... avec trois chaperons !

— Ce ne serait pas convenable, reprit-elle d'une voix tremblante. Tu n'aurais jamais dû le suggérer. Va voir si Darsie peut te prendre chez elle. J'ai une quinzaine de livres sur moi... tu pourras les prendre pour tes premiers besoins. Et puis les choses s'arrangeront peut-être.

Il lui adressa un sourire bienveillant.

— Bien sûr qu'elles s'arrangeront. Et surtout ne t'inquiète pas... tout se passera bien. Les choses s'arrangent toujours quand on sait comment les prendre. Allez, à tout à l'heure ! » Il lui envoya un baiser du bout des doigts et quitta la pièce.

Elle entendit la porte du hall se refermer et le vit passer devant la fenêtre, une valise à la main. L'obscurité de la pièce l'enveloppa.

CHAPITRE IV

Toutes les demeures qui bordaient la falaise avaient entre elles une forte ressemblance. Certaines étaient plus grandes, certaines avaient plus de tourelles et moins de balcons, d'autres plus de balcons et moins de tourelles. La maison des Anning faisait partie de celles qui avaient plus de tourelles. Quand le colonel Anning avait quitté l'Orient pour prendre sa retraite, la maison lui avait paru être une résidence à la fois belle et spacieuse. Au fil des années durant lesquelles les prix avaient monté et la valeur de l'argent diminué, il commença à soupçonner qu'il était logé au-dessus de ses moyens. Même avant sa mort il était devenu très difficile de trouver du personnel ou de régler les factures. Ce fut lorsque la mort du colonel réduisit encore ses revenus que Mrs. Anning commença à les arrondir en prenant des hôtes payants. Il semblait que maintenant la maison fût ouvertement tenue par Darsie comme une pension.

Alan Field fit la moue à cette pensée. Les pensions étaient pour la plupart truffées de vieilles. Darsie ne devait guère apprécier cela. Elle avait mené joyeuse vie dans sa jeunesse... une créature excitante au tempérament ardent et aux brusques flambées de passion. Il se demanda comment elle était maintenant.

C'est elle-même qui lui ouvrit la porte. Oui, il l'aurait

reconnue. Peut-être pas. Il n'en était vraiment pas certain. Elle ne devait pas encore avoir trente ans, mais elle avait déjà l'air desséché. Il était vrai que ces filles brunes ne se conservaient pas très bien. Alors qu'elle avait été mince elle était devenue maigre, alors qu'elle avait été pâle elle était devenue jaunâtre. Ses yeux semblaient s'être rapetissés et ils étaient entourés de rides.

— Alors, Darsie ? demanda-t-il.

Elle le fixa pendant ce qui lui sembla un long moment avant de dire :

— Alan...

Elle prononça son nom d'une manière un peu bizarre, presque comme si elle n'était pas sûre que ce fût lui, et dans un souffle. On aurait dit qu'elle se parlait à elle-même. Puis elle demanda d'une voix plus forte :

— Que veux-tu ?

Il passa devant elle pour pénétrer dans le hall.

— N'as-tu pas envie de saluer un vieil ami ? Tu ne l'as peut-être pas remarqué, mais je suis parti pendant trois ans... en Amérique du Sud pour être précis. Et maintenant que je suis de retour, personne ne semble vouloir tuer le veau gras. Je trouve cela un peu déprimant.

Le visage de Darsie s'était fermé — les jalousies baissées, les persiennes tirées.

— C'est extraordinaire ! Cela t'étonne ? T'attendais-tu à ce que Carmona, par exemple, ait envie de tuer le veau gras ? Tu l'as laissée t'attendre à l'église, c'est bien cela ? Tout au moins c'est ce que j'ai entendu dire.

Il la regarda en souriant.

— Tu ne crois pas que ce lieu est un peu trop public pour parler de nos amis ?

Elle aurait dû le renvoyer... elle le savait. Seulement il y avait trop de souvenirs amers... trop de paroles amères qu'elle avait ressassées tout le long des interminables nuits de veille, mais qu'elle ne lui avait jamais dites. Maintenant il était devant elle et les phrases bouillonnaient dans sa tête.

Il y avait une petite pièce sur la gauche dans laquelle Mrs. Anning avait gardé des fleurs. Darsie l'utilisait maintenant comme bureau. Elle poussa la porte à la volée.

— Tu peux entrer ici si tu veux, mais je ne pense pas que nous ayons grand-chose à nous dire.

Alan pénétra dans la pièce en souriant.

— En fait, dit-il, je voulais seulement aborder la question de savoir si tu pouvais m'offrir un lit pour la nuit. Esther semblait penser que tu pouvais te débrouiller. Apparemment, Carmona n'a pas de place chez elle.

Ce fut pour Darsie comme si elle avait reçu un jet d'eau glacée en pleine figure. Cela la calma. On ne peut tenir une pension sans découvrir que l'on n'a jamais rien à gagner à sortir de ses gonds. Mais... loger Alan ? Quelque chose en elle s'enflamma de nouveau.

— Ainsi Carmona n'a pas de place pour toi, dit-elle d'un ton caustique. Ça, c'est surprenant !

Il eut le léger haussement d'épaules dont elle se souvenait.

— Cela semble être l'opinion générale. Je suis le grand méchant loup et James risquerait de ne pas apprécier... même avec Esther et les Trevor pour la chaperonner. On m'autorise à prendre un dîner froid, ainsi je ne troublerai pas le service, mais après cela on tire un trait. Je trouve cela plutôt ridicule. » Il se mit à rire. « Après tout ce temps, j'aurais cru que nous pourrions enterrer le passé. Il y a dans le fait d'exhumer les vieilles rancunes quelque chose qui n'est pas de très bon goût ! »

Deux taches brûlantes de couleur étaient montées aux pommettes de Darsie. Elles lui rendaient son ancien éclat enfui.

— Je présume que cela me vise aussi ?

— Cela vise tout le monde. Nous avons eu de bons moments... nous en avons même eu d'excellents, si ma mémoire est bonne. Mais il n'est pas possible de les recréer. Tu sais cela, et je le sais aussi. Nous sommes des

gens sensés, et les gens sensés savent que tout a une fin. A quoi bon faire semblant ? Si une chose est terminée, elle est terminée. A quoi sert de rester sur le pied de guerre ? L'avenir nous réserve peut-être d'autres bons moments, peut-être pas, *quién sabe ?* Soit ils viendront, soit ils ne viendront pas. Cela ne se fait pas sur commande.

Elle savait fort bien où il voulait en venir. Il voulait la calmer, il voulait établir entre eux des relations détendues et agréables. Toute difficulté était pour lui un défi à relever. Le fait que Carmona refusait de l'héberger allait le rendre déterminé à prendre pied à Cliff Edge. Sa propre hostilité flagrante était un autre défi. Il n'était pas homme à s'y dérober. Il ne ménagerait pas sa peine pour y parvenir à force de charme. Elle fut saisie d'un brusque dégoût d'elle-même quand elle réalisa qu'elle était prête à presque tout donner pour être charmée... pour croire de nouveau en lui. Il était déjà assez grave d'en être là, mais il était bien pire encore de donner tête baissée dans le piège.

— Tu aimes bien que tout soit facile et agréable, n'est-ce pas, Alan ?

— Ne sommes-nous pas tous ainsi ?

— Nous n'obtenons pas tous ce que nous voulons. Crois-tu que j'aie eu la vie facile ?

— J'ai été extrêmement désolé, dit-il de sa voix la plus chaude, d'apprendre ce qui est arrivé à ta mère.

— Je te remercie... elle va assez bien. Elle vit juste dans le vague, tu vois. Sa maladie a été causée par les soucis. Pour moi. Je suppose que tu as oublié ce que je t'ai dit la dernière fois où nous nous sommes vus.

— Ma chère...

— Je t'ai dit que j'allais avoir un enfant, poursuivit-elle d'une voix basse et ferme.

Il leva les bras.

— Ma pauvre chérie, que pouvais-je y faire ? J'étais fauché... complètement. Si j'étais intervenu dans cette

histoire, cela n'aurait pu qu'empirer les choses. En l'occurrence, tu as dû agir de manière très habile... il ne semble pas y avoir eu l'ombre d'un scandale. Comment t'es-tu débrouillée ?

Il aurait pu être n'importe quel ami manifestant de l'intérêt. « Il n'est pas humain », se dit-elle. « Il n'aime pas, il ne hait pas, il ne se met pas en colère. Tout ce qu'il aime, c'est se laisser vivre et faire en sorte que les choses aillent comme il veut. Peu lui importe ce qu'il fait pourvu que cette situation se prolonge, et il se moque royalement de tout le monde. »

— Je ne sais pas si j'ai été habile, dit-elle d'une voix blanche, mais je me suis débrouillée. Une amie mariée m'a hébergée. Ils n'avaient pas d'enfant et ils ont adopté le mien. Ils sont partis en Australie, ainsi je ne le reverrai jamais.

— Alors tout est parfait !

Il avait dit cela d'un ton de soulagement sincère. Quel enchaînement de circonstances aurait pu être plus heureux — l'amie accommodante, l'adoption et, pour couronner le tout, les antipodes. Ils l'avaient échappé belle, mais ils s'en étaient sortis. Et pourquoi diable Darsie le regardait-elle ainsi ? Si certaines choses avaient changé en elle, ce n'était certainement pas son caractère.

Au moment où, les yeux flamboyants de colère, elle s'écriait : « Je pourrais te tuer pour cela ! » la porte s'ouvrit et quelqu'un fit un pas dans la pièce — une femme charmante d'une bonne trentaine d'années. Elle fit cet unique pas dans la pièce, s'arrêta un instant, mal à l'aise et embarrassée, et sortit à reculons. La porte se referma derrière elle.

Alan Field éclata de rire.

— Il ne manquait plus que ça ! s'exclama-t-il. Quel caractère hargneux tu as, Darsie !

Mrs. Burkett monta l'escalier presque en courant, frappa à la porte de la chambre contiguë à la sienne et

attendit à peine qu'une réponse lui parvienne pour s'y engouffrer. Même à ce moment-là, et malgré son agitation, elle fut consciente de l'amélioration sensible de sa santé. Au début de son séjour de deux semaines, la montée de l'escalier la laissait à bout de souffle, et certainement pas en état de se hâter le long du couloir et de faire cette entrée précipitée dans la chambre de sa tante.

La surprise fit lever les yeux de son tricot à miss Maud Silver. Elle était en train de goûter la fraîcheur de la brise de mer. La chambre était bien aérée et la vue absolument ravissante. Le soleil sur l'étendue bleue de la baie, et maintenant cette brise fraîche qui venait de se lever. Le séjour avait vraiment été très réussi et sa chère Ethel avait retrouvé l'excellente santé dont elle jouissait habituellement. Il était fort dommage qu'elle dût partir le lendemain, mais c'était la première fois de sa vie conjugale qu'elle s'était laissé persuader de quitter son foyer sans son mari ou au moins l'un de ses enfants. C'était une véritable prouesse d'avoir réussi à l'éloigner de sa famille pendant si longtemps. Ce furent ces sereines considérations qui furent interrompues par l'entrée d'Ethel Burkett. Elle avait indiscutablement bonne mine. Hâlée aussi, mais il fallait dire qu'il avait fait un temps superbe. Elle avait bonne mine, mais son visage était empourpré et elle paraissait en proie à une vive agitation.

— Allons, ma chère, que se passe-t-il ?

— Oh, ma petite tante... une chose absolument extraordinaire, et tellement embarrassante !

L'inquiétude se peignit sur les traits de miss Silver.

— Ne ferais-tu pas mieux de t'asseoir pour me raconter ? Que s'est-il passé ?

Mrs. Burkett se laissa tomber dans un fauteuil.

— Oh, je pense que ce n'était rien. Mais tellement inattendu... de la part de miss Anning. Elle semblait toujours si bien se contrôler. Et puis j'ai fait irruption dans la pièce où ils se trouvaient. Je suppose que j'aurais dû

frapper... mais, bien entendu, je ne pouvais pas soupçonner qu'elle était avec quelqu'un. Je m'étais dit que je passerais la voir pour faire un brin de causette. Elle a été si gentille et elle a tout fait pour nous rendre la vie agréable, et comme je prendrai le train demain matin de bonne heure, je m'étais juste dit que...

Miss Silver l'interrompit d'un ton à la fois doux et ferme.

— C'est une pensée qui te fait honneur, ma chère. Mais tu ne m'as toujours pas dit ce qui s'était passé pour t'embarrasser ainsi. Tu es allée voir miss Anning, et quand tu l'as trouvée, elle n'était pas seule ?

— Je raconte très mal, dit Ethel Burkett, et tu as un esprit tellement logique. Bon, je suis donc entrée dans le bureau uniquement pour voir si elle était là... et, bien sûr, j'ignorais absolument qu'elle avait quelqu'un avec elle, mais quand j'ai ouvert la porte, je l'ai vue debout contre le bureau en train de dire quelque chose d'absolument inouï à l'un des plus beaux jeunes gens que j'aie vus de ma vie. Et je n'exagère pas, ma petite tante.

— On dirait, ma chère, que nous sommes en plein mélodrame.

Ethel Burkett hocha vigoureusement la tête.

— Mais, ma petite tante, c'était exactement cela... comme une scène d'un film. Et c'est cela qui était si embarrassant, parce que l'on ne s'attend pas à faire irruption dans une scène d'un film alors que l'on séjourne dans une paisible pension... enfin, c'est vrai ?

Le toussotement de miss Silver marqua qu'elle ne partageait pas cet avis. Elle avait vu des mélodrames survenir dans des endroits tout à fait inattendus. Elle reprit sèchement :

— Peut-être que si tu voulais bien me dire ce qui était si embarrassant dans cette scène...

— Oh, mais elle l'était vraiment. Tu vois, il était devant la cheminée, et elle était contre le bureau, comme

je te l'ai déjà dit. Il avait l'air très à l'aise et très détendu... tu vois, c'était ce genre de personne. Mais quant à miss Anning... eh bien, c'est tout juste si je l'aurais reconnue. Elle était blanche comme un linge et ses yeux lançaient des éclairs, et juste au moment où je pénétrais dans la pièce elle lui a dit : « Je pourrais te tuer pour cela ! » Et, oh, mon Dieu, on aurait dit qu'elle le pensait vraiment. Je suis évidemment ressortie tout de suite et j'ai refermé la porte, mais je ne sais pas comment elle aurait pu ne pas me voir. Et cela crée une situation affreusement gênante, tu ne trouves pas ?

Miss Silver avait repris son tricot — une de ces petites vestes d'enfant considérées comme tout à fait appropriées pour un nouveau-né, dans le cas présent une naissance attendue dans la famille de Jim, le frère d'Ethel. Après dix années de vie conjugale sans enfant, sa femme Dorothy lui avait donné un garçon, suivi deux ans plus tard par une petite fille. Ils attendaient maintenant un autre bébé. Leur félicité était complète, et miss Silver se proposait de marquer l'occasion en tricotant l'une de ses plus belles et plus légères vestes dans une laine d'un incarnat délicat. Elle sourit par-dessus les flocons et dit :

— Quand les gens sont en colère, ils disent souvent des insanités dont ils ne pensent pas le premier mot. Miss Anning s'emporte facilement.

— Jamais je n'aurais cru cela.

— Elle se contrôle parfaitement, mais elle a cette propension. Nous ferions mieux de ne pas conjecturer sur ce qui a pu provoquer cette explosion. Les jeunes gens très séduisants sont souvent responsables de bien des chagrins. Je crois que miss Anning était une jeune fille très attirante.

— Vraiment ? demanda Ethel Burkett d'une voix où perçait l'étonnement.

— Oh, oui, ma chère. Mrs. Field, cette dame très gentille qui séjourne à Cliff Edge, m'a parlé d'elle. Tu te souviens que miss Anning nous a présentées, et j'ai eu

l'occasion de l'aider une ou deux fois sur la plage alors qu'elle était en difficulté avec son tricot. Elle a beaucoup de mal à garder ses mailles sur les aiguilles et j'ai essayé de lui enseigner la méthode continentale pour les tenir. Il devient presque impossible de sauter une maille, mais je crains qu'elle ne soit pas une élève très douée.

Les qualités de tricoteuse d'Esther Field n'intéressaient pas Ethel Burkett.

— Et elle t'a parlé de miss Anning ? demanda-t-elle.

— Oh, oui. Les Field avaient l'habitude de louer une maison ici tous les ans. Son mari était un artiste très célèbre, mais il est mort depuis plusieurs années. Ils connaissaient très bien les Anning, et elle m'a dit que Darsie Anning avait énormément changé depuis l'époque où elle était une jeune fille jolie et gaie. Tu sais, ma chère, j'ai fréquemment eu l'occasion de remarquer que ce sont ces jeunes filles gaies et pleines de vie qui ont tendance à devenir renfermées et exagérément strictes dans l'âge mûr. Cela peut paraître étrange, mais je l'ai déjà vu se produire.

— Peut-être vont-elles trop loin et s'aperçoivent-elles que cela ne leur convient pas, dit Ethel Burkett.

CHAPITRE V

Quand la soirée fut plus avancée, miss Silver fit à Mrs. Anning sa visite habituelle. Elle était, comme à l'accoutumée, occupée à faire la broderie qu'elle avait commencée avant sa maladie et qui semblait ne jamais devoir s'achever. Dans un angle un bouquet de roses sauvages avait été presque terminé, mais le nœud de ruban bleu avec lequel il était attaché n'était toujours qu'un motif dessiné sur le canevas. C'était sur ce nœud que Mrs. Anning travaillait continuellement en faisant passer une aiguille garnie de soie bleu pâle à travers le canevas. Il n'y avait pas de nœud à l'extrémité du fil de soie, si bien qu'il ne faisait qu'entrer et sortir, mais cela la rendait heureuse pendant des heures d'affilée. Elle accordait de temps à autre une sorte de vague attention à la radio, mais il y avait toujours le risque dans le programme radiophonique que quelque chose puisse la troubler. Du premier coup d'œil miss Silver remarqua que quelque chose l'avait contrariée ce soir-là. La main qui tirait l'aiguille tremblait et le visage habituellement paisible était marqué de plis soucieux. Elle regarda miss Silver et dit d'une voix altérée :

— Darsie ne vient pas. Elle ne me dit pas tout. Elle a fait monter mon dîner par l'étrangère. Personne ne me dit rien, mais je sais qu'il est ici.

— « Quelqu'un que vous vouliez voir ? » demanda

miss Silver. Elle prit un siège et se pencha en avant pour regarder les roses brodées. « Que ce motif est joli et comme vous l'avez bien exécuté. »

Mrs. Anning fit un point et tira le fil de soie bleue.

— J'ai entendu sa voix, dit-elle. Nous ne parlons pas de lui à cause de ce qui s'est passé. Darsie qui était si jolie et si vivante... mais nous n'en parlons plus maintenant.

Miss Silver avait commencé à tricoter.

— Il est toujours préférable de ne pas évoquer les choses malheureuses, dit-elle très doucement. Il y a aussi des souvenirs heureux, n'est-ce pas, et des choses agréables qui arrivent jour après jour.

Mrs. Anning la regarda d'un air piteux.

— Pourtant je l'aimais bien. Tout le monde l'aimait bien. Et Darsie était si jolie...

C'est à peu près à la même heure, ou un peu plus tard, qu'Alan Field, sortant par la porte-fenêtre du salon à Cliff Edge, tourna la tête et dit par-dessus son épaule :

— Il fait beaucoup plus frais ici. Il y a une petite brise très agréable. Vous n'en profitez pas en restant à l'intérieur. Pourquoi ne venez-vous pas dehors ?

Le repas avait été lugubre. Esther avait l'air d'avoir pleuré. C'était probablement le cas, mais il n'était pas nécessaire de le faire savoir à tout le monde. La femme moderne pouvait fort bien se dispenser de montrer plus de son véritable visage qu'elle ne le désirait. Mais, bien entendu, Esther était totalement dépourvue de tact. Et puis, comme si ses paupières rougies et son air de muette réprobation n'avaient pas été suffisants, il y avait eu le regard dur du vieux Trevor et ce don tout à fait extraordinaire qu'avait lady Castelton de refroidir l'ambiance. Il ne l'avait jamais aimée malgré sa plastique. Après tout, les femmes ont besoin d'avoir quelque chose en plus de la beauté, et elle avait toujours eu un peu trop tendance à faire de l'esbroufe. Il préférait un type plus féminin. Et si elle s'imaginait pouvoir adopter avec lui cette attitude

glaciale, elle ferait bien d'y regarder à deux fois avant de le faire. Quand il en aurait fini avec elle, elle le prendrait certainement de beaucoup moins haut. Carmona aussi, du reste. A quoi cela rimait-il de rester assise à sa propre table sans pratiquement desserrer les dents ? Plus séduisante qu'avant, et parfaitement calme, mais elle n'avait pas dit trois mots pendant tout le repas. S'il n'y avait eu Pippa et lui-même, avec en bruit de fond les banalités débitées par la vieille Maisie Trevor, ils auraient pu passer pour une assemblée de fantômes. La perspective de rester simplement assis en rond dans ce salon encombré lui était insupportable. S'il se déplaçait vers la terrasse, il y avait peut-être une chance de voir le groupe se scinder.

Comme personne ne répondait à son appel, il le réitéra.

Le colonel Trevor considérait pour sa part que l'on prenait de l'exercice en plein air et que lorsque l'on avait terminé, on rentrait à la maison pour s'asseoir d'une manière civilisée. Il fit observer sèchement qu'il n'avait pas encore lu *The Times* et s'en tint là.

— Je ne pense pas, Alan, dit Esther Field.

Carmona n'ouvrit pas la bouche.

A la surprise générale, Adela Castelton se leva.

— Je trouve qu'il fait un peu chaud ici, dit-elle.

Pendant qu'elle se dirigeait vers la fenêtre, la voix tremblante d'Esther Field s'éleva.

— Adela, crois-tu... ne ferais-tu pas mieux de prendre un châle ? Est-ce bien prudent ?

Elle s'était penchée sur le côté pour saisir les plis de sa jupe flottante. Adela lui sourit d'un air assuré.

— Mais oui, Esther.

Esther Field lâcha l'étoffe légère.

Lady Castelton sortit sur ce qui, à la lumière du jour, était une terrasse singulièrement hideuse ornée d'une profusion d'urnes massives. La clarté vespérale adoucissait et brouillait les contours les plus durs. En contrebas, dans le jardin, les anciennes figures de proue se détachaient avec

quelque chose de mystérieux dans la silhouette. Au-delà de la falaise, la mer avait commencé à s'assombrir. Encore une ou deux heures et la brise commencerait à se rafraîchir. Pour l'instant, c'était un souffle enchanteur.

— Vous avez tout à fait raison, dit Adela Castelton, l'air est merveilleusement doux. Voulez-vous que nous fassions quelques pas vers la mer ?

Il y avait des marches qui menaient au jardin. Elle se dirigea vers elles. Alan la suivit, perplexe. Il était manifeste qu'elle désirait lui parler. Bon nombre de femmes avaient eu ce même désir dans le passé et s'étaient ménagé de semblables occasions.

Une brise légère à la fin d'une chaude journée, le crépuscule et les fragrances des fleurs ou l'odeur de l'iode... il n'ignorait rien de tout cela. Mais Adela Castelton... cela le rendait vraiment perplexe.

Quand ils furent arrivés à peu près à la moitié du jardin dont les allées cimentées dégageaient encore de la chaleur, elle s'arrêta et dit d'un ton péremptoire :

— Vous avez bouleversé Esther. Est-ce pour cela que vous êtes revenu ?

Il était en train d'allumer une cigarette dont le bout rougeoya. Il remit le paquet dans sa poche avant de lui répondre.

— Vous êtes une bonne amie, dit-il. Tout le monde s'est, bien entendu, aperçu qu'elle avait pleuré... mais, vous savez, elle a toujours la larme à l'œil. Nous avons parlé de mon père.

— Oui, je sais. Je sais également ce que vous lui avez dit.

Il exhala un petit nuage de fumée.

— Ah ! Elle vous a raconté ?

— Oui, elle m'a raconté. Je suis allée la voir dans sa chambre avant le dîner et je l'ai trouvée pleurant à chaudes larmes.

— A propos de cette biographie de mon père ? Je ne

veux bien évidemment pas qu'elle en soit affligée, mais s'il doit y avoir une biographie, je tiens à ce qu'elle soit fidèle. Mon père avait un caractère à facettes. Le côté qu'Esther connaissait n'était pas le seul. Il était très attaché à elle — qui ne le serait pas ? — mais elle n'était pas la seule femme dans sa vie.

— Je suppose que non. Avez-vous vraiment l'intention de rendre cela public ?

— Je ne sais pas exactement ce qu'Esther vous a raconté, mais voici comment se présentent les choses. Les œuvres de Penderel Field connaissent une vogue extraordinaire. Nous n'en possédons malheureusement que très peu... à ma connaissance, seulement quelques esquisses et un portrait d'Esther. Et je la vois mal consentant à s'en séparer.

— Pourquoi le ferait-elle ?

— Je n'ai pas dit qu'elle devrait le faire. Elle y tient énormément, et il ne me viendrait pas à l'esprit de lui demander de faire un tel sacrifice.

— Vous me surprenez, fit-elle d'un ton cassant.

— Vraiment ? Bon, poursuivons. On vient de nous proposer d'écrire une biographie de mon père. Ses biens ne m'ont rapporté que quelques centaines de livres et il me semblerait équitable de toucher une part des bénéfices de ce livre... d'autant plus que les papiers sans lesquels il ne peut être écrit sont en ma possession. Certains d'entre eux sont fort intéressants. Il y a, en particulier, tout un paquet de lettres qui feraient de n'importe quelle biographie un énorme succès. Esther ignorait leur existence et elle est bouleversée à la pensée de les voir publiées. Je présume que c'est le genre de difficulté qui se présente inévitablement pour toutes les biographies. Si l'élément personnel est laissé de côté, l'ouvrage est d'une sécheresse insupportable et personne ne le lira. Si l'on montre l'homme tel qu'il était vraiment, il y aura, de toute façon, des pleurs et des grincements de dents.

— Et vous vous proposez de sacrifier Esther ?

— Non, pas le moins du monde. Je suis, en fait, prêt à sacrifier mon propre intérêt. Je pourrais publier moi-même cette correspondance. Il y a environ cent cinquante lettres. Il est probable que je réussirai à écrire une biographie tout à fait lisible. Mais les lettres feraient l'affaire à elles seules — elles sont de nature hautement personnelle et romantique. J'ai dit que je pourrais faire cela, mais pour l'amour d'Esther je ne le veux pas... essayez de le croire. Je l'aime beaucoup et je ne veux pas lui faire de mal. Mais je me trouve dans une situation délicate. Si je parviens à trouver une certaine somme d'argent, je peux devenir associé dans une affaire extrêmement prospère dirigée par le type avec qui j'ai travaillé ces trois dernières années. Toutes choses égales d'ailleurs, il aimerait me donner cette chance, mais il a absolument besoin de l'argent. Il s'agit de l'achat d'un ranch plus important, et si je ne peux pas réunir la somme, il s'adressera à quelqu'un qui peut le faire. Si Esther me donne la possibilité de profiter de cette chance, je ne serai que trop heureux de ne pas la peiner en ne publiant pas ces lettres.

— Chantage ! dit Adela Castelton.

Il tira sur sa cigarette.

— Je ne pense pas qu'il y ait de raison d'utiliser des mots de ce genre. Il serait plus prudent de s'en abstenir, vous savez. Pour vous en particulier.

— Et pourquoi pour moi ?

La brise de mer se rafraîchit soudain au moment où elle posait la question.

— Vous ne devinez pas ?

— Non. Comment pourrais-je deviner ?

— La correspondance dont je viens de parler, répondit-il d'une voix aimable, consiste en un certain nombre de lettres échangées entre mon père et une jeune fille qui s'était entichée de lui. C'est elle qui la commence. Il lui répond à la manière d'un homme plus âgé écrivant à une

jeune personne d'un enthousiasme excessif — il est ravi et flatté, mais il marque une certaine retenue. Il la connaît depuis qu'elle est toute petite, il la voit souvent. Le ton des lettres change, devient plus chaleureux. Puis ils s'écrivent tous les jours. Peu de temps après, ils deviennent amants.

Le froid semblait avoir pénétré Adela Castelton — elle en était paralysée. Ses lèvres arrivaient à peine à remuer. Elle se força à articuler péniblement :

— Vous ne pouvez... pas publier... des lettres comme ça...

— Je ne sais pas si je ne peux pas, mais je préférerais de beaucoup ne pas le faire. Vous ne me demandez pas qui était la jeune fille ?

— Cela... ne m'intéresse pas.

— Vous croyez vraiment ? Peut-être. Mais je vais quand même vous le dire. Les lettres étaient signées « Irene ».

Elle se détourna et le quitta sans un mot.

Chapitre VI

Il ne s'empressa pas de la suivre. Il lui avait donné à réfléchir. Il fallait laisser pénétrer ses paroles, et cela devrait faire l'affaire. Il se dit qu'elle serait prête à se porter à n'importe quelle extrémité plutôt que de laisser publier les lettres de sa sœur. Il y avait des tas de gens qui se souviendraient de la beauté d'Irene et de sa mort tragique et soudaine. Ces gens étaient les amis d'Adela... et ses ennemis. Elle était du genre à se faire des ennemis. La version des crampes alors qu'Irene s'éloignait trop du rivage allait perdre tout crédit. La dernière lettre y porterait le coup de grâce — « Nous ne pouvons continuer ainsi. Je choisis la seule manière d'en sortir. Je ne peux continuer à vivre sans toi. » Ces mots avaient dû être écrits le jour même où elle s'était noyée. Une coupure de journal était pliée à l'intérieur de l'enveloppe ainsi qu'une photographie du portrait fait par Penderel Field. Une superbe créature, aussi belle qu'Adela et beaucoup plus féminine. Rien d'étonnant à ce que son père ait été séduit par tant de grâce et de charme. Il se demanda combien de temps leur liaison aurait pu durer si elle n'y avait mis un terme aussi définitif. Cela avait dû donner un choc terrible à Penderel Field. Il était extraordinaire qu'avec toute la tragédie et la passion qui régnaient autour d'elles, ni Esther ni Adela ne se fussent aperçues de rien. A moins

que cet aveuglement n'ait été un choix délibéré. Irene vivait avec sa sœur et Esther avec Penderel Field. Ils se rencontraient tous constamment. Était-il possible qu'il n'y ait eu aucun soupçon ? Il se le demandait.

Il en était arrivé à la moitié d'une seconde cigarette quand il entendit Pippa l'appeler. Elle descendit les marches de la terrasse. Le crépuscule ôtait la couleur à sa robe vert pâle, mais ses paillettes scintillaient. Un beau brin de fille. Ses cheveux lui évoquaient le duvet d'un chardon. Ils étaient teints, bien sûr, mais pas tant que cela. Il la revoyait à douze ans avec de longues nattes blondes.

Quand elle arriva à sa hauteur, il estima du regard le double rang de perles qu'elle portait. Difficile à dire, bien entendu, mais il pensait qu'elles étaient vraies. Il crut se souvenir en avoir entendu parler à l'époque de son mariage. Elles venaient de la famille de Bill Maybury, et elle les avait portées le jour de son mariage. Enfin, perles ou pas perles, il était content de la voir. La perspective de retourner au salon n'avait rien de folichon.

En arrivant près de lui, elle s'écria en riant : « Partons le long de la falaise... partons loin d'ici ! Je ne peux vraiment plus supporter cette atmosphère sinistre. Je ne comprends pas ce qui arrive à tout le monde. Le colonel Trevor reste assis en parcourant *The Times* d'un œil furibond. Tante Esther a visiblement pleuré comme une madeleine. Carmona ne dit pas un mot. Lady Castelton est montée se coucher avec une migraine. Et je ne me sens pas capable de supporter plus longtemps les récits de Mrs. Trevor sur les scandales du début du règne d'Edouard VII. Je crois que je préférerais quelque chose de plus actuel. »

— Et tu crois que je pourrais te rendre ce service ?

Elle eut un rire léger et charmant.

— J'en suis absolument sûre. Je me sens d'humeur à écouter des choses palpitantes.

Ils descendirent vers la porte qui trouait le mur du jardin.

— Tu sais, je ne suis plus tellement à la page. J'ai vécu trois ans à l'étranger.

— En effet. Et qu'y as-tu fait ?

— Oh, des tas de choses. C'est long, trois ans. Les histoires qui passionnaient tout le monde à cette époque ne sont plus d'actualité. Nul ne s'en soucie plus, hormis, peut-être, ceux qui étaient effectivement concernés.

Il lui tint la porte pour la laisser passer sur le chemin de la falaise. La mer était haute. La brise était plus forte et ébouriffait la chevelure duveteuse de Pippa. Quand ils tournèrent à droite, elle souffla dans leur dos. Il lança au loin son mégot et dit d'un ton détaché :

— Je suppose que cela pourrait peut-être encore intéresser Bill d'être informé de ta petite escapade à Trenton en — voyons — n'était-ce pas en juin, il y a trois ans ?

Ce fut comme si une porte s'était ouverte entre eux puis brusquement refermée. Elle avait eu un hoquet de surprise — il en aurait juré — mais suivi immédiatement par son rire et ces mots prononcés d'une voix détachée :

— De quoi diable veux-tu parler ?

— Mais de toi, chérie, répondit-il. Et de Trenton... et de Cyril Maynard.

Elle rit de nouveau.

— Et Bill... tu n'as pas oublié Bill ?

— Moi, non. Mais toi, tu l'avais oublié, hein ? J'avais pensé que cela pourrait peut-être l'intéresser.

— Mon cher Alan, je n'ai vraiment pas la moindre idée de ce dont tu veux parler.

— Oh, de scandale, tout simplement, et du temps qui doit s'écouler avant que cela cesse d'intéresser quiconque. Je me proposais de développer la théorie selon laquelle cela pourrait continuer à être intéressant aussi longtemps qu'il restait quelqu'un qui s'en souciait. Or, il m'a toujours semblé que ce pauvre vieux Bill tenait énormément à toi.

— Comme c'est gentil de ta part de dire ça ! Bill est mon mari, tu sais.

— La question, ma chère enfant, est justement là. Comme il est ton mari et qu'il tient à toi, il pourrait voir d'un mauvais œil le fait que Cyril et toi ayez passé un week-end ensemble à Trenton il y a trois ans.

Elle avait marché d'un tel pas qu'elle l'avait distancé. Elle s'arrêta brusquement, pivota sur ses talons et tapa du pied.

— C'est cela, ta conception de la plaisanterie !

Il secoua lentement la tête.

— Ce n'est pas une plaisanterie, c'est un fait. J'y étais, vois-tu. Je vous ai vus arriver. Et vers minuit, je l'ai vu entrer dans ta chambre. Et lorsque j'ai eu la curiosité de regarder le registre de l'hôtel, j'ai remarqué que vous vous étiez fait inscrire sous le nom de Mr. et Mrs. Cyril Smith. Je suis allé à l'école avec Cyril et je n'ai pas pu me tromper sur son écriture. En outre, il n'y avait pas de Mrs. Maybury sur ce registre, pas plus que de Cyril Maynard. L'idée m'est venue que le vieux Bill pourrait y trouver un certain intérêt.

Il baissa les yeux pour voir ce qu'elle faisait de ses mains. Il faisait suffisamment clair pour s'apercevoir qu'elles étaient crispées sur le tissu vert pâle de sa robe. Il ne put retenir un sourire quand elle demanda :

— As-tu l'intention de lui raconter cette histoire à dormir debout ? T'imagines-tu qu'il choisirait ta parole contre la mienne ?

— Non, bien sûr que non. Je lui suggérerais simplement de jeter un coup d'œil sur ce registre. L'écriture de Cyril est vraiment très particulière... une fois qu'on l'a vue, on ne peut l'oublier, et je présume que Bill a eu de nombreuses occasions de la voir.

Il y eut un bref silence tendu avant qu'elle ne reprenne la parole.

— Et tu penses qu'il irait jusqu'à Trenton pour regarder ce registre ?

— Oui, je le pense. Il ne me croirait pas — ou au

moins il essaierait de se convaincre qu'il ne me croit pas — et il descendrait à Trenton dans le seul but de relever le défi. Seulement, comme tu le sais, ce ne serait pas du bluff.

Il y eut un nouveau silence, plus long que le précédent.

— Que veux-tu ? demanda-t-elle finalement.

Il éclata de rire.

— Te voilà devenue raisonnable ! Toute cette affaire peut s'arranger sans que personne en souffre. Bill est le meilleur homme du monde, et j'ai toujours pensé que tu étais une fille tout à fait charmante. Pourquoi voudrais-je briser votre union ? Je déteste les désagréments de tout ordre. Mais il faut bien vivre.

— C'est du chantage ?

Il soupira.

— Chérie, évitons le mélo, veux-tu. C'est tellement vieux jeu. Pourquoi ne pas régler cette affaire à notre avantage mutuel entre gens civilisés ?

— Je ne comprends pas pourquoi personne ne t'a encore tué, Alan ! s'écria-t-elle avec vivacité.

— Ma chère Pippa, tu me surprends beaucoup. Attention, il y a quelqu'un qui arrive !

Le quelqu'un en question se révéla être deux personnes marchant bras dessus, bras dessous — miss Myrtle Page, qui travaillait dans un institut de beauté et était une vivante réclame pour ses produits, et un certain Norman Evens, clerc de notaire dans une étude locale. Dès qu'ils eurent tourné le virage suivant, Myrtle s'exclama :

— Oh ! Tu as entendu ça ?

Ce à quoi Norman répondit qu'il n'était pas sourd, merci, et que penserait-elle plutôt d'un autre baiser.

Loin derrière eux Alan secouait la tête et dit d'un ton réprobateur :

— Voilà ce qui arrive quand on perd son sang-froid. Ils ont parfaitement entendu ce que tu as dit.

— Et alors ?

Il se mit à rire.

— Alors, s'il te venait à l'esprit de me pousser par-dessus la falaise, tu ferais bien d'y réfléchir à deux fois parce qu'ils t'ont entendue demander pourquoi personne ne m'avait encore tué et ils m'ont entendu t'appeler Pippa. Au bout du compte il te coûtera moins de trouver un accommodement avec moi que de risquer la corde.

Elle commença à rebrousser chemin. La brise était plus forte, et elle en était heureuse.

Ils marchaient lentement et en silence. Il avait, pour sa part, dit tout ce qu'il avait l'intention de dire. Les femmes ne finissaient par se buter que si l'on prolongeait la discussion. Il en avait dit assez long, et ce qu'il avait dit se répéterait au fil des heures d'une nuit sans sommeil. Juste avant d'atteindre la porte du jardin, elle demanda sans tourner la tête :

— Que veux-tu ?

CHAPITRE VII

Carmona gagna sa chambre avec un sentiment de soulagement inexprimable. La soirée était enfin terminée, et quoi qu'il advînt, nul ne pourrait les obliger à la revivre. Elle avait au début eu l'impression d'un orage qui approchait — des nuages noirs arrivant de très loin et planant au-dessus de leurs têtes. Ils étaient arrivés, menaçants, puis étaient passés. Il n'y avait pas eu d'explosion. Elle s'étonnait elle-même du cours de ses pensées. Quelle pouvait être la cause de cette sensation de crainte et de tension ? Si elle vivait, et si Alan vivait, il était presque inévitable qu'ils se rencontrent. Même si ce n'était pas agréable, c'était inévitable. Refuser ou éviter cette rencontre serait lui accorder trop d'importance. La seule manière qui fût à la fois raisonnable et satisfaisante pour l'amour-propre était d'en revenir aux anciennes relations familiales et de se conduire comme si rien ne s'était passé. Qu'il dût y avoir une certaine sensation de tension était tout à fait naturel. Ce qui la surprenait énormément était que cette sensation n'était, pour une large part, pas due à elle-même. Elle pouvait, quant à elle, s'en tenir là. Elle s'était astreinte à souffrir en silence, puis à laisser son passé derrière elle. Elle avait épousé James Hardwick. Il lui fallait chercher ailleurs que dans ses propres sentiments pour savoir d'où venait cette crainte.

Qu'Esther ait été gravement perturbée était évident. Elle

avait pleuré. Elle pleurait facilement dès que quelque chose la troublait. Mais le chagrin qui avait paru peser sur elle pendant toute la soirée semblait être trop profond pour ne pas avoir une cause vraiment sérieuse. Il était absolument évident que c'était Alan qui l'avait bouleversée. Si l'on franchissait en pensée ces trois dernières années, il n'était pas difficile de deviner qu'il lui avait demandé de l'argent. Ses demandes avaient été incessantes jusqu'à ce qu'Esther y mette le holà. Son non avait été empreint de douceur, mais irrévocable et sans troubles émotifs indus. Il devait y avoir autre chose que de l'argent pour expliquer l'état dans lequel elle se trouvait ce soir.

Et Adela — mais qu'est-ce qui avait bien pu arriver à Adela Castelton ? Une brève absence dans le jardin avec Alan, et elle était revenue avec l'air d'un automate — se rasseyant à la petite table qu'elle avait quittée, disposant ses cartes de réussite avec une sorte de précision mécanique, le visage livide, le regard fixe et vide, rassemblant finalement ses cartes et se levant pour annoncer qu'elle avait une migraine et qu'elle allait se coucher.

Après son départ, la tension s'était légèrement relâchée. Pippa était rentrée, avait adressé un baiser du bout des doigts à toute la compagnie et avait déclaré qu'elle était fourbue et qu'elle ferait mieux de disparaître avant de s'endormir devant tout le monde. Puis après un bref intervalle, Alan était revenu pour prendre congé.

— C'était vraiment très agréable sur la falaise. Tu aurais dû venir, Carmona. Darsie m'a dit qu'elle fermait la porte d'entrée incroyablement tôt, et j'ai oublié de lui demander de me donner une clé, alors je crois que je ferais mieux de partir. Elle m'a fait la faveur insigne de m'accepter chez elle, et je ne peux me permettre le moindre faux pas. La pension est apparemment bourrée de vieilles dames qui vont se coucher à dix heures. Elles n'apprécient guère les hommes, et je pense que Darsie fait une entorse à la règle en en accueillant un dans ses murs. Je passerai demain matin si je

peux. » Lorsqu'il avait posé les yeux sur Carmona, il y avait eu dans son regard le vieux sourire nonchalant.

Elle continua à se déshabiller, mit sa robe sur un cintre qu'elle accrocha à une tringle de cuivre dans l'immense et sombre armoire-penderie qui occupait presque tout un côté de la pièce. Elle se dit soudain que cette chambre était vraiment sinistre, avec son tapis passé, son papier peint sombre, ses rideaux qui de verts étaient devenus gris sous l'action de l'air marin. Cette pièce avait été la chambre d'Octavius Hardwick, et il lui vint à l'esprit qu'il y était probablement mort.

Elle en était arrivée à ce point de ses réflexions quand un coup léger fut frappé à la porte. Il fut immédiatement suivi par l'entrée de Pippa en pyjama jaune paille. Elle referma la porte derrière elle et souffla avec énergie :

— Si Alan se fait assassiner, il n'aura à s'en prendre qu'à lui-même ! J'ai pensé qu'il valait mieux que tu sois au courant !

Puis elle s'assit sur le bord du vaste lit victorien et éclata en sanglots.

— Pippa !

Elle rejeta la tête en arrière.

— On ne peut pas mettre les gens en prison pour du chantage ?

— Si, bien sûr.

— Et cela sert à quoi ? Ils savent très bien que l'on préférerait mourir plutôt que d'aller devant les tribunaux pour expliquer de quoi il s'agit !

Carmona s'était approchée et restait debout à côté d'elle.

— Mais de *quoi* s'agit-il, Pippa ? Tu veux me raconter ?

Les yeux bleus étaient remplis de larmes de rage.

— Il faut que j'en parle à quelqu'un, sinon je vais exploser ! La combustion spontanée ! Les Anciens y croyaient dur comme fer ! On part en fumée, comme ça... Pfft ! Et tout ce qui reste de vous est une abominable odeur de brûlé et le bruit qui court que vous avez été emporté par le démon !

— Pippa !

Elle secoua vigoureusement la tête.

— Et ne va pas croire que je plaisante, parce que ce n'est pas vrai ! C'est ce salopard d'Alan, et...

— Il te fait chanter... l'interrompit Carmona.

Elle réalisa que cela ne l'étonnait pas... que rien de ce que faisait Alan ne pouvait l'étonner. Une profonde honte l'envahit.

— Si Bill savait, il le tuerait ! reprit Pippa. Mais si Bill savait, il me tuerait aussi, alors à quoi bon ? Je ne peux absolument rien faire, et Alan le sait !

Carmona prit place à côté d'elle sur le lit.

— Tu veux me raconter ?

— Je t'ai toujours raconté des tas de choses, non ?

— Parfois les gens racontent des tas de choses, et puis ils regrettent de l'avoir fait.

Pippa secoua la tête.

— Je ne ferai pas cela. Avec toi je me sens en sécurité. » Elle regarda piteusement Carmona. « Tu sais, c'est pour cette raison que j'ai épousé Bill... je me sens toujours en sécurité avec lui. Mais les gens comme lui ne sont pas follement excitants, alors on part et on se paye du bon temps avec quelqu'un d'autre, mais au fond de soi-même on sait parfaitement bien qu'on ne peut pas se passer d'eux. »

— Oui, je comprends. L'ennui est que l'on peut aller trop loin et ne plus être capable de faire machine arrière. C'est comme cela qu'Alan te tient ?

Pippa acquiesça de la tête.

— Je suis partie passer un week-end avec Cyril Maynard. Bill m'avait dit que les gens commençaient à jaser. Nous nous sommes disputés et je me suis dit que j'allais leur donner de quoi jaser. J'étais prête à faire n'importe quoi. Tu sais, cela arrive quand on est en colère... on ne pense qu'à une chose, c'est enfoncer l'autre. Bill devait être absent ce week-end-là — des manœuvres stupides ou quelque chose de ce genre — et je suis partie avec Cyril. Je n'avais jamais

fait cela avant — je te jure que c'est vrai — mais je m'en fichais. Nous sommes allés à Trenton, mais comme nous avions dîné sur la route et dansé après cela, nous y sommes arrivés tard. Je ne sais pas ce qu'Alan faisait là-bas, mais il y était. Nous ne l'avons pas vu, mais lui nous a vus arriver et il est allé regarder sur le registre de l'hôtel. Il a vu que nous étions inscrits sous le nom de Mr. et Mrs. Cyril Smith. Et après il a vu Cyril entrer dans ma chambre.

— Oh, Pippa !

Elle secoua violemment la tête.

— Non... non... ce n'est pas du tout ce que tu crois ! Il était à peine entré dans la chambre que j'ai su que je ne pourrais pas. J'avais eu la frousse toute la soirée, mais la manière dont Cyril m'a regardée... cela a été la fin de tout ! J'ai senti que je pourrais le tuer s'il me touchait et je lui ai dit de sortir. Il a d'abord fait semblant de croire que je plaisantais, puis il s'est mis dans une rage épouvantable, et finalement cela a tourné au pire des mélodrames. Je me suis accrochée au cordon de sonnette — c'était un de ces endroits vieillots où ils ont encore un genre de longue corde descendant du plafond — et je l'ai menacé de le tirer et de réveiller tout l'hôtel par mes cris s'il ne se retirait pas sur-le-champ. Alors il est sorti, et j'ai poussé le verrou. Et je me suis levée horriblement tôt et j'ai pris un taxi jusqu'à la gare.

Carmona se sentit considérablement soulagée.

— Pourquoi ne racontes-tu pas tout simplement cela à Bill pour en finir ? Il te croirait, n'est-ce pas ?

— Oh, oui, il me croirait. La question n'est pas là. C'est seulement... Carmona, *jamais* je ne pourrais lui dire ! Vraiment je ne pourrais pas ! Cela lui ferait du mal... énormément, et jamais, jamais plus je ne serais tout à fait la même à ses yeux. Il ne danse pas, mais il sait que j'adore cela et il aime que je m'amuse, que je sorte et que je fasse les choses que j'ai envie de faire. Et il croit qu'il peut avoir confiance en moi. S'il ne le croyait plus...

Carmona resta silencieuse pendant quelques instants puis elle dit :

— Tu ferais mieux de lui dire, tu sais.

— Plutôt *mourir !* Et ce n'est pas seulement une manière de parler... je le pense vraiment. Je ne suis pas bonne — je ne l'ai jamais été et ne le serai probablement jamais. Mais Bill croit sincèrement que je le suis. C'est idiot, non ? Mais je ne crois pas que je pourrais continuer s'il cessait de le croire. Tu vois à quoi ressemble un ballon d'enfant quand on le perce... eh bien, ce serait moi. » Et, comme un enfant, elle passa le revers de la main sur ses yeux. « Il faudra que j'en passe par les volontés d'Alan. »

— Et que veut-il.

— Mes perles », répondit Pippa. Elle porta la main à l'endroit où le double rang retombait sur l'étoffe légère et jaune du haut de son pyjama. « Il sait bien que je n'ai pas d'argent en dehors de la pension que me verse Bill, mais j'ai ces perles et elles valent très cher. Il aura la bonté de les prendre, et nous serons quittes. Il m'a dit qu'il pouvait m'en faire une copie de manière à ce que personne ne s'en aperçoive jamais. Que le diable l'emporte ! »

— L'argent a toujours filé entre les doigts d'Alan, dit Carmona d'une voix empreinte d'une amère conviction. Il dépensera ce qu'il a et il reviendra en chercher d'autre.

Pippa la regarda avec des yeux ronds.

— Mais il n'y en aura pas d'autre.

— Ce n'est pas cela qui l'arrêtera. Il continuera à te menacer... à te pousser à obtenir ce qu'il veut... de Bill... de n'importe qui. On dit qu'un maître chanteur ne lâche jamais sa proie. Il te harcèlera jusqu'à ce que tu sois prête à faire pratiquement n'importe quoi pour obtenir l'argent. Pour l'amour de Dieu, décide-toi à tout raconter à Bill !

Pippa se releva d'un bond.

— Plutôt me tuer ! s'écria-t-elle. Ou bien lui !

Chapitre VIII

Dans le courant de cette même journée, l'inspecteur principal Lamb leva les yeux de son bureau au moment où la porte s'ouvrait. C'est l'inspecteur Frank Abbott qui se présenta, les cheveux très blonds irréprochablement lisses, la silhouette mince et haute irréprochablement vêtue.

— Vous vouliez me voir, monsieur ?

Lamb braqua sur lui un regard qui avait depuis longtemps cessé de terrifier.

— Je ne vous aurais pas fait appeler si je n'avais pas voulu.

Il était dans son aspect plus robuste qu'élégant. Il remplissait son fauteuil massif et paraissait aussi solide que le chêne dont le siège était fait. Sa tignasse brune commençait à se clairsemer sur la calotte du crâne, mais continuait à frisotter obstinément sur les tempes. Sa voix avait gardé un bon accent campagnard. Il aurait pu, en fait, servir d'archétype de l'officier de police de la vieille école.

— Asseyez-vous, dit-il. Je veux vous parler.

— Alors, monsieur ?

Lamb tambourinait sur ses genoux.

— C'est à propos de ce Cardozo.

— Cardozo ?

— Non, c'est vrai, vous n'êtes pas au courant... vous étiez sur l'affaire de Notting Hill. Bon, ce type est venu nous

débiter son histoire à propos de son frère qui avait disparu. Philip Cardozo, mais il l'écrit avec un F et le prononce à la métèque.

— Felipy.

— Oui, c'est ça... Fayleepy. Drôle de manière de dire Philip. Je ne comprends pas comment quelqu'un peut s'y retrouver dans ce genre de baragouin. Celui-là épelle son nom J.O.S.E. et le prononce Hosy. A mon avis, tout ça n'a pas le sens commun, mais enfin c'est comme ça. Donc ce Hosy est passé il y a à peu près une semaine et a déclaré que son frère avait disparu. Il a dit qu'il venait d'Amérique du Sud et qu'il avait pu faire la traversée sur le *Marine Star* depuis Rio, ou bien sur un autre bateau, ou bien encore qu'il avait pu prendre l'avion jusqu'à Lisbonne et être arrivé de là-bas. Le problème est qu'on ne l'a toujours pas vu, et Hosy craint qu'il ne lui soit arrivé quelque chose. Un petit bonhomme surexcité. Vous savez comment sont ces étrangers... gesticulant sans arrêt et utilisant des tas de mots auxquels je ne comprenais rien.

Frank Abbott regretta d'avoir raté cet entretien. Cela avait dû apporter un peu d'animation dans le train-train officiel et se serait certainement révélé beaucoup plus divertissant que l'histoire du râtelier de l'épicier dans l'affaire de Notting Hill.

Lamb se mit à tambouriner sur le bureau.

— Pour commencer, il n'y avait aucun indice montrant que Felipy avait mis les pieds dans ce pays. D'après Hosy, il avait une raison toute particulière de venir ici et s'il n'était pas venu par bateau, il avait emprunté un autre moyen de transport. Il pensait qu'il avait dû arriver par avion. Eh bien, si c'est le cas, ce n'était pas sous son vrai nom. Et je suis prêt à reconnaître que j'avais pensé que toute cette histoire faisait beaucoup de bruit pour pas grand-chose. Si ce type avait pénétré sur notre territoire sous un nom d'emprunt, il voulait rester tranquille. En fait, Hosy aurait peut-être aimé voir Felipy, mais Felipy ne tenait peut-être pas tant que cela

à voir Hosy. Les gens n'ont pas toujours envie de voir leur famille.

— Pas toujours... et avec raison.

Lamb fronça les sourcils.

— Bon, cela se passait il y a une semaine. Je lui ai dit combien de gens disparaissaient chaque année et qu'environ les trois quarts réapparaissaient.

Frank haussa un sourcil.

— Je ne comprends même pas pourquoi vous l'avez reçu, monsieur.

Lamb ouvrit violemment un tiroir, chercha quelque chose qui ne s'y était jamais trouvé et le referma avec force.

— Oh, il est venu avec une lettre de recommandation. Vous voyez le genre... Sir Untel qui est en relations d'affaires avec l'Amérique du Sud et qui est désireux d'obliger un Senor Tartempion qui accepte de mettre un mot en faveur de Hosy qui est un de ses représentants. Je disais donc que je lui ai expliqué que son frère allait probablement se manifester et qu'il n'avait aucune raison de craindre qu'il lui soit arrivé quelque chose. Il s'est mis à gesticuler comme un forcené et à me raconter avec volubilité que son frère avait été assassiné, et puis il est parti.

— C'est tout, monsieur ?

— Non, ce n'est pas tout. Je ne vous en parlerais pas si c'était tout. Il est revenu. Et cette fois il a dit qu'il avait trouvé son frère.

Frank commença à dire quelque chose, mais s'arrêta.

— Repêché dans le fleuve.

— Mort ?

— Depuis un bon moment. Nous avions fait circuler la description de Felipy et nous l'avons envoyé identifier le corps. Il déclare qu'il s'agit bien de son frère et il jure qu'il a été assassiné. L'autopsie indique qu'il a reçu un coup sur le derrière du crâne. Cela peut avoir été accidentel, mais nous n'en savons rien. Vous pouvez aller enquêter sur place.

Chapitre IX

En franchissant le seuil de la porte des Anning à dix heures cette nuit-là, Alan Field rencontra Darsie qui sortait de son bureau. Il lui sourit.

— Ponctuel à la minute près, tu vois, dit-il.

Mais son sourire resta sans réponse. « Merci. Bonne nuit », dit-elle, et elle repartit dans la petite pièce. Elle se dirigea vers la bibliothèque dont elle parcourut les rayons, à la recherche, semblait-il, d'un roman.

Le sourire d'Alan s'élargit et il la suivit, refermant la porte derrière lui.

— N'ai-je pas droit à quelques mots gentils ?

Elle se retourna et lui présenta un visage parfaitement impassible.

— Je n'ai rien à te dire, et tu le sais bien. Tu n'es ici que parce que...

Il l'interrompit d'un éclat de rire.

— Parce que je t'ai fait remarquer que cela ferait pas mal jaser si tu refusais de me prendre ici. La maison n'est pas pleine, et cela mettrait certainement la puce à l'oreille à Esther et à tous les autres, à Cliff Edge, si tu refusais un pensionnaire tout à fait respectable comme moi !

— C'est pour cela que tu es ici. C'est la seule raison. Je n'ai rien à te dire. Bonne nuit.

Elle passa devant lui, donna un tour de clé à la porte

d'entrée, poussa le verrou et monta le large escalier sans se retourner. Cela amusa énormément Alan de se dire qu'il l'avait forcée à l'accepter chez elle et qu'elle avait cette situation en horreur. Que les femmes pouvaient être bêtes. Après tout ce temps écoulé, elle n'était même pas capable de simuler l'indifférence !

Il dormit profondément et se réveilla plein de joyeuses anticipations. Esther allait payer, et Adela en ferait de même au moment décisif — cela ne faisait pour lui aucun doute. Et puis il y avait Pippa — il allait prendre plaisir à s'occuper de Pippa. Elle ne l'aimait guère et ne s'était jamais donné la peine de le cacher. Elle allait le lui payer.

A dix heures il demandait au vieux maître d'hôtel de feu Octavius Hardwick à être reçu par Mrs. Field et était informé qu'elle se trouvait dans le petit salon. C'était la pièce dans laquelle elle l'avait mené la veille, plus lugubre que jamais. La brume qui plus tard dans la journée se transformerait en chaleur ne s'était pas encore dissipée. Elle restait suspendue devant les fenêtres.

Esther leva les yeux du petit bureau du même bois que l'affreuse tablette de la cheminée. Elle ne refusa pas son baiser affectueux, mais ne le lui rendit pas. Elle avait les paupières rouges et gonflées.

Il prit sa main et la porta à ses lèvres.

— Ma chère Esther, tu as pleuré.

— Oui...

— Je ne me suis pas senti très heureux non plus. Tu étais dans un triste état hier soir, et j'ai eu la sensation que tout était de ma faute. Mais cela n'en vaut pas la peine... vraiment pas. Tout peut s'arranger. Veux-tu que nous en parlions un peu ?

Il tira une chaise et s'installa pendant qu'elle l'observait, partagée entre l'espoir et le doute.

— Tu ne publieras pas ces lettres ?

— Esther chérie, crois-tu que j'y tienne vraiment ? Simplement il me faut cet argent. Si je peux trouver

n'importe quel autre moyen de l'avoir, j'en serai ravi. Tu ne supposes tout de même pas que je veux te rendre malheureuse, si ? Nous pouvons discuter tranquillement et régler toute cette histoire, à condition que tu acceptes.

Il vit les larmes perler au coin de ses yeux et s'empressa de poursuivre.

— Allons, ma chère Esther, je ne veux pas que tu dises quoi que ce soit... je veux seulement que tu m'écoutes. Tout était très vague hier, et je pense que tu as peut-être eu une fausse impression de ce que je t'ai demandé de faire. Pour commencer, il n'est pas question que tu te sépares de ton capital — je sais que tu as là-dessus des vues très strictes — parce qu'en réalité, je ne te demande qu'un prêt. Je crains de ne pas avoir été tout à fait franc avec toi hier soir. Toute cette histoire est absolument confidentielle et si un seul mot filtrait, nous serions fichus. Alors j'ai utilisé un petit camouflage. Mais en y repensant cette nuit — je n'arrivais pas à dormir, tu sais, alors j'ai eu tout le temps d'y penser — j'ai réalisé que je n'avais pas le droit de te laisser dans le noir.

Les doux yeux bruns d'Esther restaient fixés sur son visage. Il était certain qu'il avait toute son attention. Ce qu'il aurait aimé savoir était s'il avait sa confiance. Il n'en était pas aussi sûr. Il se hâta de poursuivre.

— Cette histoire que je t'ai racontée à propos de Cardozo qui voulait acheter un élevage de chevaux...

— Ce n'est pas vrai ?

Il se mit à rire.

— En partie seulement. Il veut effectivement acheter un ranch et il voudra probablement que je m'associe avec lui, mais... voilà, il n'a pas l'argent. Ou du moins... écoute, je vais te raconter toute l'histoire, mais n'oublie pas que c'est un secret absolu. Tu ne dois pas en souffler mot à quiconque... Tu vas comprendre pourquoi dans un instant. Voici l'histoire. Dans le courant du siècle dernier, un parent de Cardozo, un grand-oncle ou je ne sais quoi, a

découvert un trésor considérable — et il est inutile de me demander comment, parce que Felipe est plutôt porté à tirer un voile là-dessus. Il y a eu des tas de richesses enfouies tout le long de la côte sur les îles de la mer des Caraïbes aux XVIe et XVIIe siècles, dont une bonne partie n'a jamais été retrouvée. A mon avis le vieux Cardozo a dû tomber sur une planque. Il avait de bonnes raisons de garder le silence. En tout cas, il a réussi à mettre la main sur le trésor et il l'a emporté à Rio. Une semaine plus tard, on l'a ramassé dans une ruelle, un poignard entre les épaules. Et voilà. Ses affaires allaient bien mal. Sa maison a été vendue pour payer ses dettes, et il n'est pas resté grand-chose. Son parent le plus proche était un jeune neveu. A sa majorité, le notaire de la famille lui a remis une enveloppe cachetée qui avait été déposée à l'étude un ou deux jours seulement avant la mort de son oncle. Elle parlait au jeune Cardozo de l'existence du trésor et lui indiquait où il était caché.

Esther Field se souvenait de toutes les histoires qu'elle avait entendu raconter sur des trésors enfouis, depuis les plus romanesques, dans lesquelles elle s'était plongée dans sa jeunesse, jusqu'à l'autre catégorie beaucoup plus sordide que l'on trouvait de temps à autre dans les prétoires et les journaux, au milieu d'attrape-nigauds et d'escroqueries en tout genre. Ses sentiments durent se peindre sur son visage. Alan éclata de rire.

— Cela te paraît difficile à avaler, je vois. Mais c'est la vérité. J'ai travaillé avec Felipe pendant trois ans, et c'est un type tout ce qu'il y a de plus régulier. Mais laisse-moi te raconter la suite. Le vieux Cardozo a donc mis la main sur le trésor et l'a emporté à Rio. En arrivant là-bas, il l'a de nouveau enterré — quelque part dans sa maison ou son jardin. C'était une vieille maison de famille, et s'il n'avait pas été trucidé à ce moment-là, il aurait pu rembourser toutes ses dettes et retrouver sa splendeur passée. Il a donc indiqué à son neveu où se trouvait le trésor, mais la

maison avait été vendue — il n'y avait pas moyen de l'atteindre. Depuis cette époque, elle a changé deux fois de mains au prix fort, mais les Cardozo n'ont jamais eu assez d'argent pour l'acheter. Tu te représentes la situation ? Une immense fortune les attendant et continuant à les attendre parce qu'ils ne pouvaient réunir quelques milliers de livres ! Mais maintenant la maison va être remise en vente. Felipe a fait tout ce qu'il pouvait faire — vendu son ranch et gratté sur la dépense — mais il nous manque encore cinq mille livres...

Il se tut et attendit qu'Esther reprenne la parole.

— Même si tu crois cette histoire, comment peux-tu savoir si le trésor y est toujours et s'il a tant de valeur ?

— Esther chérie, tu ne réfléchis pas, répondit-il en riant. Si l'un de ceux qui sont devenus propriétaires de cette maison avait soudain nagé dans l'opulence, les Cardozo s'en seraient immédiatement aperçus. Ils ont, naturellement, toujours gardé l'œil sur la maison, et loin de devenir riches, les propriétaires successifs qui s'en s'ont défaits ont agi ainsi parce qu'elle était trop coûteuse à entretenir. C'est un véritable hôtel particulier.

Le regard d'Esther ne se détachait pas de lui.

— Tu sais, Alan, tout cela me paraît...

— Louche ? Naturellement que cela paraît louche. On ne compte plus les histoires à dormir debout sur des trésors enfouis, mais tu comprends bien qu'il n'y aurait pas eu toutes ces histoires s'il n'y avait eu quelque chose qui leur avait donné naissance. Il y a réellement eu des trésors enfouis, et certains d'entre eux ont été découverts. Bien sûr, si un type sorti du néant te raconte qu'il possède une carte montrant l'endroit où Barbe-Noire a caché ses pièces de huit, tu l'enverras sur les roses. Mais c'est différent. C'est du solide... ce n'est pas une histoire cousue de fil blanc. Tu me connais, et je connais les Cardozo. J'ai confiance en Felipe comme s'il était mon propre frère. Tu n'as qu'à avancer l'argent et dans un an tu l'auras récupéré, avec les intérêts que tu fixes toi-même.

— Je ne suis pas une usurière, Alan, fit-elle vivement.

Il eut conscience d'avoir commis un faux pas.

— Non... non... bien sûr, je n'aurais jamais dû dire cela. Tu es tout ce qu'il y a de plus doux et généreux. Comment pourrais-je l'ignorer ? Maintenant il te reste à bien réfléchir à ce que je t'ai dit. Je te donne ma parole que tout est parfaitement honnête et qu'il n'y a aucun risque. Tu récupéreras ton argent et tu brûleras toi-même ces lettres.

Sur ces mots, la porte s'ouvrit et Carmona entra.

Chapitre X

Il ne put éviter de remarquer le soulagement d'Esther.

— Nous étions justement prêts à partir à la plage, dit-elle précipitamment. Si le soleil apparaît, je ferais mieux d'aller chercher mon chapeau.

Au moment où la porte se refermait derrière elle, Alan éclata de rire.

— Que d'optimisme ! dit-il.

— Pas vraiment, répondit Carmona. Ce côté de la maison est mal exposé. Cela se dégage vraiment de l'autre côté. Alan, tu tourmentes Esther. Pourquoi fais-tu cela ?

— Tu sais, dit-il d'un ton détaché, tu n'as pas changé le moins du monde. Tu es toujours belle... et d'une franchise redoutable.

Elle ne sourit même pas.

— Alan, je suis sérieuse.

— Tu l'as toujours été.

— Je veux savoir ce qui se passe.

— Je crains de ne pouvoir te le dire.

— Esther le fera.

— Je me le demande.

— Je suppose que c'est toujours la même histoire... tu veux de l'argent.

— Comme tu as raison ! J'en ai toujours voulu, n'est-ce pas ? Seulement, cette fois, c'est vraiment une ultime demande.

— N'était-ce pas ce que disait Hitler ?

Oh, elle lui paierait cela.

— Tu retardes un peu, chérie, non ? demanda-t-il d'un ton doucereux. Si tu remontes jusqu'à l'avant-guerre, tu peux aussi bien remonter au déluge. Cela date un peu ! » Il partit soudain d'un grand rire. « C'est la première fois que je te vois en tête à tête depuis notre fiasco, et nous sommes en train de parler d'Hitler ! Qui l'eût cru ? »

Elle franchit en pensée les trois dernières années. Elle ne parvenait pas à croire qu'à une ou deux heures près elle avait failli épouser cet étranger. Il ressemblait à Alan, il parlait comme Alan. Il y avait une horrible dualité du familier et de l'étranger. Elle avait toujours dû être présente, mais elle n'avait pas vu plus loin que le charme de surface. La familiarité avait engendré non pas le mépris, mais la tolérance. Il y avait eu l'illusion longtemps caressée qu'il l'aimait et qu'elle pouvait l'aider. Il avait eu une enfance difficile avant qu'Esther ne lui prodigue ses soins. Il n'était pas trop sérieux, pas trop fidèle. L'argent lui filait entre les doigts. Mais il avait les manières affectueuses qui ne pouvaient provenir que d'un cœur rempli d'affection. Elle comprenait maintenant que tout cela n'avait été qu'illusion. Il n'y avait pas d'amour en lui, pas plus que de tendresse. Il n'y en avait jamais eu. Il n'y avait qu'une seule personne qui comptait, et c'était Alan Field. Elle eût aimé savoir pourquoi cela lui avait convenu de frôler ainsi le mariage. Pourquoi jusqu'au tout dernier jour il y avait trouvé son intérêt... et pourquoi d'un seul coup cet intérêt avait disparu.

— Tout cela est bien loin, dit-elle.

Il éclata de rire.

— Hitler... ou nous ? Dans les deux cas, c'est bien vrai !

— Alan, pourquoi as-tu agi ainsi ? J'ai toujours voulu le savoir.

— Oh, il ne te l'a pas dit ?

— Que veux-tu dire ?

— Il ne l'a pas fait ? Comme c'est amusant !

— Je ne sais pas de quoi tu parles.

— Mais tu le sauras, chérie... tu le sauras. La blague est bien trop bonne, il ne faut pas la laisser perdre. Jamais je n'aurais imaginé qu'il ne t'en parlerait pas... qu'il n'essaierait pas de tirer parti d'une situation si romantique. A moins qu'il n'ait craint que tu ne la trouves pas si romantique que cela. Je me demande d'ailleurs ce que tu en penseras.

Le cœur de Carmona avait commencé à battre plus vite. Il se préparait à lui faire mal, et cela lui faisait plaisir. Elle ne savait pas pourquoi, mais elle savait qu'elle allait souffrir. Elle percevait la cruauté derrière les yeux rieurs.

— Je ne... veux pas... le savoir, dit-elle lentement.

— Mais tu vas quand même le savoir, ma douce. On doit tout savoir l'un de l'autre lorsque l'on est mari et femme, tu ne penses pas ? Il est vrai qu'il n'était pas encore ton mari à cette époque, mais il n'a pas mis longtemps à te consoler, hein ? Je n'avais vraiment aucun scrupule à avoir en prenant l'argent.

— Quel argent ?

— C'est cela, la blague. Le grand James Hardwick dans le rôle du Sultan ! Il te voit, tu lui plais, et il m'offre cinq mille livres pour débarrasser le plancher !

La pièce commença à tourner autour de Carmona.

— Ce n'est pas vrai...

— Bien sûr que si ! fit-il d'une voix dure de mépris. Je n'avais pas un sou. T'épouser était ce que je pouvais faire de mieux. Et ce mieux n'était pas brillant. Tu ne pouvais pas toucher à ton capital, et les intérêts n'étaient pas très élevés. Je n'allais pas cracher sur cinq mille livres. Je n'ai pas craché dessus. Hardwick a allongé l'argent, et j'ai débarrassé le plancher.

Un « Non... » à peine audible franchit les lèvres raidies de Carmona. Il lui fallait sortir de cette pièce... absolument, n'importe comment.

Elle ne sut jamais vraiment comment elle y parvint. L'escalier avait des contours flous, le palier n'était pas stable sous ses pieds. Des voix lui parvenaient par la porte ouverte de sa chambre — Mrs. Beeston et la femme de journée qui faisaient le grand lit encombrant dans lequel Octavius Hardwick avait dormi tout seul... dans lequel James et elle devraient dormir cette nuit. Elle ne pourrait trouver la solitude — ni maintenant ni à ce moment-là. Elle s'aperçut qu'elle n'en voulait pas maintenant. Que ferait-elle si elle se retrouvait seule ? S'asseoir et penser... que James l'avait achetée. Elle eut un haut-le-cœur. Aussi longtemps qu'elle le pourrait, elle essaierait de repousser cette pensée. Elle pénétra dans la chambre, ouvrit un tiroir et en sortit le chapeau de soleil qu'elle avait porté la veille. La brume était en train de se lever. Il allait faire chaud.

Mrs. Beeston était une forte femme au visage sérieux et ingrat. « Un peu plus de drap, Mrs. Rogers », dit-elle, et elle le rabattit sur les couvertures jaunies. Puis, s'adressant à Carmona :

— Mr. James arrive aujourd'hui ?

— Oui, répondit Carmona.

— S'il est là pour dîner, madame, ce qui serait le mieux, ce serait de lui faire un bon saumon mayonnaise. Il s'en régale toujours, Mr. James.

— Oui, ce serait parfait.

— Y va encore faire chaud aujourd'hui, et si ça ne vous dérangeait pas, madame, ce serait une bonne chose si vous pouviez passer chez Mr. Bolding, parce que plus tôt ce poisson sera cuit et au réfrigérateur, plus je serai contente.

— Bien sûr, Mrs. Beeston, je vais le faire.

— Et puis un beau concombre et ce que vous trouverez pour la salade. En dessert, j'ai des fraises que j'ai mises en bocaux moi-même. Et puis j'ai gardé la crème du lait.

— Ce sera délicieux.

Elle entra dans le cabinet attenant à la chambre et referma la porte. Son chapeau se balançait à sa main. Debout devant le miroir, pendant qu'elle le mettait, elle vit le reflet assombri de la pièce derrière elle — le lavabo à tablette de marbre, la commode d'acajou et le lit à une place contre le mur. Elle aurait donné tout ce qu'elle possédait pour dire à Mrs. Beeston de faire ce lit pour James cette nuit, mais elle ne pouvait pas le faire. Mrs. Beeston ne parlerait peut-être pas — elle faisait partie de la vieille espèce sur qui l'on pouvait compter — mais Mrs. Rogers émettait un flot incessant de commérages truffé de « Alors je lui ai dit », et de « Alors elle m'a dit », et de « Imaginez-vous seulement quelqu'un faisant une chose pareille ». Rien à faire, elle ne se sentait pas capable d'y faire face. S'il fallait vraiment aborder la question, il serait plus facile de faire face à James et de tirer les choses au clair. Elle serait au moins poussée par le feu de la colère.

Elle ne la sentait pas encore. Elle se dit qu'il était bizarre de ne rien ressentir d'autre que cette consternation écœurée. Il serait beaucoup plus facile d'être furieuse, mais on ne peut être furieuse à volonté.

Elle sortit de la maison et vit que le soleil avait percé les nuages et que la brume s'étirait en nappes sur la mer. Elle alla à pied jusqu'aux commerces et acheta ce que Mrs. Beeston désirait. Mr. Bolding lui vendit une belle tranche de saumon en espérant qu'ils se régaleraient tous. Il se souvenait d'elle quand elle avait douze ans et qu'ils venaient passer toutes les vacances.

Elle rapporta son panier à la maison et partit à la plage rejoindre Esther Field.

Ce fut une longue et chaude journée. Alan était parti et ne revint pas. Ayant planté une épine, il était partisan de laisser le poison se répandre. Plus on laissait une femme seule, plus elle prenait peur. En attendant, il allait se baigner. Il nagea jusqu'à la pointe, y lézarda jusqu'à ce

que la mer monte et revint à la nage. Après quoi il prit un excellent déjeuner et fit une sieste pour tuer les heures chaudes de l'après-midi.

Miss Silver accompagna à la gare sa nièce Ethel qui prenait un train du matin et, plus tard, se dirigea vers la plage. Passant devant la cabine qui appartenait à Cliff Edge, elle s'arrêta pour échanger quelques mots avec Mrs. Field et lui demander comment allait son tricot.

— Vraiment très mal, je crains.

Miss Silver s'aperçut que quelque chose n'allait pas. Ces yeux gonflés, ce tremblement dans la voix. Elle s'assit aux côtés d'Esther Field, découvrit un certain nombre de mailles sautées dans le châle rouge et entreprit de les rattraper. Puis sa voix douce et la rassurante banalité de sa conversation firent leur effet. Alan ne pouvait pas vraiment avoir l'intention de publier la correspondance privée de son père... ce genre de chose ne se faisait pas. Et l'on n'avançait pas une grosse somme d'argent à un jeune homme excentrique à la vie déréglée et qui en avait déjà gaspillé beaucoup trop. Ce n'était plus un enfant, et il était temps qu'il cherche un emploi stable et qu'il se range un peu. Peut-être une petite part dans ce ranch dont il avait parlé... il avait toujours tellement aimé les chevaux...

Elle commença à s'intéresser à la nouvelle manière de tenir ses aiguilles. Cela l'aiderait certainement à ne plus sauter de mailles, mais elle craignait de ne jamais être capable de se souvenir d'enrouler la laine autour de son index gauche au lieu du droit. C'est ce qu'elle dit, mais on l'assura que cela viendrait avec un peu de pratique.

Mrs. Field secoua la tête d'un air dubitatif.

— Je crains d'être vraiment bien bête, dit-elle. J'arrive à faire le genre de chose que j'ai appris dans ma jeunesse, mais je ne semble pas être très douée pour ce qui est nouveau. Pensez-vous que cela puisse empêcher quelqu'un de vraiment comprendre le point de vue d'autrui ?

— Je suppose qu'il peut en être ainsi, répondit miss Silver d'un ton pensif.

Esther se sentit portée à la confidence.

— Prenez mon beau-fils... je ne sais pas si vous l'avez rencontré. Il loge chez Darsie Anning.

— Un grand jeune homme aux cheveux blonds... très séduisant ?

Esther acquiesça de la tête.

— Oui... c'est vrai. Il ressemble à mon mari, vous savez, et il a le même genre de charme. Mais il n'arrive pas à trouver une situation.

Elle parla longuement d'Alan Field à miss Silver et termina ainsi :

— Il veut que je lui avance une forte somme d'argent pour faire quelque chose qui, je le crains, n'est pas très raisonnable. Mais, bien entendu, il pense qu'il est très méchant de ma part de refuser.

Miss Silver prit un air outragé.

— Ma chère Mrs. Field !

Les larmes perlèrent aux yeux d'Esther.

— Je sais, je sais... je ne devrais pas faire cela... il ne faut pas que je le fasse. Mais si je ne le fais pas...

Carmona, qui marchait sur la grève, se dirigea vers elles. Esther se sentit étrangement soulagée. Elle ne savait pas jusqu'où elle aurait pu aller si elle avait continué à discuter avec miss Silver. Il était si facile de lui parler. Mais elle aurait risqué de trop en dire. Elle se prit à espérer que ce n'était pas déjà fait.

Quelques instants plus tard, elle se disait que Carmona avait la mine bien pâle. Elle avait des cernes sous les yeux. C'est d'une voix blanche qu'elle salua miss Silver et demanda :

— Où est Pippa ? L'as-tu vue ?

— Je pense qu'elle est partie.

— Partie ?

— Elle a crié quelque chose par-dessus la falaise. Je

pense qu'elle a dit qu'elle prenait cette horrible petite voiture rouge. J'espère seulement que ce n'est pas dangereux.

Carmona s'assit à l'ombre de la cabine.

— Oh, je ne pense pas.

Puisqu'elle était lancée sur ce sujet, Esther en profita pour continuer.

— Tu sais, je pense qu'elle papillonne beaucoup. Je ne lui ai vraiment pas trouvé bonne mine ce matin. Il est vrai qu'avec tout ce que les filles se mettent maintenant sur la figure, on ne peut jamais savoir.

— Non, c'est bien vrai, dit miss Silver avant d'ajouter que l'effet d'ensemble était pourtant souvent plaisant.

Elles continuèrent à parler de maquillage, un sujet sur lequel il eût été difficile d'imaginer qu'elles étaient bien informées, mais qui paraissait les intéresser à un haut degré.

Lorsqu'elles eurent fini de causer, Esther se sentait beaucoup mieux. Le monde autour d'elle était redevenu le monde qu'elle connaissait — celui où les jolies filles se maquillaient, où les jeunes gens tombaient amoureux et se mariaient et où nul n'aspirait vraiment à faire le mal ni à agir méchamment. Quand le malheur s'abattait sur ce monde, on le supportait avec courage et en cherchant la consolation dans une foi simple. Plus elle y pensait, plus elle était persuadée qu'Alan ne pouvait pas avoir vraiment eu l'intention de faire ce qu'il avait dit.

Pour Carmona, leur discussion n'était pas sans évoquer un programme radiophonique que l'on entend, mais que l'on n'écoute pas. Elle se poursuivait, mais sans jamais parvenir à pénétrer à l'intérieur du cercle clos de son esprit. Elle était allongée sur la plage et laissait les petits galets brûlants couler entre ses doigts.

Lorsqu'elle repartit, miss Silver était d'humeur plutôt pensive. Ce très séduisant Mr. Field semblait avoir apporté la perturbation non seulement dans la pension

Anning, mais également à Cliff Edge. Il était évident qu'il y avait un lien avec une Darsie plus jeune et peut-être plus gaie. Les paroles de Mrs. Anning pouvaient difficilement être interprétées autrement. Et c'était maintenant cette charmante Mrs. Field qui avait certainement été bouleversée au point d'en arriver à verser des pleurs prolongés, sans parler de Carmona Hardwick dont les pensées semblaient douloureusement tournées vers elles-mêmes. Elle ne montrait aucune trace de larmes, mais si miss Silver ne s'abusait point, elle était en ce moment même en proie à une émotion profonde. De plus, il y avait la conduite assez étrange de Mrs. Maybury, une jeune femme extrêmement jolie qu'elle n'avait fait qu'apercevoir la veille au soir. Elle lui était alors apparue très éloignée du type d'individu préférant la solitude à la compagnie. Venir rendre une visite si brève et s'absenter ainsi toute seule pouvait n'avoir rien à voir avec Alan Field, mais causait manifestement à Mrs. Field une certaine anxiété.

Tout en marchant le long du sentier de la falaise, son sac à ouvrage au bras, elle se disait que de toutes les études auxquelles on pouvait se livrer, celle de la nature humaine était la plus absorbante. Son sac à ouvrage était neuf et lui avait été offert par sa nièce Ethel à l'occasion de son anniversaire. Le coupon de chintz dans lequel il avait été confectionné était de très bon goût, le motif représentait un grand nombre de fleurs s'épanouissant toutes ensemble en une profusion rarement offerte par la nature, et la doublure était d'un très joli vert. Il était, de plus, garni d'une rangée de poches fort utiles qui pouvaient tout contenir, depuis des jeux d'échantillons jusqu'à des aiguilles à tricoter de rechange et des pelotes de laine. Ses pensées affectueuses se mirent à suivre Ethel Burkett pendant son voyage, et elle se représenta avec plaisir ses retrouvailles à venir avec la famille dont elle ne se séparait jamais qu'à son corps défendant.

Comme il était maintenant tout près d'une heure, Darsie

Anning devait être occupée à superviser la préparation du déjeuner. Même avec un bon réfrigérateur, la nourriture devait être un problème avec ce temps, et avec un personnel étranger, on ne pouvait se permettre d'être trop exigeant. Miss Silver fut donc étonnée, alors qu'elle traversait le palier du premier étage, de voir miss Anning faire un pas en dehors de la chambre de sa mère puis se retourner.

— Écoute, mère, il faut vraiment que j'aille m'occuper de ton déjeuner maintenant. Marie te le montera.

La voix geignarde de Mrs. Anning lui parvint par la porte à demi ouverte.

— Je n'aime pas ces étrangères, Darsie. Je passe mon temps à te le répéter, mais tu ne fais rien. Quand j'étais petite fille, ma mère avait une bonne française. Elle lisait notre courrier. J'aimerais que tu renvoies Marie. Je n'aime pas qu'elle reste avec moi. Je ne sais pas pourquoi tu ne restes pas avec moi toi-même. Je ne veux pas que tu partes et que tu me laisses.

Miss Anning traversa la moitié du palier avant de voir miss Silver. Percevant un sanglot, elle fronça les sourcils et s'exclama : « Oh, mon Dieu ! »

Miss Silver toussota.

— Peut-être pourrais-je vous être utile ? Je pourrais tenir compagnie à votre mère jusqu'à ce que son déjeuner arrive. Je sais qu'à cette heure-ci vous êtes très affairée.

Darsie Anning accepta d'un rapide signe de tête.

— C'est très gentil à vous. Mère, voici miss Silver qui vient te rendre visite.

Mrs. Anning était dans un état d'agitation tout à fait inhabituel. Elle était empourprée et roulait les yeux. Elle demanda avec insistance à miss Silver de vérifier que la porte était bien fermée.

— Elle a la manie de se rouvrir, et ces filles restent dans l'entrebâillement et écoutent ce qui se dit. Ces étrangers sont tous des espions... on ne peut pas leur faire

confiance. Mais on ne peut faire confiance à personne, n'est-ce pas ?

— Je serais bien triste si je devais croire cela, dit miss Silver.

— Cela fait longtemps que je suis triste, répliqua Mrs. Anning. Mon mari est mort, et puis Alan est parti, et puis nous n'avions pas d'argent, vous savez. Il a dit qu'il ne pouvait pas l'épouser parce qu'il n'avait pas d'argent non plus. Les jeunes gens ne peuvent pas vivre de rien. Mais Darsie n'a plus jamais été la même. Les gens disaient toujours qu'elle était jolie, et puis elle était si gaie. Elle a détruit toutes ses photos, mais j'en ai caché une dans la couverture de mon sachet d'aiguilles. Voulez-vous la voir ?

La photographie était un instantané glissé entre deux des morceaux de flanelle dentelée destinés à recevoir les aiguilles. Elle montrait une jeune fille brune au visage ouvert et rieur et un beau jeune homme blond. Miss Silver avait à peine eu le temps de la regarder que Mrs. Anning la lui arrachait des mains. Ses doigts tremblaient quand elle la remit dans sa cachette.

— Il n'aurait pas dû partir ! dit-elle d'une voix soudain devenue forte. On ne peut pas faire des choses comme cela sans être puni ! On devrait être puni quand on fait le mal ! C'est écrit dans la Bible : « Œil pour œil, dent pour dent ! » C'est peut-être pour cela qu'il est revenu, pour recevoir son châtiment. J'ai pensé à cela quand j'ai entendu sa voix. J'ai dit à Darsie que c'était sa voix, et elle m'a répondu que non. Elle ne devrait pas mentir là-dessus. Comme si je ne pouvais pas reconnaître la voix d'Alan... d'*Alan Field !*

Elle allait continuer sur sa lancée quand la porte s'ouvrit. Marie, la jeune fille française, entra, portant un plateau — un aspic de volaille, une salade, un verre de limonade glacée, le tout parfaitement présenté. Marie parcourait la pièce des yeux à la dérobée. Elle posa le plateau

sur une petite table qui était prête à le recevoir et ressortit, laissant la porte entrebâillée.

— Elle veut entendre ce que je dis sur Alan Field ! s'écria Mrs. Anning d'une voix forte et rageuse. Eh bien, qu'elle entende ! Qu'est-ce que cela peut me faire ? Tout le monde peut l'entendre puisque c'est la vérité ! Il devrait être châtié ! Je vous l'avais bien dit qu'elle écoutait aux portes !

Chapitre XI

En revenant de la gare, James Hardwick se disait que, pour une fois, la fin d'un été anglais était vraiment très agréable. Et ce beau temps semblait parti pour durer. Le lendemain, ils nageraient jusqu'à la pointe avec Carmona, et ils prendraient leur temps avant de revenir.

Carmona ! Dans moins de dix minutes, il allait la revoir. Quand il était loin d'elle, c'était ce qu'il attendait... ce moment d'anticipation où il pouvait pleinement savourer la pensée qu'il retrouvait son foyer. Chacune de leurs rencontres contenait tout le romanesque et les espérances de leur première fois, alors qu'ils ne s'étaient pas encore rencontrés, mais qu'il l'avait vue de l'autre côté du théâtre bondé et qu'il était tombé amoureux d'elle.

La voiture s'engagea dans l'allée cimentée. Il régla le prix de la course du taxi, monta les marches entre les urnes vides et entra dans le hall qui paraissait sombre et frais après l'éclat de la lumière du soleil à l'extérieur. Au moment où il posait sa valise, la grosse horloge sonnait sept heures. Elle était aussi laide que grosse et elle sonnait avec un bourdonnement qui l'alarmait énormément quand il était enfant. Il attendit qu'elle s'arrête et perçut le bruit de voix par la porte ouverte du salon.

— Oh, non, Alan, dit Esther Field.

James s'immobilisa. Il était impensable qu'Alan Field

puisse être ici, dans cette maison. Esther avait dû parler de lui, et non pas s'adresser à lui. Il traversa le hall et entra dans la pièce.

Il y avait sept personnes en train de boire, mais celle qu'il vit la première fut Carmona, dans une robe blanche, son chapeau posé sur le bras d'un fauteuil à côté d'elle. Elle tenait un verre de citronnade à la main, avec des cubes de glace pour rafraîchir la boisson. Ses cheveux bruns étaient légèrement ébouriffés, et elle était pâle. C'est elle qu'il vit la première, mais l'instant d'après il vit Alan Field à ses côtés. Les autres personnes présentes étaient les Trevor, Adela Castelton, Esther Field et Pippa Maybury.

Carmona s'avança à sa rencontre. Elle était beaucoup trop pâle. Il posa la main sur son épaule et lui effleura la joue de ses lèvres — comme tout mari retrouvant sa femme en présence d'un groupe de vieux amis. Mais intérieurement il était l'amant qui désirait tous les voir au diable pour pouvoir la prendre dans ses bras et la serrer très fort contre lui. Il aurait aussi bien pu toucher un de ces mannequins que l'on voit dans les vitrines. Elle ne le regarda pas. A peine lui eut-il effleuré la joue qu'elle s'écarta. Pendant qu'il échangeait quelques mots avec les Trevor, avec Adela et avec Esther, pendant que Pippa Maybury lui disait qu'il devait mourir de soif et lui préparait un verre, elle s'était retirée à l'endroit où elle se trouvait lorsqu'il était entré et elle n'en bougeait pas, froide et distante.

Il s'approcha, son verre à la main, et s'arrêta près d'elle pour parler à Alan.

— Vous ici, Field ? Si je m'étais attendu à cela !

— Oh, vous savez, tout le monde revient un jour ou l'autre. J'avais des affaires à régler avec Esther, mais cela ne devrait pas prendre très longtemps. Je loge chez les Anning. Vous devez vous souvenir de Darsie. Elle est bien défraîchie, la pauvre, et cela n'a rien d'étonnant.

Quelle vie — essayer de gagner quelques sous sur le dos de vieilles grincheuses ! Je préférerais me tuer !

Il posa son verre et se tourna vers Carmona.

— Eh bien, je crains de devoir vous quitter... ils dînent à sept heures et demie. Avec ce temps ! Esther, ma chérie, je te verrai demain matin. Oh, Pippa, un instant, s'il te plaît...

Ils sortirent ensemble sur la terrasse. Pippa revint très vite. Le rouge lui était monté aux pommettes. Elle triturait ses perles. Tout le monde se retira pour aller se changer.

Lorsqu'il revint de la salle de bains, James trouva Carmona en train de fixer une broche ancienne ornée d'une perle sur le devant de sa robe jaune légère. Elle quitta des yeux le miroir et tendit la main pour le maintenir à distance.

— Non... je veux te parler. Mais pas maintenant... nous n'avons pas le temps.

— Carmona, qu'as-tu ? Et que fait ici ce Field ?

— Il est venu voir Esther. Tu as entendu ce qu'il a dit... il avait des affaires à régler avec elle.

— Je suppose qu'il veut de l'argent.

— Oui, je suppose.

Jusqu'à cet instant elle s'était seulement sentie engourdie, ou plus exactement elle n'avait rien senti d'autre qu'une sorte de froid et de vide. Mais maintenant la douleur commençait à arriver... comme des coups de poignard. Son cœur se mettait à battre la chamade.

— Esther est bouleversée, fit-elle vivement. Je ne peux pas en parler maintenant... et je ne veux pas. Nous devons d'abord attendre que la soirée soit terminée.

Il y avait une lourde pendule dorée sur la tablette de cheminée. Il y jeta un rapide coup d'œil.

— J'aimerais savoir ce que tout cela signifie, dit-il. Il n'y a pas qu'Esther qui n'ait pas l'air d'être dans son état normal. Tu peux me raconter pendant que je m'habille. Nous avons trente-cinq minutes.

— Non, James... je ne peux pas.

Il braqua sur elle un regard pénétrant.

— Chérie, qu'est-ce que c'est que cette histoire ? Tu ferais mieux de me dire ce que tu as sur le cœur. Field t'a-t-il importunée ?

— Non... ce n'est pas cela.

Il ne put retenir un petit rire méchant.

— Ce n'est pas quoi ? Allez, dis-moi !

Sa voix se fit âpre, car à l'instant même où il prononçait ces mots, il réalisa ce qu'Alan Field avait pu faire. S'il avait mis Carmona au courant de la chose que lui, James, avait espéré qu'elle ignorerait toujours, cela expliquerait son air bouleversé. Il était difficile de croire que cet individu avait accepté de se trahir jusqu'à ce point. Difficile, mais pas impossible, dès lors qu'il s'agissait de Field. Ce pouvait être sa manière de régler un vieux compte.

Carmona fit un pas en arrière. Ils n'avaient jamais parlé d'Alan. Pourquoi étaient-ils en train de parler de lui maintenant ? Elle ne se souvenait pas avoir déjà entendu James s'adresser à elle sur ce ton. Quelque chose en elle se recroquevilla puis elle sentit la colère monter. Il vit ses yeux s'écarquiller et étinceler.

— Carmona... que t'a-t-il dit ?

— Tu ne le sais pas ?

— Je crois que tu ferais mieux de me le dire.

Elle continua de reculer jusqu'à ce qu'elle bute contre le lit. Elle s'immobilisa avec la sensation d'être prise dans un piège. « Non », répondit-elle.

James Hardwick s'avança vers elle et posa légèrement les mains sur ses épaules.

— Dis-moi ce qu'il t'a raconté.

Cela avait été une erreur de la toucher. La créature la plus inoffensive se battra si l'on pose la main sur elle. Carmona sentit monter en elle quelque chose de très étrange. Elle laissa exploser sa colère en regardant James comme si elle le haïssait.

— Il m'a dit que tu l'avais payé pour partir et te laisser m'épouser ! s'écria-t-elle.

Sur ces mots elle se dégagea et courut vers la porte. La poignée lui meurtrit la paume de la main, mais elle ne le sentit pas sur le moment. Elle n'était plus qu'une créature sauvage s'arrachant au piège, toute raison et tout jugement envolés. S'il l'avait touchée, s'il avait essayé de la retenir, elle aurait sans doute crié.

La porte se referma derrière elle. Elle réalisa avec horreur qu'elle aurait vraiment pu crier s'il avait essayé de la retenir. Mais il ne l'avait pas fait. Il n'avait pas fait un seul mouvement pour la suivre. Elle restait derrière la porte et elle était contente d'avoir eu cette explosion de colère.

James Hardwick resta où il était. Il était nu-pieds, une robe de chambre légère sur son caleçon. Il pouvait difficilement s'amuser à poursuivre Carmona à travers la maison remplie d'invités. Maintenant qu'il savait ce qui n'allait pas, il pouvait attendre. Il y avait toujours eu la possibilité qu'elle puisse l'apprendre. Il aurait de beaucoup préféré que cela ne se fût pas passé, car Field avait certainement présenté les choses de la manière la plus blessante possible, et elle n'avait pu manquer d'en souffrir. C'était vraiment une bonne chose qu'elle ait eu cette flambée de colère. Elle souffrirait moins ainsi. Il ne pouvait supporter de savoir qu'elle souffrait.

Il continua à s'habiller.

Chapitre XII

Ce fut une longue soirée pour tout le monde. Plus tard, quand tout ce qui avait été dit et fait fut passé au crible, Beeston eut à répondre à un certain nombre de questions. Quelle tête avait celui-ci, qu'avait dit celui-là ? Quelqu'un avait-il eu l'air nerveux, perturbé, déprimé ou hors de son état normal, d'une manière ou d'une autre ? Il répondit que c'était difficile à dire, monsieur, et que la journée avait été très chaude. Il lui était venu à l'esprit que lady Castelton était peut-être restée trop longtemps au soleil, vu qu'elle était montée se coucher avec une migraine. Il fallait dire que Mrs. Field et elle, elles n'étaient plus aussi jeunes qu'avant et elles auraient peut-être mieux fait de rester à la maison pendant la grosse chaleur, mais pour ce qui était des autres, non, il n'irait pas jusqu'à dire qu'ils n'étaient pas dans leur état normal. Mrs. James était bien rouge, et Mrs. Maybury aussi, et elle était pleine de vivacité. Ils devaient, naturellement, être tous très contents de voir Mr. James revenir, et revenant de l'étranger, il devait avoir un tas de choses intéressantes à raconter. Avec le travail qu'il fait, il est en contact avec toutes sortes d'étrangers, et pour ceux qui aiment ça, eh bien, monsieur, ça fait des sujets de conversation intéressants. On donna à penser que James Hardwick était un excellent hôte et que, quelles qu'aient pu être ses préoccupations, il

n'en avait rien laissé paraître pour ne pas nuire au bien-être de ses invités.

Pour Carmona la soirée se passa très bien. Il y eut des moments où elle eut peur, mais ils ne duraient pas. Tout d'un coup, et alors que rien ne le lui laissait pressentir, elle avait la sensation que l'on peut avoir en arrivant au bord d'un précipice inattendu et en regardant loin en contrebas... il y a un instant de terreur panique, puis l'on cesse de regarder, et la peur disparaît. Le reste du temps, la colère brûlait en elle. Elle pensait aux choses qu'elle allait dire à James lorsqu'ils se retrouveraient seuls. Mais en attendant, elle se conduisait en parfaite hôtesse.

Si elle avait été moins absorbée par ses propres problèmes, elle aurait pu nourrir quelque inquiétude au sujet de Pippa qui avait sans nul doute laissé trop souvent remplir son verre. A mesure que le rouge lui montait au visage et que sa langue se déliait, Esther semblait de plus en plus mal à l'aise. Adela Castelton, concentrée sur sa réussite, finit par hausser un sourcil, sur quoi Pippa éclata de rire et s'écria :

— Voilà que j'ai choqué tout le monde !

James lui versa une tasse de café.

— Tu as trop bu, dit-il d'un ton détaché. Il fait trop chaud pour cela. Prends une grande gorgée du café glacé de Mrs. Beeston et viens avec moi sur la terrasse. Il devrait commencer à y faire frais maintenant.

Elle eut un curieux petit frisson.

— Non, non... je ne veux pas y aller. Je déteste le jardin de ton oncle, pas toi ? Et c'est encore pire la nuit. De jour il est seulement affreux, mais de nuit toutes ces figures de proue et le reste... on dirait qu'elles se tapissent !

Carmona les observait. James se comportait très bien. James agissait toujours correctement. Il avait cette distinction qui faisait paraître approprié tout ce qu'il entreprenait. Malgré le choc et la colère, elle savait qu'il contrôlait

la situation comme bien peu d'hommes auraient pu le faire, et il la contrôlait avec au moins l'apparence d'une parfaite aisance. Il était maintenant en train de lancer Maisie Trevor sur l'un de ses sujets favoris, et avait amené le colonel Trevor à dire quelques mots gentils sur Bill Maybury que tout le monde aimait bien. C'était à elle qu'il incombait de répondre à Maisie et de faire participer Esther à la conversation... Esther et, si possible, Adela Castelton.

Mais Adela ne lui laissait aucune chance. Son beau visage pâle restait penché sur ses cartes de réussite qu'elle maniait avec une précision délicate, le solitaire qui dissimulait presque son alliance jetant mille feux sous la lumière, et le rubis rouge sang qu'elle portait à l'autre main faisant une tache brillante de couleur sur le blanc de sa peau et le noir de sa robe.

— Et je suis vraiment la seule à avoir connu les tenants et les aboutissants de l'histoire, dit Maisie Trevor. Bien sûr, j'étais encore très jeune à cette époque, mais vous savez quel intérêt l'on peut porter à ce genre de choses, en particulier quand tout le monde baisse la voix à votre approche et vous dit d'aller vous occuper des fleurs ou autre chose. C'était un homme tellement distingué, et *marié*, alors qu'elle n'avait qu'un an de plus que moi, et tout cela me passionnait. Et elle m'a tout raconté la nuit précédant leur fuite.

De faibles échos d'un vieux scandale poussiéreux tombé dans l'oubli depuis une génération — déchirement et chagrin, honte, péché et souffrance, enfouis maintenant sous l'indifférence des ans. Carmona essaya de se donner l'air d'écouter. Tout cela était si loin, si vieux.

Adela Castelton rassembla ses cartes comme elle l'avait fait la veille. La chaleur, les lumières, les voix, la voix de Maisie Trevor et ses interminables histoires ! Elle se leva.

— J'espère que vous ne m'en voudrez pas si je vais me coucher. J'ai été idiote de rester si longtemps au soleil. Cela a réveillé ma migraine.

Carmona fut toute sollicitude.

— Puis-je vous donner quelque chose ?

Adela prit un air indécis.

— Je ne pense pas. J'ai des comprimés très efficaces. Seulement je ne suis plus très sûre... de l'endroit où je les ai mis. Peut-être que si tu voulais... monter avec moi...

La couleur et la vie semblaient s'être retirées de son visage. Il était difficile de reconnaître en elle la lady Castelton pleine d'assurance. Au moment où elles arrivaient à la porte, Carmona passa un bras autour d'elle et eut l'impression qu'il était le bienvenu.

Les comprimés étaient dans un tiroir de la vieille coiffeuse. Des rideaux jaunes, un édredon jaune satiné, et Adela s'assit sur le bord du lit.

— Quelque part sur la coiffeuse, je pense. Oui, c'est ce flacon. J'en prends tous les trente-six du mois, mais quand je le fais, j'ai l'assurance d'avoir au moins huit heures de sommeil profond... et je crois que c'est ce qu'il me faut ce soir. Peux-tu avoir la bonté de me donner un verre d'eau du lavabo ?

Elle fit tomber deux comprimés dans sa main, les porta à sa bouche, but l'eau que Carmona lui tendait et la remercia.

— Pourrais-tu être assez gentille pour jeter un coup d'œil en allant te coucher ? Une fois que je suis partie, rien ne me réveille, mais cela me ferait plaisir de savoir que tu vas passer. Oh, je n'ai pas eu une tête comme ça depuis... je ne sais plus combien de temps !

Carmona l'aida à se coucher et descendit rejoindre les autres.

Même la soirée la plus longue a une fin. Celle-ci n'avait pas été extrêmement longue si l'on ne considérait que la durée, mais d'autres facteurs entrent en jeu. L'endurance est un de ceux-ci. Jusqu'à quel point peut-on supporter la tension ? Dans le salon victorien, avec son tapis festonné, son manteau de cheminée blanc et or, ses vitrines remplies

de porcelaines et ses fauteuils de brocart, plus d'un devait se poser la question.

Probablement personne ne regretta de voir la soirée toucher à sa fin. On se souhaita bonne nuit, et les dames montèrent, leur murmure de conversation diminuant à mesure qu'elles s'éloignaient. Des portes se fermèrent. Carmona, restée la dernière, se dirigea vers la chambre d'Adela Castelton et tourna doucement la poignée de la porte. Deux fenêtres orientées au nord plus frais, un souffle qui entrait, les vagues contours du lit. Elle ne perçut d'abord aucun bruit, mais après avoir fait un pas en avant et s'être arrêtée pour écouter, elle entendit la respiration régulière d'Adela. Elle attendit un peu pour en être tout à fait sûre, puis elle sortit et referma la porte.

Au rez-de-chaussée, James servit à boire et alla fermer les fenêtres. Il resta quelques instants devant la porte vitrée ouvrant sur la terrasse. De l'air frais venait de la mer. L'eau était sombre et le ciel lumineux. Les vieilles figures de proue s'élevaient, noires et étranges.

— Cela semble dommage de ne pas laisser entrer l'air, mais si je ne le fais pas, Beeston va certainement s'attendre à tous nous retrouver assassinés dans nos lits.

— Votre oncle l'a possédé pendant longtemps ?

— Oh, des lustres. Quand j'étais jeune, on m'envoyait ici tout seul, vous savez. Il y avait une inimitié profonde entre ma tante Mildred Wotherspoon et les Hardwick. Je ne sais pas quel en était le motif, et cela durait depuis si longtemps que je suppose qu'eux-mêmes ne s'en souvenaient plus, mais ils refusaient de se voir. On m'expédiait avec une étiquette cousue dans ma poche — depuis l'âge de sept ans à peu près — et les Beeston s'occupaient de moi. Oncle Octavius me tapotait la joue et me donnait la pièce — une demi-couronne au début et jusqu'à un billet de cinq livres pour mes vingt et un ans, et cela s'est arrêté net. Il grommelait : « Le fils de ce pauvre Henry », et il partait, à notre soulagement mutuel. C'était Beeston qui

me fournissait l'indispensable seau et la non moins indispensable pelle et me montrait les meilleurs coins pour pêcher les bouquets. Mrs. Beeston m'avait donné un bocal avec des anémones de mer, et je le remplissais d'algues, de crevettes, de bigorneaux et de toutes sortes de cochonneries.

Le colonel Trevor termina son verre et le reposa.

— Vous n'envisagez pas de rester ici ?

James se retourna.

— Oh, non, il n'en est pas question. Il n'est plus possible d'entretenir ce genre de maison.

Ils se séparèrent sur le large palier du premier étage, avec sa haute horloge d'ébène au tic-tac grave et le tapis fleuri qui dégageait une légère odeur de renfermé. James frappa à la porte de ce qu'il ne pouvait encore éviter d'appeler la chambre de l'oncle Octavius et entra.

Carmona était assise sur le bord du lit. Elle avait réussi à tenir jusqu'au bout de la soirée et elle avait été contente qu'elle soit finie, contente d'être seule, mais d'instant en instant, son courage fléchissait. Elle portait encore la robe jaune pâle et la broche ornée d'une perle. Elle gardait les mains serrées sur son giron. Elles étaient tellement serrées que l'alliance de James lui mordait la chair du doigt. Mais elle ne le sentait pas. En entendant le bruit de son pas et en voyant la porte s'ouvrir, elle avait commencé à ressentir bien d'autres choses, et elle les ressentait avec trop d'intensité. Il n'y avait plus à atermoyer. Ils en étaient arrivés au point où il fallait se dire la vérité et accepter ce qui en résulterait. Et elle avait peur. Non pas de James, mais de ce qu'elle allait peut-être apprendre sur lui. Elle pensait qu'il allait lui dire la vérité... oui, elle le pensait vraiment. Mais elle ne savait pas ce que cette vérité allait être. Il l'avait achetée à Alan Field. Il avait payé cinq mille livres pour elle. Quand ces mots s'enfoncèrent en elle, elle sentit renaître le feu dévorant de la colère, mais il retomba et la laissa tremblante d'un froid intérieur, car si

James n'était pas du tout James, mais quelqu'un qu'elle n'avait jamais connu, alors vers qui pourrait-elle se tourner et que pourrait-elle faire ? Il lui vint fugitivement à l'esprit qu'elle n'avait personne vers qui se tourner... personne sauf James lui-même. Et s'il n'y avait plus de James, alors il n'y avait plus personne.

Il ferma la porte et s'avança vers elle.

— Alors, ma chérie, je suppose que le moment est venu de parler de tout cela.

— Oui », répondit-elle. Ou, plus exactement, ses lèvres formèrent le mot, mais aucun son n'en sortit.

Il prit place à côté d'elle sur le lit.

— Cela te tracasse vraiment ?

— Oui », firent de nouveau les lèvres, mais il n'y eut encore aucun son. Elle restait assise sans le regarder, sans rien regarder de particulier.

Il avait le cœur serré pour elle. Bon, il fallait commencer. Mais de quelle façon commencer ? Maintenant qu'il lui fallait en parler, tous les mots qu'il aurait à employer lui paraissaient crus et grossiers.

— Tu ne veux pas que je te touche, n'est-ce pas, demanda-t-il.

Elle fut parcourue d'un long frisson.

— D'accord, poursuivit-il vivement, je ne te toucherai pas. Mais ce serait plus facile si tu me laissais passer le bras autour de toi.

Elle eut un nouveau frisson.

— Très bien, dit-il, je vais te raconter.

Il était extraordinairement difficile de commencer. Il revit en esprit cette première fois, avec sa robe blanche et ses perles d'anniversaire autour du cou, et Alan Field à côté d'elle qui souriait et se penchait pour lui murmurer quelque chose à l'oreille. Au moment où la scène lui revenait en mémoire, pleine de lumières et de couleurs, il commença de la lui narrer. Et quand il eut commencé, les mots se mirent à couler. Il lui raconta qu'assis dans la loge en compagnie des Trevor, il l'avait vue en face de lui.

— C'est à ce moment-là que je suis tombé amoureux de toi, dit-il, et je me suis proposé de faire ta connaissance à l'entracte. Les Trevor nous auraient présentés — ils parlaient beaucoup de toi — mais Maisie s'est sentie mal, et nous avons dû la raccompagner. Je devais être au Caire le lendemain, et pas moyen de faire autrement. Il m'a fallu attendre quinze mois avant d'en partir, mais j'ai eu des nouvelles de toi dans une lettre de Maisie et par Mary Maxwell. Je suis tombé sur elle et son mari à Alexandrie, et elle m'a parlé de toi, si bien que je savais que tu n'étais ni mariée ni fiancée. Dès que je suis revenu, je suis allé voir les Trevor, et ils m'ont annoncé que tu devais épouser Alan Field une semaine plus tard. Maisie était tout à fait pour, mais Tom disait qu'il te crèverait le cœur et que lui-même était prêt à donner sa main droite pour empêcher ce mariage. J'aurais donné plus que cela, mais il ne semblait pas y avoir grand-chose à faire.

Carmona leva la tête.

— En quoi cela te concernait-il ? demanda-t-elle d'une petite voix froide.

— Je t'aimais. Tu étais malheureuse.

— Comment savais-tu que j'étais malheureuse ?

— Je t'ai vue en allant rejoindre les Trevor. Tu avais une place côté fenêtre dans le train de Londres au moment où mon train entrait en gare. Je ne pense pas que tu m'aies vu, mais tu regardais dans ma direction, et j'ai remarqué à quel point tu avais l'air malheureuse. Les deux trains étaient presque à l'arrêt.

Oui, elle avait été désespérément malheureuse à cette époque. Elle allait épouser Alan non parce qu'elle avait besoin de lui, mais parce qu'il avait besoin d'elle, et à chaque jour qui passait, la conviction que ce n'était pas suffisant se faisait plus forte. Mais il était trop tard pour faire machine arrière, trop tard pour lui porter un tel coup, trop tard pour faire autre chose qu'aller jusqu'au bout.

James attendit pour voir si elle allait parler. Le profil

pâle se pencha un peu, mais les lèvres n'esquissèrent pas un mouvement.

— Je ne croyais pas pouvoir faire quoi que ce fût, reprit-il. Si j'avais pensé qu'il pouvait te rendre heureuse, je me serais résigné. Mais je savais qu'il ne le ferait pas. Tom Trevor avait raison... il allait te crever le cœur. Vois-tu, je me trouvais savoir pas mal de choses sur Field. Il n'était pas digne d'être dans la même pièce que toi, sans parler de t'épouser. J'ai vécu un enfer. Et puis... il s'est passé quelque chose.

Elle eut un petit hoquet de surprise et se tourna pour lui faire face, les lèvres entrouvertes, les yeux soudain brillants. C'était ce qu'elle avait toujours voulu savoir... ce qui s'était passé, pourquoi, et comment.

Si James fut surpris par sa réaction, il n'en montra rien. Il poursuivit de la même voix paisible.

— J'avais reçu une invitation à dîner chez un nommé Edwards qui devait me présenter sa femme. En fait, nous étions nombreux et après le dîner nous sommes allés dans une boîte de nuit à la mode. Ce n'est pas tellement mon genre et je n'étais pas d'humeur à cela, mais je pouvais difficilement les laisser tomber. Nous y étions depuis à peu près une demi-heure quand Field est arrivé avec un groupe très bruyant. Ils avaient tous bu et ils ont continué. Quand Field a trébuché et fait tomber sa cavalière, il a cessé d'essayer de danser et il s'est mis à parler à la place.

C'était la chose la plus difficile qu'il ait jamais faite de sa vie. S'il avait pu trouver n'importe quel moyen d'éviter de le lui dire, il l'aurait utilisé. Mais il n'y avait aucun moyen. Cela allait lui faire affreusement mal, et il ne pouvait l'éviter.

Elle leva les yeux vers son visage et lui dit : « Continue. »

— Il s'est mis à parler... disant qu'il n'avait jamais eu de chance. On ne peut rien faire sans argent, et il n'en avait jamais eu. Alors, ce qu'il lui restait de mieux à faire

était de se mettre la corde au cou pour quelques malheureuses centaines de livres par an. Je ne vais pas te raconter en détail tout ce qu'il a dit, mais tout était de la même cuvée. Je suis allé m'asseoir à sa table. La fille avec qui il se trouvait était pratiquement soûle. J'ai dit à Field : « Vous vous mariez dans deux ou trois jours, n'est-ce pas ? » Il m'a répondu oui, pas de chance, mais il fallait bien vivre et il était raide comme un passe-lacet. Alors je lui ai demandé : « Si quelqu'un vous offrait une somme rondelette et la possibilité de refaire votre vie, disons en Amérique du Sud, qu'en diriez-vous ? » Il a voulu savoir ce que j'entendais par une somme rondelette, et je le lui ai dit. Cela a paru le dessoûler. Il m'a regardé avec des yeux ronds et il m'a dit : « Vous plaisantez ! » Alors je lui ai dit : « Écoutez-moi, vous êtes soûl. Je ne peux pas parler affaires avec vous comme cela. Si vous voulez venir chez moi et vous plonger la tête dans un seau d'eau, nous pourrons discuter. »

Carmona ne dit rien. Elle continua à le dévisager en silence.

— Voilà comment cela s'est passé, reprit James. Il savait parfaitement ce qu'il faisait. Je lui ai fait boire du café noir, et je peux t'assurer qu'il n'était plus soûl quand nous avons conclu le marché. La situation commençait à devenir intenable pour lui en Angleterre, et l'Amérique du Sud le tentait énormément. Et il s'est montré tout à fait franc pour l'argent... il m'a dit que le tien ne lui serait pas d'une grande utilité, car seuls toi et tes enfants pourriez le toucher, alors que s'il avait un capital à investir, d'innombrables possibilités s'offraient à lui. Je l'ai revu le lendemain, et nous avons réglé les détails. Je devais lui payer la traversée et lui remettre un peu d'argent liquide, et il devait toucher le reste à son arrivée à Rio. Et il ne devait pas te voir. Il devait t'écrire et te dire la vérité... qu'il était loin, très loin, d'être digne de toi, et que tu serais beaucoup mieux sans lui.

— Il n'a pas écrit.

James tendit la main vers elle, mais elle se recula.

— Je suis allée... à l'église... pour le mariage. Il n'est pas venu.

— Je sais. Je n'ai jamais voulu que cela se passe ainsi.

C'était presque comme si elle le suppliait de ne pas avoir laissé cela se produire, et comme s'il tendait la main pour la soutenir... non pas par un contact physique auquel elle se serait dérobée pour s'enfoncer dans sa solitude, mais par quelque tranquille assurance de sécurité. C'était ce qu'il y avait de curieux dans ce qui était en train de se passer entre eux... au-delà du choc, de la colère et de la douleur qui l'avaient ravagée demeurait l'instinct qui se tournait vers lui pour chercher la sécurité et qui savait qu'il pouvait la lui apporter. C'était cet instinct qui l'avait poussée à l'épouser. Tout le monde avait été ravi, mais tout le monde avait été extrêmement surpris. Elle savait qu'ils se demandaient comment elle avait pu faire cela. Si rapidement et après une telle blessure. Ils ne savaient pas, et jamais elle ne pourrait leur expliquer, que lorsqu'elle était avec James la douleur et l'humiliation s'atténuaient et disparaissaient. Si elle pouvait être tout le temps avec lui, elles ne reviendraient plus. C'est pourquoi, lorsqu'il le lui avait demandé, elle avait accepté de l'épouser. Après quelques instants de silence, James poursuivit.

— Jamais encore nous n'avions parlé de Field. Est-ce que cela te fait vraiment si mal ?

Elle le regarda d'un air misérable.

— Je croyais... qu'il avait besoin de moi. Je savais... que ce ne serait pas facile, mais je pensais... pouvoir y arriver. Et puis j'ai commencé à me demander... si vraiment je pourrais. Il fallait que je me force... à continuer. Quand je suis allée à l'église... et qu'il n'est pas venu... c'était... je ne sais pas comment dire...

— Tu avais essayé de toutes tes forces, et puis ce que tu avais essayé de faire n'avait pas été accepté. C'est bien cela ?

Elle acquiesça lentement de la tête.

— Il ne voulait... aucune des choses... que je croyais... pouvoir lui donner. Je sais maintenant que tout ce qui l'intéressait... c'était l'argent... et il n'y en avait pas assez... » Sa voix était devenue de plus en plus faible, et les derniers mots furent à peine audibles.

Il se pencha en avant et lui prit les mains. Cette fois, elle ne les retira pas. Ses doigts s'accrochèrent à ceux de James, mais quand il essaya de se dégager pour pouvoir passer le bras autour d'elle, les doigts refusèrent de le lâcher.

— Carmona... chérie !

Mais elle secoua la tête.

— Non... *James... je t'en prie...*

Il n'insista pas.

Elle avait le visage baigné de larmes. Elle dégagea ses mains pour chercher un mouchoir et les essuyer.

Chapitre XIII

James éteignit la lumière du cabinet attenant à la chambre et écarta le rideau. Il avait sous les yeux la scène qu'il avait déjà contemplée depuis le salon — l'eau sombre, le ciel lumineux et les formes bizarres que l'oncle Octavius avait disséminées dans tout le jardin. Mais il y avait quelque chose de nouveau, quelque chose qui remuait dans tout ce fouillis, une haute silhouette au milieu des autres silhouettes qui s'étaient jadis dressées face à la mer et ne le referaient plus jamais. Quelqu'un descendait l'allée qui menait au sentier de la falaise.

Il resta immobile, les sourcils froncés. Difficile d'imaginer que l'un des invités puisse choisir ce moment pour aller se promener. Cela ne viendrait certainement pas à l'esprit des Trevor ni d'Esther Field. Il songea à Pippa Maybury. C'était le genre de chose qu'elle était capable de faire si l'envie lui en prenait, mais pas seule... certainement pas seule. Il se souvint qu'Alan Field lui avait demandé : « Puis-je te dire quelques mots, Pippa ? » et qu'elle était sortie avec lui sur la terrasse et revenue en ayant l'air... eh bien, de quoi avait-elle eu l'air ? Excitée... terrifiée ? L'impression avait été si fugitive qu'il ne pouvait en être sûr. Il ne pouvait être sûr de rien. La silhouette pouvait être celle de quelqu'un qui n'avait absolument rien à fairc ici. Il se dit qu'il allait descendre et s'assurer

que tout était en ordre. Si, par exemple, quelqu'un avait quitté la maison, l'une des portes ou des fenêtres devait être entrebâillée ou, tout au moins, ne devait plus être fermée. Si, par contre, il s'agissait de quelqu'un qui se cachait dans le jardin... il se souvint de la répulsion avec laquelle Pippa avait prononcé le mot...

Il résolut de descendre pour voir ce qui se passait. La seule possibilité qu'Alan Field soit en train de rôder autour de la maison...

Il ouvrit la porte de la chambre et vit que Carmona s'était endormie. Elle avait éteint le plafonnier, mais la pièce baignait dans une lumière douce provenant de la lampe de chevet de son côté du lit. Elle lui tournait le dos, ses cheveux bruns ressortant sur la blancheur de l'oreiller. Il referma la porte, se chaussa et prit une torche et un imperméable léger. Au moment où il traversait le palier, l'horloge sonna minuit un quart.

Il trouva du premier coup ce qu'il cherchait. Si quelqu'un sortait de la maison en plein milieu de la nuit, cent contre un qu'il utiliserait la porte vitrée du salon. C'était bien le cas. La porte qu'il avait fermée lui-même en parlant des Beeston au vieux Tom Trevor était entrouverte. Il l'avait correctement fermée une heure plus tôt... il en était absolument certain. Quelqu'un était descendu et l'avait ouverte. Il éteignit sa torche, poussa la porte et sortit sur la terrasse.

Il s'arrêta et tendit l'oreille, mais il n'y avait rien d'autre à voir ni à entendre que ce qu'il avait pu voir ou entendre n'importe quelle nuit d'été pendant toutes les nuits où il avait dormi ou veillé à Cliff Edge. Mais il n'y avait pas l'ombre d'un doute qu'il y avait eu quelqu'un, et la porte ouverte en témoignait. La torche à la main, mais toujours éteinte, il descendit l'allée menant à la porte qui donnait sur la falaise.

Carmona s'éveilla. Il était tard. A peine sa tête avait-elle touché l'oreiller qu'elle avait sombré dans un profond

sommeil. C'était comme si elle avait fait un long voyage au terme duquel il ne lui était rien resté d'autre qu'une totale lassitude et un besoin de dormir. Quand elle avait séché ses larmes, c'était comme si elle avait essuyé avec elles toute la souffrance qui les lui avait fait monter aux yeux... la souffrance, la colère, la profonde humiliation. Elle ne ressentait plus rien du tout. Tout ce qu'elle désirait était être seule, s'allonger et s'endormir. C'est le bruit d'une course qui la réveilla. Elle ouvrit les yeux sur la lumière douce de la chambre. Les fenêtres qui encadraient la coiffeuse étaient sombres. Les pas couraient et trébuchaient. Il y eut le bruit d'une respiration sanglotante. Son instinct la poussa confusément à voir sans être vue. Pour cela il lui fallait éteindre la lumière. Elle repoussa le drap et la couverture légère et sortit du lit.

Dès que la lampe fut éteinte, elle distingua clairement les fenêtres. Elle se dirigea vers la plus proche et se pencha au-dehors. Quelqu'un courut à travers la terrasse et disparut. Elle entendit le petit bruit que fit la porte vitrée en se refermant. Son esprit n'était pas encore tout à fait réveillé. La pensée de James y pénétra. Ce n'était pas son pas... non. Un pas beaucoup plus léger que celui de n'importe quel homme. Mais — la pensée revint, plus insistante — mais où était donc James ? Elle eut le sentiment du temps qui s'était écoulé. Combien de temps, elle ne savait pas exactement, mais plus que cela ne lui aurait pris pour se déshabiller et se mettre au lit.

Elle s'écarta de la fenêtre, se dirigea vers le cabinet et alluma la lumière. Les vêtements qu'il avait portés étaient entassés sur une chaise, sa robe de chambre à côté d'eux. L'imperméable qui avait été pendu derrière la porte n'était plus là. La torche avait disparu de la coiffeuse. Elle avait été posée contre le miroir, derrière les brosses qu'elle lui avait offertes comme cadeau de mariage. Elle n'y était plus.

Elle retourna dans la chambre et la traversa jusqu'à la

porte qu'elle ouvrit, tout cela un peu comme dans un rêve. Une ampoule de faible puissance brillait en haut de l'escalier. Les pas qu'elle avait entendus dans le jardin étaient maintenant dans le hall, mais ils ne couraient plus. Elle les entendit sortir du salon, lents et traînants, et ils s'arrêtèrent au pied de l'escalier, comme s'ils n'avaient plus la force d'aller plus loin.

Carmona attendit. Le courant d'air que faisaient la porte et la fenêtre la fit frissonner dans sa chemise de nuit légère. Les pas repartirent. Ils commencèrent à monter l'escalier, traînant sur chaque marche. Elle les entendit approcher et finalement elle vit.

Pippa s'accrochait au pilastre du haut de l'escalier comme si elle devait vraiment faire appel à ses dernières forces pour monter cette ultime marche. C'était sa main droite qui tirait sur le pilastre de la rampe. Sa main gauche pendait à ses côtés. Son visage était d'une pâleur mortelle, et sur tout le devant de sa robe à partir des genoux s'étendait une effroyable tache rouge.

Chapitre XIV

Pippa s'appuya sur le pilastre. Son souffle était court et saccadé. D'un seul coup, elle donna une poussée sur le côté, comme un nageur qui s'élance, et traversa le palier en titubant jusqu'à la porte de sa chambre. Elle était fermée. Sa main monta en tâtonnant, mais à deux reprises elle ne put trouver la poignée. Elle céda à la troisième tentative sous la main hésitante, et Pippa entra et se fondit dans l'obscurité de la chambre.

Carmona était restée pétrifiée, son cœur lui martelant les côtes. Puis, après un bref frisson, elle se sentit de nouveau capable de penser et d'agir. Curieusement, la première chose qui lui vint à l'esprit fut qu'elle avait bien fait de laisser passer Pippa, car si elle l'avait touchée, elle aurait fort bien pu crier et réveiller toute la maisonnée. Et Carmona avait l'horrible certitude qu'il ne fallait réveiller personne et que personne ne devait savoir. Adela Castelton ne se réveillerait pas. Sa chambre était la plus proche, mais elle avait pris ses somnifères et elle ne se réveillerait pas.

Elle traversa le palier, ouvrit la porte de Pippa et entra. D'abord elle ne distingua rien. Quand elle referma la porte et chercha l'interrupteur, elle perçut une respiration haletante à un ou deux mètres d'elle. Ses doigts trouvèrent l'interrupteur, la lumière envahit la chambre, et elle vit

Pippa debout, les yeux écarquillés de terreur, les mains tendues comme pour se protéger d'un coup. A la lumière puissante du plafonnier, tellement plus vive que celle du palier, tout était d'une impitoyable netteté — la tache éclatante sur la robe blanche, les mains maculées de rouge.

Carmona prit la parole d'une voix qui l'étonna elle-même car elle avait l'air très naturelle.

— Ne fais pas cette tête-là. Ce n'est que moi. » Puis elle ajouta : « Que s'est-il passé ? »

— Il est mort », dit Pippa. Elle baissa lentement les bras.

Carmona se retourna pour fermer la porte à clé. Ce ne fut qu'après avoir fait cela que la pensée de James lui revint à l'esprit, torturante, car elle ne savait pas où il était, et Pippa ne lui avait pas dit qui était mort.

— Alan... Alan est mort...

Carmona ressentit un tel soulagement qu'elle faillit crier. Juste un seul mot, un nom, et son sang avait recommencé à circuler. Elle franchit le court espace qui les séparait et ordonna rapidement et à voix basse :

— Enlève cette robe ! Et dépêche-toi ! Tu me raconteras plus tard !

A elles deux, elles l'enlevèrent et la roulèrent en boule. La tache avait traversé le tissu. Des bas allèrent rejoindre le petit tas formé par la robe. C'était exactement comme déshabiller un enfant. Les doigts de Pippa tiraient faiblement l'étoffe blanche de la robe et tâtonnaient pour ouvrir les agrafes de son corset. Sur ses mains la tache était maintenant sèche. Elle ne risquait plus de déteindre sur quoi que ce fût, mais il fallait s'en débarrasser. Et il fallait se débarrasser de la robe.

Mais pourquoi ?

— Tu ferais mieux de me raconter, dit Carmona. Tu m'as dit qu'Alan était mort... Tu... tu l'as tué ?

Pippa ouvrit la bouche et secoua la tête.

— Non... non !

— Allez, raconte-moi maintenant.

— Je suis allée... le retrouver...

— Pourquoi ?

— Il devait partir à Londres... demain matin. Il m'a dit... qu'il irait voir Bill, alors... j'y suis allée...

— Où ?

— La cabine de plage.

— Mais elle était fermée... nous la fermons toujours.

— La clé était sur la table du hall. Il l'a mise... dans sa poche. » Elle frissonna. « C'est aussi simple que cela. »

— Continue ! dit Carmona. Mais tu devrais te mettre quelque chose sur les épaules.

Un châle noir arachnéen était posé au pied du lit. Il avait des étoiles dorées et argentées. Au milieu des plis noirs le petit visage pointu de Pippa était d'une blancheur de craie et son rouge à lèvres écarlate ressortait comme les taches de couleur sur une face de clown. La bouche s'ouvrit et Pippa poursuivit.

— J'y suis allée. La porte était ouverte. Il n'y avait pas de lumière. J'ai trébuché sur... quelque chose... et je suis tombée. Je n'ai pas vu la tache... sur ma robe. Je me suis seulement aperçue qu'elle était humide... et mes mains aussi...

Elle avait commencé à trembler comme une feuille.

— Tu as dit qu'Alan était mort ? demanda Carmona. C'est bien ce que tu as dit ?

— Oui... il était mort...

— Comment le sais-tu ?

— J'avais une torche. Je l'ai allumée... pour voir. » Sa langue se délia subitement. Elle commença à sangloter, et entre les sanglots les mots se bousculaient. « Il était là... juste derrière la porte. Il était mort... quelqu'un l'avait poignardé. Ce n'est pas moi... je te jure que ce n'est pas moi ! Comment aurais-je pu... je n'avais rien pour le poignarder ! Ma robe était trempée... et mes mains ! Oh, Carmona ! »

— Tu es sûre qu'il était mort ?

— Tu ne me le demanderais pas... si tu l'avais vu... » Elle se tut et fut parcourue d'un violent frisson.

— Il faut appeler la police, dit Carmona.

Pippa écarquilla les yeux.

— Ils vont dire que c'est moi. Non... non... nous ne pouvons pas faire ça ! Carmona, nous ne pouvons pas ! Il me faudrait avouer que je suis allée là-bas pour le rejoindre au milieu de la nuit. Comment pourrais-je dire cela à Bill ? Et il voudrait savoir pourquoi... et la police voudrait savoir pourquoi. Tu veux que je leur dise qu'Alan me faisait chanter et que je lui donnais mes perles pour qu'il ne dise rien à Bill ? Combien de temps t'imagines-tu qu'ils croiront que ce n'est pas moi qui l'ai tué si je leur racontais cela ? Je préférerais me tuer ! Carmona, tu ne comprends pas ?

Carmona comprenait. Pendant ces quelques affreuses dernières minutes, elle avait progressivement pris conscience non seulement de la situation dans laquelle se trouvait Pippa, mais de bien d'autres choses encore. Où était passé James ? Il devait être très tard. L'oncle Octavius avait eu une passion pour les pendules. Il y en avait une dans chaque pièce, et elles marchaient toutes remarquablement. Celle qui était sur la tablette de cheminée de la chambre de Pippa était en porcelaine vert et or. Un Amour joufflu soutenait le cadran de chaque côté. Les aiguilles indiquaient une heure moins vingt. Depuis combien de temps était-elle ici avec Pippa ? Cinq minutes... dix peut-être ?

— A quelle heure devais-tu rencontrer Alan ? demanda-t-elle soudain.

— A minuit vingt, répondit Pippa.

Carmona enregistra l'heure. A minuit vingt, elle dormait d'un sommeil profond et sans rêve. James s'était retiré dans le cabinet. Il n'était pas revenu se coucher. Où était-il à ce moment-là ? Et où était-il maintenant ? Si

elles devaient appeler la police, il fallait le faire sans délai. Mais elle ne pouvait se résoudre à dire qu'il fallait le faire.

Ce n'est qu'une demi-heure plus tard qu'elle regagna sa chambre. Elles étaient descendues sur la pointe des pieds et avaient brûlé la robe et les bas souillés de Pippa dans ce qui restait du feu de la cuisine. Pippa avait frotté et lavé dans l'évier de l'arrière-cuisine. Les Beeston dormaient en haut de la maison. Elles ne risquaient rien dans le sous-sol démodé, et elles purent ranimer les braises et faire couler de l'eau.

Lorsqu'elles montèrent finalement, elles étaient certaines qu'il ne restait aucune tache. Après avoir aidé Pippa à se coucher, Carmona reprit le chemin de sa chambre. Elle était plongée dans l'obscurité, comme elle l'avait été quand elle l'avait quittée, mais elle n'était plus vide. A peine avait-elle ouvert la porte qu'elle sut que James était revenu. Elle perçut le bruit de sa respiration profonde et régulière. Elle contourna précautionneusement le lit jusqu'à son côté et se glissa dans les draps. Ce n'est qu'en s'allongeant qu'elle comprit à quel point elle était fatiguée. Trop fatiguée pour penser ou se souvenir de quoi que ce fût. Trop fatiguée pour savoir qui elle était ou pour faire autre chose que s'enfoncer et s'enfoncer encore plus profondément dans le sommeil.

Chapitre XV

Ce fut le colonel Anthony, de Ralston, qui donna l'alerte. Sept mois par an, et par tous les temps, à une heure que sa femme qualifiait d'indécente, il sortait pour aller prendre son bain matinal. Ralston étant à proximité de Cliff Edge et desservi jusqu'à la plage par le même chemin, sa route à travers les galets le menait tout près de la cabine des Hardwick. Il réalisa immédiatement qu'il y avait quelque chose d'anormal. La porte qui aurait dû être fermée était grande ouverte, et le pied et la cheville d'un homme en dépassaient. Il y avait une rigidité, il y avait quelque chose dans l'angle formé par ce pied qui débordait qui arrêtèrent le colonel Anthony. Il fit deux pas vers la droite et il vit un homme mort gisant par terre juste à l'entrée de la cabine. Il était allongé sur le ventre. Il avait une blessure dans le dos, et sa mort ne faisait aucun doute. Il avait perdu énormément de sang, mais qui avait séché. Il n'y avait nulle trace d'une arme.

Le colonel Anthony poussa une exclamation, tourna les talons et remonta le sentier de la falaise à une vitesse digne d'éloges. A sept heures et quart, Beeston informa James Hardwick que l'inspecteur Colt aimerait s'entretenir avec lui. « D'accord, Beeston », répondit James avant d'enfiler un pantalon et une chemise pour descendre.

L'inspecteur Colt l'attendait dans le bureau sinistre où

l'oncle Octavius avait accoutumé de se retirer lorsqu'il se sentait disposé à faire un petit somme. La pièce contenait plusieurs fauteuils couverts de cuir noir usagé et un très grand canapé, mais l'inspecteur — un homme grand, aux cheveux d'un blond roux et au visage chevalin — était resté debout. Il tendit une main de belle taille dans la paume de laquelle reposait une clé.

— Bonjour, monsieur, dit-il. Puis-je vous demander si cette clé est celle de votre cabine de plage ?

James la regarda.

— C'est possible, répondit-il. Mais je ne comprends pas comment vous avez pu vous la procurer. Nous fermons toujours en quittant la plage, et la clé devrait être sur la table du hall. Je vais jeter un coup d'œil.

— Vous ne la trouvcrez pas, dit l'inspecteur Colt. Quand la police a reçu un coup de téléphone pour l'informer qu'il y avait un cadavre dans la cabine...

James, qui se dirigeait vers la porte, pivota brusquement sur ses talons.

— Un quoi ?

— Un cadavre », répéta l'inspecteur. Ni son visage ni sa voix n'avaient changé. Il poursuivit sans hésitation perceptible. « En arrivant sur les lieux, nous avons trouvé la porte de la cabine grande ouverte et le corps d'un homme allongé juste à l'intérieur. La clé était sur le sol à côté de lui. J'aimerais savoir si vous pouvez nous apporter quelques éclaircissements sur sa présence là-bas. »

— De qui s'agit-il ? demanda vivement James.

— Le colonel Anthony l'a identifié comme Mr. Alan Field.

— Field ? Bon Dieu... mais nous avons sa belle-mère à la maison ! Il était encore ici hier soir !

— C'est ce que nous a signalé le colonel Anthony.

James se dit que puisque les voisins savaient toujours tout, il valait mieux ne pas hésiter à fournir à la police tous les renseignements possibles. Il mit dans sa voix tout le désarroi qui convenait.

— Ce sera un choc affreux pour Mrs. Field. Elle lui était très attachée.

— Vous avez un lien de parenté avec elle ?

— Mrs. Field est la tante de ma femme. Field a vécu à l'étranger ces trois dernières années... en Amérique du Sud, je crois. Il est revenu à l'improviste avant-hier soir. Je n'étais pas ici. Je ne suis revenu qu'hier soir... à dix-neuf heures pour être précis. Nous avons plusieurs invités à la maison. Ils prenaient l'apéritif dans le salon. Field était avec eux, mais il est reparti peu de temps après. Il semble avoir été en possession de la clé de la cabine. C'est peut-être même lui qui l'a fermée... je ne sais pas.

Il poursuivit sa déposition. L'inspecteur Colt nota les noms des invités — le colonel Trevor et madame, lady Castelton, Mrs. Field, Mrs. Maybury.

— Connaissaient-ils tous Mr. Field ?

— Je pense.

— Vous n'en êtes pas sûr, commandant Hardwick ?

James eut un petit sourire.

— Non, pas vraiment. Personnellement je ne le connaissais pas. Comme je vous l'ai dit, je ne suis arrivé ici qu'hier soir, et jusqu'à hier je n'avais rencontré Field qu'une ou deux fois.

— Mais Mrs. Hardwick était fiancée avec lui, dit Colt d'une voix sans expression.

— Oh, oui... ils ont plus ou moins été élevés ensemble. Mais cela n'a rien donné. C'était avant que je la connaisse.

— Y a-t-il eu un différend ou une dispute quelconque quand il était ici hier soir ?

— Oh non... rien de tel. Ce n'était qu'une réunion amicale. Elle a d'ailleurs pris fin très vite.

— Puis-je vous demander pourquoi ?

— Il était plus de sept heures. Tout le monde avait passé la journée au soleil, et je revenais de voyage... nous avions tous envie de nous laver et de nous changer. Field

était logé chez miss Anning... et ils dînent à sept heures et demie. C'est tout.

— Il n'y a pas eu de dispute ?

— Bien sûr que non.

James remonta dans sa chambre.

Carmona était en train de se brosser les cheveux. Il referma la porte derrière lui, se dirigea vers elle et lui enleva la brosse des mains.

— Écoute-moi, chérie ! L'inspecteur Colt, du commissariat local, est en bas. Alan Field est mort. Je ne te demande pas si tu le savais déjà... je ne te demande rien du tout. Je vais simplement te dire ce que la police attend que tu saches. Le colonel Anthony a trouvé notre cabine de plage ouverte. Alan était allongé par terre juste à l'entrée. La clé était sur le sol à côté de lui. Il avait été poignardé dans le dos... non, attends, en l'occurrence nous n'en savons rien ! *Il avait été poignardé.* Voici maintenant ce que j'ai déclaré. » Il le lui répéta brièvement. Puis il ajouta : « Ils savent que tu étais fiancée avec lui *avant que je t'aie connue*. Ils vont vouloir interroger tout le monde. Colt tient énormément à savoir s'il y a eu une dispute. Je lui ai dit que non, bien sûr que non. Maintenant tu vas devoir aller l'annoncer à Esther. Je suis désolé, mais c'est ton rôle. Et puis il y a tous les autres. Il faut agir avec discernement. Conseille-leur de ne pas en dire trop. Contente-toi de répondre aux questions et chaque fois que ce sera possible, tiens-t'en à la vérité. Souviens-toi qu'en mentant on risque de se couper et de se faire prendre en défaut. Et maintenant dépêche-toi ! Je vais descendre lui dire que tu n'es pas encore habillée, mais que tu feras aussi vite que possible. »

Chapitre XVI

A huit heures et demie ce même soir, l'inspecteur Abbott se présentait à la porte de la pension Anning et demandait à voir miss Silver. Ce fut Marie, la jeune Française, qui lui ouvrit la porte. Malgré la chaleur qui venait seulement de commencer à tomber, elle avait l'air fort accorte. Elle lui décocha une œillade provocante, puis ses cils revinrent se poser chastement sur la peau lisse de ses joues. Frank se dit qu'elle connaissait probablement la plupart des réponses à la plupart des questions et songea que cela pourrait valoir la peine de découvrir ce qu'elle savait sur Alan Field. Mais il lui fallait d'abord voir miss Silver.

On le conduisit dans ce qui avait été le salon de la demeure. Deux dames d'âge mûr faisaient des réussites à une table près de la fenêtre. Une troisième, assise dans l'angle du canapé, lisait un roman policier. Miss Maud Silver, vêtue d'une robe vert olive qu'ornait sa broche préférée en forme de rose sculptée dans du chêne de tourbière, avec en son centre une perle d'Irlande, tricotait à l'autre bout de la pièce. Elle avait sur les genoux des flocons de laine rose pâle et avait engagé la conversation avec une femme massive qui exprimait des jugements définitifs sur le gouvernement.

Les regards de toutes ces dames se tournèrent vers l'invité inattendu. Son apparence parut recueillir leur

approbation. Miss Silver alla plus loin. Ramassant son tricot, elle se leva et avança à sa rencontre.

— Mon cher Frank... quel plaisir ! Je ne m'attendais vraiment pas à vous voir aujourd'hui.

Ces mots et quelques autres paroles affectueuses de bienvenue leur permirent de gagner le hall où il baissa la voix pour demander :

— Voulez-vous que nous sortions ou bien y a-t-il un endroit où nous pourrons nous entretenir tranquillement ?

Miss Silver réfléchit quelques instants.

— Un moment, je vous prie, je vais demander à miss Anning.

Et elle traversa le hall jusqu'à la porte du bureau.

Frank la vit s'ouvrir, entendit le murmure des voix et vit Darsie Anning en sortir. Il eut une impression forte et instantanée de... de quoi exactement ? Cela le frappa comme s'il avait reçu une pierre. Il aurait dû savoir ce dont il s'agissait, mais il ne le savait pas. Après tout, comment pouvez-vous savoir avec précision quel genre de pierre vous a frappé ?

On le présenta — « Inspecteur Abbott. » Et miss Silver poursuivit : « Miss Anning a la gentillesse de mettre son bureau à notre disposition. »

Les yeux noirs de Darsie Anning se posèrent pendant quelques secondes sur son visage. Nul n'aurait pu soupçonner à quel point ils avaient été gais et brillants. En réponse à un murmure de remerciement, elle dit : « J'allais justement tenir compagnie à ma mère. La pièce est entièrement à votre disposition. » Elle les quitta et commença à monter l'escalier, petite silhouette un peu raide dans sa robe de toile marron foncé.

Quelle maison ! se dit Frank. Une soubrette française de comédie... un chœur de vieilles rombières... et cette miss Anning qui aurait dû avoir un rôle dans une pièce d'un tout autre genre. Il avait les sourcils froncés quand ils pénétrèrent dans le bureau et refermèrent la porte derrière eux.

Dès qu'ils furent assis, il dit :

— Il se passe quelque chose ici. De quoi s'agit-il ?

Miss Silver disposa son tricot sur ses genoux.

— Pour miss Anning ? Elle a une vie pénible et harassante. Sa mère est invalide...

— Non, ce n'est pas cela, dit-il. Pourquoi ne voulez-vous pas me le dire ?

Elle le gratifia d'un petit sourire empreint de gravité.

— Peut-être parce que je ne veux pas que vous y accordiez trop d'importance. Je suis désolée pour miss Anning, mais si ce n'est pas moi qui vous le dis, quelqu'un d'autre le fera. Je crois qu'il y eut autrefois, sinon des fiançailles, du moins une liaison entre elle et Mr. Field. Sa mort tragique a dû, naturellement, lui causer un choc, d'autant plus qu'il logeait ici.

Frank hocha la tête.

— Je vois. Vous savez, j'aborde cette affaire sous un angle un peu particulier. Je vais vous expliquer. Quand le chef m'a appris où résidait la victime, cela m'a vraiment semblé trop beau pour être vrai, car j'avais reçu votre carte postale un ou deux jours auparavant. Je ferais peut-être mieux de m'abstenir de vous dire quelle a été sa réaction quand je lui ai annoncé que vous séjourniez au même endroit.

Une expression de reproche se peignit sur le visage de miss Silver. Elle tenait l'inspecteur principal Lamb en haute estime et préférait oublier les occasions où elle avait été obligée de considérer que ses manières manquaient tant soit peu de raffinement.

Frank s'empressa de se justifier.

— Eh bien, vous savez, il trouve que vous êtes omniprésente. Quelque part sous son solide bon sens il y a un vieux fond de superstition, et il a parfois le sentiment que vous avez le don d'ubiquité.

Cela ne réussit pas à dérider miss Silver.

— Vous dites parfois des inepties, Frank, dit-elle.

C'était une remarque qu'elle avait souvent eu l'occasion de faire, et qui était, en règle générale, accompagnée d'un sourire indulgent. En l'absence notable de ce dernier, Frank estima préférable de faire une diversion.

— Oui, sans doute, dit-il. Alors que l'affaire qui nous préoccupe est grave. Toutes mes excuses. Mais laissez-moi vous parler de José Cardozo — ou, comme l'appelle affectueusement le chef, « Hosy ».

Miss Silver tricotait à la manière continentale, les mains basses, le regard fixé sur Frank Abbott.

— Et qui est José Cardozo ?

Frank eut un petit rire.

— Eh bien, ces trois dernières semaines, on pouvait le décrire comme une épine dans le pied du chef... il a débarqué avec une lettre de recommandation et il voulait savoir ce qui était arrivé à son frère.

— Parce qu'il y a un frère ?

— Il y avait. Peut-être y a-t-il encore. C'est un des mystères. Il s'appelle Felipe. D'après José, Felipe a quitté l'Amérique du Sud pour venir ici. Il a pu venir en bateau ou en avion. Il a pu voyager sous sa véritable identité ou sous un nom d'emprunt. Il avait à traiter de très importantes affaires de nature privée et familiale et il était porteur d'un précieux document. Et c'est là où nous nous trouvons devant un autre mystère. Aucun indice ne montre que Felipe a mis le pied dans ce pays. Le seul élément dont nous disposons est que José déclare avoir rencontré, il y a une quinzaine de jours, un homme qui prétend avoir vu Felipe à Londres une semaine auparavant en compagnie d'un Anglais blond et très séduisant. Il ne leur a pas parlé et il est déjà reparti en Amérique du Sud, alors cela ne nous avance guère.

Les aiguilles de miss Silver cliquetaient.

— Un Anglais blond et très séduisant ?

— D'après l'ami de José et selon les termes de José. Mais laissez-moi vous donner des nouvelles un peu plus

fraîches. La première fois que j'ai entendu parler de toute cette histoire fut avant-hier matin quand le chef m'a convoqué. Il n'a pas mâché ce qu'il avait sur le cœur à propos des lettres de recommandation en général, et de « Hosy » et de sa lettre de recommandation en particulier. Il semble que Cardozo soit repassé et que cette fois il ait déclaré avoir « trouvé son frère ».

— Il avait retrouvé son frère ?

— Il avait identifié un corps repêché dans le fleuve... la mort remontait à trois semaines environ. L'autopsie indiquait qu'il avait reçu un coup sur le derrière du crâne. C'est peut-être pour cette raison qu'il est tombé à l'eau... mais cela peut aussi s'être produit après l'immersion. La véritable cause du décès est la noyade. José jurait que c'était son frère et qu'il avait été assassiné. Le chef m'a demandé d'aller enquêter sur place. J'y suis allé, et j'ai vu José. Il était surexcité et absolument persuadé qu'on avait réglé son compte à son frère pour lui voler ce qu'il avait sur lui. Il m'a dit que c'était un document de famille très important. Lorsque je lui ai demandé avec insistance de quelle utilité pourrait être un document de famille pour un assassin d'occasion, il est devenu très grand opéra et a déclamé un des plus beaux récitatifs que j'aie jamais entendus sur le thème : « Un assassin d'occasion ? Qui parle de cela ? Est-ce un étranger qui suit Felipe pour le dévaliser ou est-ce le serpent qu'il a réchauffé dans son sein ? ». Et naturellement, c'est le serpent — celui qu'il a mis dans la confidence, et qui pour le remercier l'a dépouillé et assassiné. Et il a achevé en se répandant en invectives. Quand je lui ai demandé qui il supposait être le serpent, il a levé les mains et m'a répondu qu'il ne s'agissait pas de suppositions et qu'il s'était toujours défié de lui. Felipe avait une nature simple et ouverte. Il aimait le serpent comme un frère, et quand il aimait quelqu'un, il lui faisait confiance. Mais José avait décelé la perfidie du serpent. Il avait averti Felipe, et ils s'étaient querellés.

Tout cela s'était passé à Rio, où José s'était rendu pour affaires peu de temps auparavant. Il était maintenant bien clair pour lui que son frère avait été assassiné par le perfide ingrat, et ainsi de suite. Quand j'ai réussi à placer un mot, je lui ai demandé le nom du serpent, et... je suppose que vous devinez de qui il s'agit.

Miss Silver regarda par-dessus sa laine rose et répondit :

— Alan Field.

— Vous avez vraiment deviné, ou bien savez-vous quelque chose ?

— Je connais la belle-mère de Mr. Field, répondit miss Silver d'un ton posé. C'est la veuve de Penderel Field, le peintre, et c'est une femme tout à fait charmante. Elle a mentionné que son beau-fils avait été associé dans un élevage de chevaux avec un certain Mr. Cardozo.

— Je vois. Naturellement, vous avez raison, comme d'habitude. Alan Field est bien le nom que José a prononcé. Bon, jusqu'ici, tout va bien. Mais, bien sûr, nous n'avions aucune preuve à proprement parler. Nous n'avons pas trouvé de papiers — pas de précieux document de famille, en tout cas. José a identifié le corps, a suggéré que Field pouvait être l'assassin et a indiqué que la description par son ami d'un Anglais blond et séduisant s'appliquerait parfaitement à lui.

Miss Silver acquiesça de la tête.

— Alan Field était très blond. Il était également d'une beauté hors du commun.

Frank hocha la tête.

— Oui, mais tout cela appartient maintenant au passé. Venons-en à des choses plus récentes. Il y a eu deux faits nouveaux d'importance. Tout d'abord, le meurtre d'Alan Field. Le Yard en a été informé très rapidement, car il était originaire de Londres et ils nous demandaient tout ce que nous savions sur ses domiciles et les gens avec qui il avait été en relation. Je suis allé voir Cardozo et j'ai

découvert qu'il s'était rendu au commissariat local ce matin à la première heure, et qu'il leur avait dit qu'il y avait quelque chose qu'il avait oublié de signaler. Son frère Felipe Cardozo avait été victime d'un grave accident dans sa jeunesse et avait eu une double fracture de la jambe droite. Il a déclaré que cela lui était sorti de l'esprit, mais qu'il s'en était souvenu pendant ses longues veilles et qu'il avait pensé qu'il devait le leur faire savoir, car s'il y avait des fractures, l'autopsie devrait lever tous les doutes. Peut-être avait-il agi avec un peu trop de précipitation en identifiant le corps.

— Et c'était le cas ?

— Là est la question. J'ai vu le type qui a fait l'autopsie, et il m'a dit que si Felipe Cardozo avait eu une fracture de la jambe telle que José l'avait décrite, alors le cadavre n'était pas le sien, il était formel sur ce point. J'en déduis donc que soit José avait vraiment fait preuve de trop de précipitation, ou bien qu'ayant identifié le corps comme celui de son frère, il avait maintenant une bonne raison de regretter de ne pas avoir tenu sa langue. Et la raison qui se présente immédiatement à l'esprit est le meurtre d'Alan Field.

Miss Silver continuait à tricoter pensivement.

— Je vois, dit-elle. Mais continuez, je vous prie.

— Résumons-nous, reprit Frank. Mardi matin, José identifie un corps comme celui de son frère Felipe et accuse plus ou moins ouvertement Alan Field de l'avoir assassiné pour s'emparer d'un « document de famille ». Dans la nuit de mercredi à jeudi, Alan Field est poignardé dans une cabine de plage à Cliffton-on-Sea. Jeudi matin, José informe la police qu'il avait oublié de signaler que son frère avait eu une fracture de la jambe, et qu'il avait peut-être identifié le corps avec trop de précipitation. Il est difficile de ne pas soupçonner José ainsi : il a eu l'idée lumineuse qu'il serait beaucoup plus sain pour lui de parvenir à convaincre la police qu'il n'avait aucun mobile

pour assassiner Alan Field. Si le corps n'était pas celui de son frère, pourquoi tuer Alan Field ? Felipe serait peut-être encore en vie, et un frère dévoué continuerait à le rechercher.

— C'est une explication possible. Mais je pense que vous avez autre chose à me dire.

— C'est vrai. Vous savez, il arrive une fois de temps en temps que l'on ait un coup de chance. Vous souvenez-vous d'Ernest Pearson ?

Miss Silver réfléchit quelques instants.

— Légèrement voûté... les cheveux clairsemés... les yeux bruns... et les joues plutôt creuses.

— Excellent portrait. Vous souvenez-vous en quelle occasion nous l'avons rencontré ?

— Bien sûr. Il était maître d'hôtel à la Grange dans l'affaire Porlock[1]. Mais, en réalité, il s'agissait d'un détective employé par une agence privée.

Frank hocha la tête.

— Oui, l'agence Blake. Une maison très honorable. Pearson était dans la police, mais il a été mis à la retraite pour invalidité. Il a conservé pour la police un respect immense. Donc, en sortant du commissariat local, je suis tombé sur lui. Il ne s'agissait nullement, cette fois, d'un heureux concours de circonstances, car il avait appris que j'étais sur l'affaire et il m'attendait.

— Vous m'intéressez énormément.

— Et je n'ai pas fini, loin de là ! Pearson m'a demandé si je pouvais lui accorder quelques minutes, et nous sommes partis ensemble. Il m'a dit que ce n'était pas très facile pour lui. L'inspecteur principal Lamb pourrait se porter garant de sa moralité à l'époque où il était sous ses ordres, et personne ne pouvait rien lui reprocher depuis qu'il avait pris sa retraite et trouvé une place dans une maison privée — Blake étant une agence de qualité qui ne

1. Cf. *Pleins feux*, coll. 10/18, n° 2406.

s'abaisserait pas à se mêler à des affaires louches. Il m'a exposé tout cela avec le plus grand sérieux. Il avait ses devoirs envers ses clients et ses devoirs vis-à-vis de la loi. L'agence Blake était une bonne maison, mais si le client et la loi étaient mis en balance, Pearson estimait que la loi l'emportait à tous coups et qu'il ne saurait être question de prendre part à quelque chose de nature pour ainsi dire criminelle, en particulier si cela pouvait vous amener à tremper dans une affaire de meurtre. Et c'est à ce moment-là que j'ai commencé à dresser l'oreille.

Les aiguilles de miss Silver cliquetaient.

— Cela ne m'étonne pas, mon cher Frank. Qu'avait-il à vous dire ?

Frank s'enfonça dans son fauteuil et la considéra avec plaisir. Une partie du lien qui les unissait résidait dans le fait que parler avec elle, c'était être conscient d'une intelligence vive et pénétrante qui non seulement suivait chaque point, mais stimulait et clarifiait sa propre pensée et le rendait capable de se transcender. Il répondit de sa voix un peu indolente et cultivée :

— Une histoire tout à fait surprenante. Mr. José Cardozo l'avait engagé par l'intermédiaire de son agence pour prendre en filature un certain Alan Field, revenu récemment d'Amérique du Sud après trois années d'absence. Or, il se trouvait que l'agence Blake savait quelque chose sur Alan Field. Avant qu'il ne quitte le pays, l'agence avait été contactée à deux reprises par un mari jaloux pour le faire suivre en vue d'engager une procédure de divorce. Aucune preuve concluante n'avait pu être obtenue et l'affaire avait été classée. Mais l'agence Blake avait beaucoup appris sur Alan Field — entre un certain nombre de choses moins honorables, le fait qu'il avait une belle-mère vivant dans l'aisance et possédant à Londres un appartement où il était un visiteur assidu. Pearson avait travaillé sur l'affaire et il se souvenait de l'adresse. Il y est allé mercredi matin, et il a appris que Field y était passé la

veille et qu'il était allé rejoindre sa belle-mère à Clifton-on-Sea. Pearson excelle à tirer les vers du nez de gens qui se refuseraient à fournir le moindre renseignement à un journaliste ou à un détective ordinaire. Il décrit la bonne de Mrs. Field comme « une personne très respectable », ce qu'il est exactement lui-même. *Il a fait son rapport à José Cardozo.* Ainsi, vous voyez, José savait où trouver Alan Field et connaissait l'adresse de Mrs. Field dès le début de l'après-midi du mercredi. Il en avait eu connaissance suffisamment tôt pour descendre ici, en train ou en voiture, et poignarder Alan Field dans la cabine de plage appartenant à la maison où logeait sa belle-mère.

Chapitre XVII

Miss Silver continuait de tricoter. Elle avait une expression pensive et ne semblait pas pressée de parler. Frank Abbott l'observait. Qu'elle puisse avoir séjourné pendant vingt-quatre heures dans la même maison qu'Alan Field et avoir été la dépositaire des confidences de la belle-mère de ce dernier sans avoir reçu des impressions très précises, il se refusait à le croire. Dans quelle mesure elle était disposée à lui en faire part était une autre question. Après un laps de temps qui l'amena à se demander si elle allait lui dire quoi que ce fût, elle prit la parole.

— J'éprouvais quelque incertitude sur ce qu'il convenait de faire. Je ne suis pas professionnellement intéressée à cette affaire et n'ai aucune preuve directe à offrir à la police. Il y a par ailleurs un certain nombre de choses à l'arrière-plan dont vous ne sauriez manquer d'entendre parler, et j'étais en train de me demander s'il ne valait pas mieux que vous les appreniez par ma bouche.

— Et qu'avez-vous décidé ?

Elle ne répondit pas directement à sa question.

— J'ai toujours considéré que la vérité était ce qu'il y avait de mieux pour toutes les personnes intéressées. Le pire qui puisse arriver à un coupable est de se soustraire à la justice et donc de pouvoir persévérer sur la voie du crime. Dans ce cas l'innocent peut être en butte à d'affreux soup-

çons. Ce qui complique une affaire comme celle-ci est le fait que ce n'est pas seulement le criminel qui peut avoir des raisons de fuir la lumière.

L'esprit irrévérencieux de Frank exhuma deux vers d'Owen Seaman écrits, si sa mémoire était fidèle, sur le cancrelat.

Il se plaît dans l'obscurité car ses actes sont noirs,
Il exècre la bienheureuse lumière.

Mais il ne s'aventura pas à les citer.

— Il y a des pages dans la vie de bien des gens, poursuivit miss Silver, qu'il leur est pénible de divulguer. Il y a des choses pour lesquelles ils donneraient presque tout ce qu'ils possèdent afin de les taire. Mais être impliqué dans une affaire de meurtre signifie avoir un projecteur braqué sur sa vie privée. Ils ont très peur de ce qu'il pourrait révéler, et cette peur peut créer une apparence de culpabilité.

Il acquiesça de la tête.

— Oui, nous avons déjà vu cela.

— Je vous demanderai de le garder présent à l'esprit. Mais d'abord, en quelle qualité êtes-vous ici ?

Il se mit à rire.

— C'est à cause de Pearson ! A peine avais-je rapporté au chef ma conversation avec lui qu'il téléphona à Maynard Wood, l'inspecteur divisionnaire pour le comté, et ils se sont mis d'accord pour que je vienne mettre le nez dans cette affaire. Et maintenant, qu'avez-vous à me dire ?

Miss Silver tira sur sa pelote de laine rose pâle.

— Que savez-vous déjà ?

— J'ai lu les dépositions que Colt a recueillies à Cliff Edge. J'espère voir les gens demain. Vous les connaissez tous ?

— Je les ai rencontrés. Miss Anning nous a présentés. Comme je vous l'ai déjà dit, elle a très bien connu les Field il y a quelques années. J'ai aidé Mrs. Field pour son tricot — on lui a vraiment très mal appris — et quand j'étais assise en

sa compagnie sur la plage, j'ai fait connaissance avec les autres invités.

— La maison ne lui appartient pas, si j'ai bien compris ?

— Oh, non, elle appartient au mari de sa nièce, le commandant Hardwick. Il était à l'étranger et n'est revenu qu'hier soir. C'est-à-dire à peine quelques heures avant le meurtre.

— Et les Hardwick connaissaient-ils bien Alan Field ?

— Mrs. Hardwick a été élevée avec lui. Elle est devenue orpheline à l'âge de douze ans. Mrs. Field et un autre des invités, le colonel Trevor, étaient ses tuteurs. Tout le monde s'accorde à dire qu'ils lui sont très attachés. Il y a trois ans, elle était fiancée avec Alan Field et sur le point de l'épouser, mais il a quitté le pays et n'était pas revenu avant cette dernière visite.

Frank haussa ses sourcils blonds.

— Il a donné une raison ?

— Non... il est juste parti. Les Field ont des amis ici, et cette histoire a fait beaucoup de bruit. Pensez que la mariée s'est rendue à l'église et a attendu un marié qui n'est jamais venu.

Il éclata de rire.

— Après toutes ces années, vous réussissez encore à m'étonner ! Vous êtes ici depuis — combien de temps — une quinzaine de jours et vous connaissez les histoires de famille de tout le monde !

Miss Silver lui sourit.

— Mon cher Frank, c'est de l'exagération. Les Anning sont de vieilles amies de Mrs. Field. Je prends pension chez elles, et depuis le début de mon séjour, j'ai pris l'habitude de passer un petit moment avec Mrs. Anning après le dîner. L'horizon d'une invalide est tristement limité.

Il hocha lentement la tête.

— Ainsi Mrs. Hardwick a été lâchée devant l'autel... c'est bien cela ? Et personne ne sait pourquoi ? Quand a-t-elle épousé Hardwick ?

— Trois mois plus tard environ.

— Et elle n'avait pas revu Field avant qu'il ne débarque mardi. Avez-vous appris quelque chose sur sa réaction au retour du fils prodigue ?

— Mrs. Field m'a dit que tout le monde avait été extrêmement surpris. Elle n'avait eu aucune nouvelle de son beau-fils depuis trois ans.

— Ce qui laisse la place à bien des émotions. Mais on m'a dit qu'il avait dîné là-bas ce soir-là, après avoir pris une chambre ici, chez un autre de ses anciens béguins. » Il fit une citation en français qui lui aurait attiré les foudres de son chef respecté. L'opinion de l'inspecteur principal Lamb était que si quelque chose ne pouvait pas être dit en anglais, il valait mieux ne pas le dire du tout. « *On retourne toujours à ses premières amours*. Mais parlez-moi de Mrs. Hardwick. A quoi ressemble-t-elle ? »

— Une jeune femme charmante... sensible et assez calme. A peu près vingt-quatre ou vingt-cinq ans.

— Heureuse en ménage ?

— Rien ne nous permet de penser qu'il puisse en être autrement. Je n'ai pas encore rencontré le commandant Hardwick.

— Et le reste des invités... vous les avez rencontrés ?

— J'ai rencontré le colonel et Mrs. Trevor ainsi que lady Castelton. Ce sont de vieux amis de Mrs. Field et ils connaissent Carmona Hardwick depuis son enfance. Le colonel Trevor est amateur de jardinage. Son épouse est une sotte femme qui raffole de vieux scandales. Lady Castelton était une beauté célèbre et a de très beaux restes. C'est une personne assez imposante qui parle beaucoup en public pour défendre les intérêts du parti conservateur et sur différents sujets philanthropiques. Et puis, depuis mercredi, est arrivée à Cliff Edge une certaine Mrs. Maybury, une jeune femme pétulante et très jolie qui, je crois, allait à l'école avec Carmona Hardwick.

Frank hocha la tête.

— L'une de mes nombreuses cousines a épousé un homme qui sert dans le régiment de Bill Maybury. Tout le monde l'aime beaucoup et pense qu'elle lui en fait voir de toutes les couleurs, mais d'après Jenny elle n'est pas vraiment méchante. Ce que j'ignore et aimerais savoir, c'est si elle avait des relations suivies avec Alan Field.

— Je crois qu'ils appartiennent tous au même milieu et que, en conséquence, ils se connaissent, mais à quel degré d'intimité, je ne saurais le dire.

— Il ne l'aurait pas par hasard laissée tomber comme il l'a fait pour Mrs. Hardwick et miss Anning ?

— Personne ne l'a jamais laissé entendre devant moi.

Frank revint à la dernière femme qu'il venait de mentionner.

— Et miss Anning... avez-vous une idée des circonstances dans lesquelles sa liaison avec Field a été rompue ? Bien sûr, trois ans c'est un peu long pour nourrir une rancune, mais les femmes n'apprécient guère qu'on les laisse tomber. Il ne faut pas oublier ce vieux cliché : « L'enfer n'a pas de furie comparable à une femme dédaignée » — l'habituelle citation incorrecte, mais passons. Mrs. Hardwick s'est mariée, mais pas miss Anning, et elle a vraiment l'air d'avoir vécu un enfer. Quelles ont été ses réactions au retour de Field ?

Miss Silver ne répondit pas. Après un bref silence, elle ramena la conversation sur José Cardozo, en demandant s'il y avait des preuves de sa présence à Cliffton-on-Sea la nuit du meurtre.

— Eh bien, rien de décisif. Un homme qui avait l'allure d'un étranger est entré au bar du « Joyeux Pêcheur » vers vingt et une heures trente. Il était accompagné d'une jeune fille qui avait également l'air d'être une étrangère. Ils ont pris quelques verres et sont partis avant la fermeture. Colt a déniché quelqu'un qui est sorti du « Joyeux Pêcheur » à peu près à la même heure et qui déclare les avoir vus monter dans une voiture et démarrer. Je ne comprends pas pourquoi

Cardozo aurait amené une fille avec lui ou aurait eu une fille avec lui, et c'était probablement quelqu'un d'autre que lui, mais on ne peut jamais savoir. Il semble que Colt n'ait rien pu glaner de plus précis que cela. Il m'a dit qu'à sa connaissance Cardozo n'avait pas téléphoné et qu'il ne s'était pas présenté ici, si bien que l'on ne sait pas exactement comment il avait l'intention de se mettre en contact avec Field.

Miss Silver le regardait d'un air méditatif.

— Par une si belle soirée, il était peu probable que Mr. Field restât enfermé. Il est possible que Mr. Cardozo ait compté là-dessus.

— Et par une si belle soirée, une voiture garée suffisamment près de la pension pour observer les allées et venues ne fût certainement pas passée inaperçue.

Miss Silver garda le silence pendant quelques instants, puis elle reprit d'une voix douce :

— Mais le meurtre, Frank, et donc, nous pouvons le supposer, l'entretien qui l'a précédé ont dû avoir lieu après la tombée de la nuit.

Que fallait-il penser de cela ? Il ne savait pas, mais il devait y réfléchir plus tard. Entre-temps son esprit revint à la bonne de miss Anning. Si quelqu'un avait surveillé la maison ou avait essayé de communiquer avec Alan Field, elle était la personne la plus susceptible de l'avoir remarqué. Colt avait essuyé un échec avec elle. Un type de valeur, mais qui manquait peut-être un peu de doigté avec les femmes. Il songea qu'il l'interrogerait lui-même. C'est ce qu'il dit d'un ton soudain plus décidé.

— Cette fille — celle qui m'a fait entrer — j'aimerais avoir une discussion avec elle. Mais d'abord, dites-moi... quelle impression vous fait-elle ?

Miss Silver répondit de manière curieusement détournée.

— Mrs. Anning ne la considère pas comme digne de confiance.

Chapitre XVIII

Marie Bonnet entra dans la pièce avec une attitude pleine de réserve. Elle ne voyait aucune objection à avoir un entretien avec ce policier à l'air si distingué. Elle savait d'instinct qu'il lui fallait agir avec beaucoup de finesse... qu'elle devait présenter une apparence de raffinement, de délicatesse. Elle réussit une imitation digne d'éloge et peu à peu Frank Abbott commença à se sentir moins gêné d'avoir laissé partir miss Silver. Car l'étonnant était que miss Silver avait catégoriquement refusé de rester, alléguant avec une grande fermeté qu'elle n'était pas professionnellement intéressée à l'affaire et qu'elle préférait ne pas être présente. Une telle chose ne s'étant, à sa connaissance, jamais produite, il ne pouvait s'empêcher de se sentir mal à son aise.

Il leva la tête à l'entrée de Marie. Elle n'était pas jolie, mais il y avait en elle quelque chose qui attirait l'œil — une peau pâle et très lisse, la cheville fine, des bas coûteux. Il avait trop de cousines pour ne pas en savoir autant qu'elles sur tout ce qui concernait les bas. Ceux de Marie étaient d'excellente qualité et, à moins qu'il ne se trompât fort, ils étaient tout frais sortis de leur emballage. Il eût été très étonné d'apprendre qu'elle les avait achetés elle-même.

Il lui demanda de s'asseoir, et elle obtempéra, croisant

les jambes de manière à dévoiler un peu plus les bas de nylon, puis baissant sa jupe pour les cacher. La jupe était noire et propre et les chaussures coquettes. Il connaissait son nom et s'adressa à elle en l'appelant mademoiselle Bonnet. A cette marque de courtoisie, elle lui lança un bref regard avant de rabaisser les yeux.

— Mademoiselle Bonnet, vous savez, bien entendu, que Mr. Field, qui logeait ici, a été assassiné.

— Oui, bien sûr... *le pauvre m'sieur*[1] !

— Je vous ai donné mon nom en arrivant... inspecteur Abbott. Je suis un officier de police de Londres. Comme Mr. Field était un de vos pensionnaires, vous comprendrez, j'en suis sûr, que j'aimerais vous poser quelques questions.

— Mais oui, m'sieur. » Sa voix était douce. Elle était toute complaisance.

— Mr. Field était ici depuis combien de temps ?

— Il arrive ici mardi soir à six heures et demie, sept heures, je ne sais pas. Il va voir miss Anning. Il parle avec elle... c'est peut-être un vieil ami ?

— Qui vous a dit cela ?

Elle fit un petit geste de la main. Elles étaient soignées, les ongles brillants de vernis.

— Cela se sait. De plus... » Elle darda sur lui un regard prometteur, provocant, avant de détourner les yeux.

— Il n'a pas dîné ici ce soir-là.

— Non, il est ressorti. Il doit dîner à Cliff Edge où il a des amis. Plus tard, quand le dîner est fini, miss Anning me dit qu'il faut lui préparer une chambre. Le lendemain, il est ici pour le petit déjeuner, pour le déjeuner et pour le dîner. Et puis quelqu'un l'assassine... *le pauvre m'sieur*[1] !

— Oui. J'aimerais en revenir à mercredi soir. Aviez-vous déjà vu Mr. Field ?

— Moi, m'sieur ? Mais non !

1. En français dans le texte.

— Entendu parler de lui ?

Elle secoua vigoureusement la tête.

— Mais non, m'sieur !

— Alors comment saviez-vous, dès cette première soirée, que c'était un vieil ami de miss Anning ?

Elle leva les yeux, alarmée, sur ses gardes. Puis elle sourit.

— C'est très simple, m'sieur. Comme je vous ai dit, cela se sait. De plus... je suis passée devant la porte pendant qu'ils parlaient. Il était évident qu'ils ne se parlaient pas comme des étrangers.

Elle se troublait sous son regard. Des yeux bleus devraient être souriants, mais les siens étaient aussi froids et aussi pâles que les ombres sur la glace.

— Vous avez écouté, dit-il d'une voix aussi glacée que son regard.

— Mais non, monsieur ! Jamais je ne ferais cela !

Le sourire de Frank n'avait rien de rassurant.

— Alors vous vous êtes trouvée à entendre. Ces vieilles demeures sont solidement construites. Supposons que vous me racontiez précisément comment vous vous êtes trouvée à entendre.

— M'sieur doute de mes paroles ?

— M'sieur ne pense pas que vous ayez pu entendre distinctement quoi que ce fût à travers cette porte plutôt épaisse.

— Je n'ai pas dit qu'elle était fermée !

— Oh, elle était ouverte ?

— Évidemment, puisque j'ai pu entendre ce que disait miss Anning.

— Et que disait miss Anning ?

Sa poitrine se souleva.

— Pourquoi vous raconterais-je, si vous ne croyez pas ce que je vous dis.

— Je ne vous promets pas de vous croire. Mais j'aime-

rais savoir comment il se fait que la porte ait été ouverte au moment où miss Anning discutait avec son vieil ami, et j'aimerais savoir ce que vous avez entendu... ou si, en réalité, vous avez entendu quoi que ce soit.

La peau blanche et très lisse rosit légèrement. Les cils se levèrent pour dévoiler un éclair de colère. Elle demanda d'une voix loin d'être aussi calme et réservée qu'elle l'avait été :

— Est-ce que l'on ment parce que l'on ne dit pas tout tout de suite ?

Il posa sur elle un regard amusé.

— Je ne sais pas... qu'en pensez-vous ?

Quand une fille est en colère, elle dira parfois la vérité. Elle était assurément en colère. Il se demanda si elle allait dire la vérité maintenant.

— Bon, je vais vous raconter ! Et c'est la vérité que je vous dirai ! Si vous ne me croyez pas, ce sera parce que vous êtes stupide, et ce ne sera pas ma faute ! Le mardi soir, au moment où j'arrivais dans le hall, il y avait Mrs. Burkett qui entrait dans cette pièce où miss Anning et Mr. Field étaient en train de parler. Elle avait ouvert la porte et elle était en train d'entrer, mais elle s'est arrêtée. Elle s'est arrêtée parce que miss Anning était en train de parler, pas fort, mais comme quelqu'un parle quand il serait heureux d'avoir un couteau à la main. Et vous voudriez savoir ce qu'elle disait ? Ça a fait peur à Mrs. Burkett, et ça m'a fait peur à moi aussi. Jusqu'à ce moment-là, je ne savais pas que miss Anning et Mr. Field étaient plus que des étrangers l'un pour l'autre. Mais on ne parle pas ainsi à un étranger, m'sieur... je vous le garantis ! On ne parle comme ça qu'à un amant, ou peut-être à un mari ! Je ne pense pas que Mr. Field ait été le *mari* de miss Anning ! » Elle accentua fortement le mot. « Oh, non, je ne crois pas cela... pas une seconde ! »

— Mademoiselle Bonnet, qu'avez-vous entendu miss Anning dire ?

— Elle a dit, m'sieur... et il n'y a pas que moi qui l'ai entendu, il y a aussi Mrs. Burkett qui est la nièce de votre amie miss Silver... elle a dit, en parlant à Mr. Field : « Je pourrais te tuer pour cela ! »

Frank Abbott s'était souvent entendu dire qu'il offrait une ressemblance frappante avec le portrait de sa grand-mère, la défunte lady Evelyn Abbott que son caractère froid et redoutable avait fait craindre et détester par sa nombreuse famille. Les cousins s'empressaient d'ajouter que la ressemblance était plus dans les traits que dans la réalité, et que, malgré cela, il était loin d'être dépourvu d'un certain nombre de sentiments humains, mais quand, comme à ce moment-là, ses traits se durcissaient et le bleu de ses yeux devenait pâle et froid, l'effet produit était très semblable. Il se dit que Marie Bonnet disait la vérité et il se dit qu'il savait maintenant pourquoi miss Silver s'était si soigneusement dissociée de cette affaire. Il se souvint de la carte postale en couleurs qu'il avait déjà mentionnée. Postée quatre jours plus tôt de Cliffton-on-Sea, elle disait entre autres choses : « Ethel et moi-même apprécions énormément la brise de mer. Elle repart mercredi, mais je resterai ici une autre semaine. » Ethel était Mrs. Burkett. Son mari était directeur de banque dans les Midlands, et elle était la nièce préférée de miss Silver. Comme on était jeudi soir et qu'elle devait partir le mercredi, elle devait déjà avoir retrouvé son mari, ses trois garçons et la petite Joséphine.

Il tourna un regard glacial vers Marie Bonnet et dit :

— Une de ces remarques auxquelles il est difficile de trouver une réponse correcte. Puis-je vous demander quelle a été celle de Mr. Field ?

— Mais il n'a rien dit, m'sieur. Tout se passe beaucoup trop vite. Mrs. Burkett ouvre la porte, j'entends miss Anning dire : « Je pourrais te tuer pour cela ! » et puis Mrs. Burkett s'excuse et sort précipitamment. Elle referme la porte, et moi... » Elle haussa légèrement les épaules. « Je n'attends pas, je suis déjà partie. »

Frank Abbott réfléchit. Mrs. Burkett avait certainement répété à miss Silver ce qu'elle avait entendu. Il pourrait vérifier l'histoire de cette fille. Mais pourquoi exactement lui avait-elle raconté cela ? Il pouvait y avoir un certain nombre de raisons — la plus simple étant le désir de se mettre en vedette. Il y en avait d'autres — une rancune contre miss Anning ? Un désir de brouiller les pistes ? Mais on ne pouvait discerner aucun mobile pour l'instant.

— Pourquoi n'aimez-vous pas miss Anning ? demanda-t-il sèchement.

Les prunelles de Marie se dilatèrent. Elles n'avaient rien de particulier, ni pour la forme ni pour la couleur, mais elle était capable d'en jouer. Elles ne montraient cette fois qu'une surprise innocente.

— Mais, m'sieur...

— Je sais... vous n'avez jamais dit que vous ne l'aimiez pas, cela ne vous est jamais venu à l'esprit, et tout le reste. Mais vous ne pouvez pas vraiment dire que vous l'aimez beaucoup, n'est-ce pas ? Supposons que vous me disiez pourquoi. Est-elle stricte... dure... regardante pour les petites choses telles que les pourboires ? Vous n'avez pas à craindre de me le dire. Elle n'a pas l'air très commode, et je n'en parlerai à personne.

Il lui sourit, et après quelques instants, elle lui rendit son sourire. Elle battit des cils.

— Mais, m'sieur, je ne déteste pas miss Anning. C'est mon employeuse.

— Depuis combien de temps êtes-vous ici ?

Elle haussa derechef les épaules.

— En Angleterre... dix ans. Dans cette maison, quatre mois. La paye est bonne. Quand j'aurai assez d'argent de côté, je rentrerai chez moi, en France.

— Et vous ne détestez pas miss Anning ?

— Non, m'sieur.

L'antipathie est une chose difficile à dissimuler. Elle avait été apparente depuis le premier mot. Il lui revint à

l'esprit qu'il avait demandé à miss Silver ce qu'elle pensait de Marie Bonnet, et qu'elle lui avait donné une réponse assez curieuse. Elle lui avait dit : « Mrs. Anning ne la considère pas comme digne de confiance. » *Mrs*. Anning. C'était donc la mère invalide qui était détestée.

— Comme c'est heureux ! reprit-il d'une voix douce. Il n'est pas agréable... d'être détesté. Est-il possible, alors, que miss Anning vous ait fait sentir qu'elle vous détestait ?

Marie leva la main en signe de protestation.

— Quelle raison aurait-elle pour cela ? Je connais mon travail et je le fais bien ! Elle a de la chance que je sois restée si longtemps ! Tout le monde ne resterait pas ici, et je ne me suis pas privée de lui dire ! Elle me dit : « Ma mère est âgée... elle a eu une grave maladie. Elle n'a pas vraiment l'intention de vous insulter. » Et je lui réponds qu'elle n'est pas si vieille que ça et qu'elle n'est pas assez gravement malade pour qu'on la laisse dire des choses comme ça ! « Cette Française ! » Comme si j'avais honte d'être française ! Et puis aussi : « Elle écoute aux portes ! » Comme si j'avais envie d'écouter ce que raconte une vieille folle ! Et encore : « Pourquoi gardes-tu ces étrangères ? Je ne les aime pas ! » Est-ce que je l'aime, moi ? J'aimerais bien le lui demander !

— Ainsi c'est Mrs. Anning qui vous déteste et que vous détestez tant.

Marie lui sourit. Sa colère s'était envolée.

— Pourquoi détesterais-je une vieille folle ?

Chapitre XIX

En sortant du bureau de miss Anning, Frank Abbott se dirigea vers le salon. Le savoir-vivre exigeait qu'il aille dire au revoir à miss Silver, mais il ne se défendait pas d'avoir une arrière-pensée. Il voulait vérifier l'histoire de Marie Bonnet et savoir ce que Mrs. Burkett avait entendu quand elle était entrée dans la pièce où miss Anning discutait avec son vieil ami Alan Field.

La concentration de dames d'âge mûr était encore plus impressionnante, leurs rangs ayant été renforcés par deux visiteuses. Du silence soudain qui salua son entrée, il conclut qu'elles avaient appris qu'il était officier de police et qu'elles étaient en train de discuter du meurtre d'Alan Field.

Lorsqu'il suggéra que miss Silver aimerait peut-être faire une promenade le long du sentier de la falaise, elle répondit que ce serait effectivement fort agréable et l'accompagna gentiment dans le hall où il l'attendit pendant qu'elle montait chercher ses gants et son chapeau. Elle revint avec un chapeau de paille noir orné d'un ruban lilas et une paire de gants qui lui avaient été offerts par sa nièce Dorothy — en tulle blanc avec des baguettes fantaisie, si légers et si faciles à laver — et ils sortirent dans l'air du soir qu'elle qualifia de fort rafraîchissant.

Ils marchèrent jusqu'à un siège dominant la baie, où

elle fit une remarque sur l'effet plaisant du ciel se réfléchissant dans la mer à peine ridée par la brise, remarque accompagnée d'une citation pertinente de lord Tennyson, son poète préféré :

La rigole des flots court d'un ciel à l'autre.

Frank haussa les sourcils.

— Je n'avais jamais entendu celle-là.

— Elle est tirée de l'un des premiers poèmes, répondit-elle posément.

Il lui sourit.

— Dommage que nous ne puissions simplement rester assis et faire assaut de citations. L'heure, le lieu, la préceptrice révérée... rien ne saurait être plus favorable. Il nous faut pourtant en revenir aux sordides annales du crime. C'est grand dommage, mais quand le devoir nous appelle...

Miss Silver contemplait les tons dégradés dans le ciel. Elle aurait pu ne rien savoir d'autre du crime qu'une manchette occasionnelle dans les journaux.

Après avoir attendu qu'elle prenne la parole et avoir compris qu'elle n'avait pas l'intention de le faire, Frank Abbott attaqua de front.

— Cela ne sert à rien, ma chère madame. Vous comprenez, il faut absolument que je sache si Marie Bonnet m'a dit la vérité. Elle ne l'a fait que si cela arrangeait ses affaires... j'en suis absolument persuadé. Mais elle a de l'animosité envers les Anning et elle serait ravie de leur jouer un mauvais tour. Voilà un mobile, sinon pour avoir inventé cette histoire de toutes pièces, au moins pour avoir quelque peu brodé. S'il y a du vrai dans ce qu'elle déclare, votre nièce Ethel a interrompu un entretien entre miss Anning et Alan Field. Marie se trouvait à passer à ce moment-là, et elle prétend que Mrs. Burkett et elle-même ont entendu miss Anning dire : « Je pourrais te tuer pour cela ! » Or, s'il s'est passé quelque

chose de ce genre, je suis bien sûr que Mrs. Burkett a dû vous en parler. L'a-t-elle fait ?

Comme miss Silver continuait à ne rien dire, il reprit d'une voix plus sèche :

— Il s'agit de la crédibilité d'un témoignage, vous savez.

Elle se tourna pour lui faire face en esquissant un geste de protestation.

— Il est inutile de me le rappeler. Je souhaitais seulement bien réfléchir sur ce sujet avant de vous répondre. La déposition de Marie Bonnet est substantiellement correcte.

Il hocha la tête.

— C'est bien ce que je pensais. Est-ce également correct lorsqu'elle déclare que miss Anning parlait « pas fort, mais comme quelqu'un parle quand il serait heureux d'avoir un couteau à la main » ?

— Je suis vraiment incapable de vous le dire, répondit miss Silver d'une voix légèrement teintée de reproche. Vous devez vous souvenir que je n'y étais pas.

— Mais votre nièce y était. Je suis sûr, lorsqu'elle a répété les paroles de miss Anning, qu'elle vous a donné quelques indications sur la manière dont elles ont été prononcées. Elle n'a peut-être pas utilisé une métaphore aussi dramatique, mais je suppose qu'une fois encore je puis considérer l'affirmation de Marie Bonnet comme substantiellement correcte.

— Vous pouvez considérer que miss Anning avait perdu son sang-froid. A la suite de quelle provocation, nous ne sommes en mesure ni l'un ni l'autre de le dire. Comme je l'ai dit à ma nièce Ethel sur le moment, miss Anning, même si elle se contrôle fort bien, est naturellement emportée. Si Mr. Field et elle se sont connus quand ils étaient jeunes gens — ce qui, je crois, est le cas — et s'il y a eu entre eux un attachement ou une liaison, une phrase telle que celle qui a été surprise pourrait ne rien signifier d'autre qu'une flambée de colère et le retour à un parler ancien et plus cru. Elle pourrait avoir une signification très réduite.

— Mais cela peut signifier beaucoup plus, dit Frank Abbott d'une voix extrêmement grave. Quand une femme déclare qu'elle aimerait tuer un homme, et que moins de trente-six heures plus tard cet homme est découvert assassiné, on ne peut considérer sa remarque comme négligeable.

— Non... je comprends cela.

Il la regarda avec une expression de curiosité.

— Vous savez, j'aimerais beaucoup que vous me disiez pourquoi vous vous intéressez tant à miss Anning.

— Je loge chez elle, répondit-elle posément.

Il se mit à rire.

— Je vous ai connue habitant dans des maisons pour les propriétaires desquelles vous n'éprouviez pas une semblable passion protectrice.

— Mon cher Frank... que d'exagération dans ces paroles ! Je ne puis vraiment pas laisser passer cela.

C'est avec un sourire tout à fait sarcastique qu'il accueillit cette réprimande.

— Vous la défendez comme une nièce préférée.

Elle répondit avec gravité.

— J'espère que même dans un cas comme celui-là, je ne me laisserais pas influencer par un penchant personnel.

— Alors allez-vous me dire exactement pourquoi vous prenez parti pour miss Anning ? Si Marie ne m'avait pas raconté ce que Mrs. Burkett et elle avaient surpris, vous ne m'en auriez pas parlé, n'est-ce pas ?

— Peut-être pas à ce stade, Frank.

— Et j'aimerais savoir pourquoi.

Après un long silence, elle dit :

— Je ne suis pas tenue de répondre à cette question, mais je le ferai pour que vous ne vous mépreniez pas sur les raisons de mon silence. Il n'y a rien d'autre qu'un sentiment naturel de compassion envers une femme pour qui la vie a été cruelle et qui se trouve maintenant dans une situation qui doit lui être pénible. Je crois probable

qu'elle a considérablement souffert quand sa liaison avec Mr. Field a été rompue. Son retour a dû raviver cette douleur et il me paraît impossible que sa mort ne l'ait pas intensifiée à un degré presque intolérable. Je ne désire pas avoir part à sa détresse.

— Vous ne prenez pas en considération la possibilité que ce soit elle qui l'ait poignardé ?

Miss Silver ne répondit pas directement. Au lieu de cela, elle posa une autre question.

— Est-il exact que bien que Mr. Field ait été poignardé, on n'a pas retrouvé l'arme du crime ?

— Parfaitement exact. Si le meurtrier a conservé sa présence d'esprit, il l'a probablement jetée dans la mer.

— S'il a fait cela, elle peut fort bien être rejetée sur le rivage. Il y a un fort courant dans la baie.

Il eut un petit rire.

— J'ai remarqué que nous disons tous deux *il* ! Mais je dois insister sur le fait que vous n'avez pas répondu à ce que je vous ai demandé.

— C'est-à-dire ?

— Si vous avez pris en considération la possibilité que ce soit miss Anning qui l'ait poignardé.

— Y a-t-il des indices qui permettent de soutenir cette théorie ?

— Il y a un mobile très fort.

— J'imagine que cela peut être le cas d'un certain nombre de gens. Il y a, par exemple, Mr. Cardozo.

— Oh, oui. Je ne suis pas réellement en train de suggérer que les soupçons doivent se porter en priorité sur elle. Je me demandais simplement pourquoi vous prenez si grand soin de ne pas suggérer que l'on puisse la soupçonner.

Miss Silver semblait absorbée dans la contemplation du jour qui baissait sur la mer. Après un petit moment, elle dit :

— Je n'ai vu Mr. Field que très peu de temps. C'était

un homme très beau et qui avait énormément de charme. L'impression qu'il m'a donnée est qu'il était uniquement préoccupé de lui-même et de ses propres affaires. Son charme était délibérément utilisé. Quand j'ai commencé à entendre les gens parler de lui, cette impression s'est trouvée confirmée. On jugeait qu'il s'était très mal conduit aussi bien avec miss Anning qu'avec Mrs. Hardwick. D'après ce que Mrs. Field disait de lui, il était évident qu'il lui demandait de l'argent de manière tout à fait déraisonnable, et que ce n'était pas la première fois. Elle était, au vrai, si profondément bouleversée qu'il m'est venu à l'esprit de me demander s'il n'exerçait pas sur elle une pression.

Frank émit un sifflement.

— Qu'entendez-vous par pression ?

Elle ne répondit pas.

— Vous voulez parler d'un chantage ?

— Je pense qu'il était du genre à y avoir recours, auquel cas il peut y avoir un certain nombre de gens qui aient eu un mobile pour souhaiter le voir disparaître.

CHAPITRE XX

Le lendemain matin, Frank Abbott se rendit à Cliff Edge où il s'entretint avec Mrs. Field, le commandant Hardwick et madame, les Trevor, lady Castelton, Mrs. Maybury et le personnel, à savoir le maître d'hôtel Beeston et son épouse, et Mrs. Rogers, la femme de journée.

En parcourant un peu plus tard cette liste de noms en compagnie de l'inspecteur Colt, il trouva quelques commentaires à faire.

— Je présume qu'il est naturel d'être ému par un meurtre perpétré dans votre propre cabine de plage, en particulier si la victime est en quelque sorte un membre de la famille.

L'inspecteur Colt estima qu'en effet il y avait de quoi être quelque peu remué.

— Prenons Mrs. Field... il paraît qu'elle tenait beaucoup à lui. Tout le monde s'accorde à dire qu'elle l'a trop gâté.

— Oh, je ne pensais pas à elle. Elle est tout à fait normale. Une femme charmante... attachée à un beau-fils impossible, bouleversée par sa mort, mais ressentant cette pointe de soulagement dont les gens eux-mêmes n'ont pas toujours conscience.

— On m'a dit qu'elle était très estimée à l'époque où ils venaient souvent ici, il y a quelques années de cela.

— Les Trevor, au contraire, sont loin d'être affligés...

tout au moins le colonel Trevor. Il ne s'en cache pas. C'est, naturellement, choquant, mais ce type était un dissipateur, et ce n'est une grosse perte pour personne. Mrs. Trevor a passé son temps à me répéter que ce cher Alan était remarquablement beau et que toutes les filles étaient folles de lui... mais ce n'était que du blabla ! Il n'y avait en elle aucune émotion sincère. Ceux qui ont éprouvé une certaine émotion sont Mrs. Field, le commandant et Mrs. Hardwick — la maison leur appartient, bien sûr, et elle avait été fiancée avec lui — et, ce qui est beaucoup moins compréhensible, lady Castelton et Mrs. Maybury. Ce sont les deux qui m'intriguent, vous savez, car je ne comprends pas pourquoi. Comme tout le monde, elles ne l'avaient pas vu depuis des années, et, autant que nous sachions, elles le connaissaient comme l'on connaît une masse de gens qui évoluent plus ou moins dans le même milieu, mais avec qui l'on n'est pas vraiment intime. Prenons lady Castelton. Elle est plutôt dure. Le physique — c'était une beauté célèbre — l'argent, la position... elle a toujours tout eu. Et elle s'est fait une belle place dans les milieux philanthropiques — elle fait des discours, prend part à des émissions radiophoniques et à des débats publics. Je ne comprends absolument pas comment elle peut attacher autant d'importance à cette affaire Field.

L'inspecteur Colt suggéra qu'une grande dame pouvait parfois avoir un faible pour un jeune homme exceptionnellement séduisant.

Frank Abbott secoua la tête.

— Oh, non, ce n'est pas son genre. En outre, je n'ai pas du tout l'impression qu'elle soit accablée de chagrin, ni qu'il y ait une raison pour qu'elle le soit. C'est juste une impression générale de tension. Bien sûr, le fait d'être mêlée à une affaire de meurtre risque de lui apporter une publicité dont elle se serait volontiers passée... c'est peut-être cela. A moins qu'autre chose ne la tracasse. Elle semble avoir souffert de migraines et avoir pris quelque

chose pour s'endormir. Et puis il y a Mrs. Maybury, une ravissante créature, un peu évaporée, encline à prendre les choses tout à fait comme elles viennent. Le mari d'une de mes cousines sert dans le même régiment que Bill Maybury, et j'ai beaucoup entendu parler de Pippa. C'est une fille qui aime prendre du bon temps et dont le mari lui laisse la bride sur le cou. Elle donne l'impression d'avoir reçu un drôle de choc. Il n'y a peut-être rien de vrai là-dedans, mais elle ne donne pas l'impression d'être particulièrement émotive. Alors que Mrs. Hardwick l'est, et elle a été élevée avec Alan Field et a été à deux doigts de l'épouser, mais elle n'a pas l'air aussi tendue que Pippa Maybury.

Quand ils eurent fini de passer en revue les gens de Cliff Edge, l'inspecteur Colt ajouta quelque chose.

— Nous avons des indices pour le numéro de la voiture, dit-il, celle dans laquelle est monté l'étranger à la sortie du « Joyeux Pêcheur ». Le type qui l'a vu était en compagnie d'une jeune fille. Il n'en a rien dit sur le moment, mais je lui ai mis la main dessus hier soir, et il a fini par me donner son adresse. Elle déclare que l'homme était certainement un étranger, parce qu'elle l'a entendu parler, et que la fille qui l'accompagnait semblait l'être aussi, mais elle ne l'a rien entendue dire. Ils sont passés juste devant elle pour entrer dans la voiture, et elle a relevé le numéro d'immatriculation. Il y avait trois trois à la suite et un autre chiffre dont elle n'est pas sûre parce qu'elle ne songeait qu'aux trois. Elle n'est pas non plus sûre des lettres, mais elle pense que l'une d'elles était un O. Je me suis dit que vous pourriez demander à vos hommes de chercher si ce Cardozo a une voiture, et quel en est le numéro.

Frank réfléchit quelques instants. Il était tout à fait possible que Pearson sût si José Cardozo possédait une voiture. Il avait la forme d'esprit qui devait enregistrer automatiquement un numéro, et l'on pouvait peut-être le joindre à son agence.

La chance était de son côté, car il eut rapidement la communication, et une voix féminine l'informa qu'il était bien à l'agence Blake et qu'elle pensait que Mr. Pearson était dans les locaux. Presque instantanément, la voix légèrement désapprobatrice de Pearson annonça sa présence.

— Allô, Pearson... l'inspecteur Abbott à l'appareil. Écoutez-moi, pouvez-vous me dire si Cardozo a une voiture ?

— Oh, oui, monsieur, une petite Ford. Elle était garée à l'extérieur quand je suis allé prendre ses instructions.

— Je suppose que vous n'avez pas relevé le numéro ?

— Oh, si, inspecteur. Une voiture vert foncé avec une étroite bande noire — OX 3339.

— Merci beaucoup, Pearson, dit Frank, et il raccrocha.

Il fit part du renseignement à l'inspecteur Colt.

— Voilà, nous y sommes. Votre jeune fille a-t-elle parlé de la couleur de la voiture qu'elle a vue ?

— Elle et son ami déclarent tous deux que c'était une petite voiture de couleur sombre. Ils ne peuvent se montrer plus précis et ne spécifient pas la marque. Mais on dirait que Cardozo aura quelques explications à fournir.

— Nous pouvons aller le chercher et voir si ces deux personnes peuvent l'identifier. Qui sont-elles d'ailleurs ?

— L'homme est jeune... porteur à la gare... amateur de fléchettes. Son nom est Hosken. La fille s'appelle Doris Hale et elle travaille dans une blanchisserie.

Frank consulta sa montre.

— A quelle heure est le prochain train pour Londres ? Je ferais bien de le prendre. Comme vous dites, José Cardozo aura pas mal de choses à expliquer.

CHAPITRE XXI

Dans le bureau du commissaire de Cliffton, José Cardozo leva les mains en signe de protestation. On l'avait amené ici sous le coup d'une accusation qui n'en était pas une. Si on ne l'accusait pas, alors pourquoi l'avait-on amené ici, et si on l'accusait, nom de nom, où étaient donc leurs preuves ?

— Miss Doris Hale et le jeune Hosken, dit le commissaire Phelps d'une voix profonde, vous ont tous deux identifiés comme l'étranger qu'ils ont vu sortir du « Joyeux Pêcheur » mercredi soir à dix heures. La jeune fille nous a donné presque intégralement le numéro d'immatriculation de votre véhicule. Je dois maintenant vous informer que la jeune fille qui vous accompagnait a également été identifiée. Il s'agit de Marie Bonnet, employée de maison à la pension où logeait Mr. Field. Elle a signé une déposition.

Cardozo se leva d'un bond. Puis il se rassit.

— Mais si elle a fait une déposition, cela prouvera que je suis innocent ! Elle va dire qu'elle était avec moi ! Quel mal y a-t-il à cela ? » Le gris verdâtre de sa peau était en train de faire place à une couleur plus naturelle. « Écoutez, je vais vous dire toute la vérité. Je n'avais pas voulu le faire parce que je voyais bien que cette affaire pouvait être embarrassante, et pourquoi se plongerait-on dans l'embar-

ras ? Il y a un proverbe qui dit : “La parole est d’argent, le silence est d’or.” C’est un excellent proverbe. Je préférerais garder le silence. Mais si je ne peux pas, alors je ne dissimulerai rien... je dirai toute la vérité. »

Le commissaire lui fit remarquer que ce serait aussi bien ainsi.

L’inspecteur Colt baissa les yeux sur les papiers qui s’étalaient devant lui — la déposition de Doris Hale, la déposition de S. Hosken, la déposition de Marie Bonnet.

L’inspecteur Abbott avait une attitude détendue. Il posait sur José Cardozo un regard à la fois ferme et pensif. Si José envisageait de s’écarter de la vérité, c’était le genre de regard qui pouvait le mettre mal à l’aise.

Cardozo commença son histoire. Il avait fait son devoir de frère et de citoyen. Felipe avait disparu. N’avait-il pas fait tout ce qui était en son pouvoir pour retrouver sa piste ? N’avait-il pas été à Scotland Yard ? Quand on lui avait montré un corps qui ressemblait à celui de son frère, ne devait-il pas dire ce qu’il pensait en toute sincérité ? Et quand, par la suite, il s’était souvenu d’une chose qui remettait en question l’identification, ne devait-il pas informer la police qu’il avait des doutes ? Qu’y avait-il de mal dans tout cela ?

Cette question étant considérée comme de pure forme, il ne reçut pas de réponse. Frank Abbott prit la parole.

— Nous ferions mieux d’en venir à la raison pour laquelle vous êtes descendu ici. Nous savons que vous soupçonniez Field d’avoir quelque chose à voir avec la disparition de votre frère et que vous l’aviez fait filer par Pearson. Nous savons que Pearson a été en mesure de vous fournir son adresse ici mercredi à l’heure du déjeuner. Vous avez donc eu largement le temps d’arriver à Cliffton avant mercredi soir. Je présume que vous reconnaissez maintenant que c’est ce que vous avez fait. Nous allons commencer à partir de là. A quelle heure êtes-vous arrivé ?

— Un peu après neuf heures. Je laisse ma voiture au bout de la rue. Je continue à pied et je cherche l'adresse qu'on m'a donnée. Il y a une fille qui sort d'une des maisons. Je lui demande si elle connaît celle qui s'appelle Sea View, et elle me montre la maison d'où elle est sortie. Je lui demande si elle connaît Alan Field, et elle me dit qu'il est sorti. Je lui demande quand il rentrera, et elle me répond : « Qui sait ? » Alors je lui demande si elle accepterait de lui donner un message pour prendre rendez-vous le lendemain matin, et elle me dit oui, quand elle sera prête à rentrer, mais pas tout de suite. Je lui demande ce qu'elle penserait de prendre amicalement un verre ensemble, et elle me dit que ce serait avec plaisir, alors nous allons au « Joyeux Pêcheur ». Et c'est comme ça que votre miss Hale et votre Mr. Hosken nous ont vus là-bas. » Son visage s'épanouit, et il écarta les bras. « Ce n'est pas un grand crime, je pense ! »

Frank Abbott se pencha sur le côté et saisit la déposition de Marie Bonnet.

— Pas encore, dit-il, mais la nuit ne fait que commencer. Alan Field devait encore être vivant, si nous devons en croire à la fois les résultats de l'autopsie et les probabilités. Et même si la plage qui s'étend sous le mur de la falaise est relativement abritée, il ne paraît guère probable que quelqu'un ait pris le risque de le poignarder en plein jour, mais à l'heure où vous êtes sortis du « Joyeux Pêcheur », il devait déjà faire assez sombre. Où êtes-vous allés en sortant ?

José sentit ses inquiétudes renaître. Tout marchait si bien. Il était d'un naturel optimiste, et il avait commencé à sentir qu'il était sur la bonne voie, qu'il serait bientôt tiré d'affaire. Mais il y avait maintenant la question de la déposition de cette fille. Qu'avait-elle déclaré ? Si elle avait été assez bête pour mentir, pour dire qu'il l'avait raccompagnée en voiture à Sea View, qu'elle lui avait dit bonne nuit et qu'elle était rentrée, alors il allait se trouver

dépourvu d'alibi... et sa situation deviendrait extrêmement délicate. Mais si elle avait dit la vérité, ou au moins une partie de la vérité, comment pouvait-il savoir exactement ce qu'elle avait raconté ? Il lui fallait jouer la carte de la sécurité. Mais où se trouvait la sécurité ? Il répondit d'une voix hésitante :

— Comment puis-je savoir si cette fille a dit la vérité ? Je peux vous dire ce que nous avons fait, mais je ne peux pas vous forcer à me croire.

Frank Abbott continua à le fixer de son regard froid, légèrement sarcastique.

— Bon, et qu'avez-vous fait ?

— Nous sommes repartis en voiture jusqu'au bout de la rue où se trouve la maison et nous sommes allés nous promener au bord de la falaise... et c'est la vérité.

Frank Abbott baissa les yeux sur la feuille qu'il tenait à la main.

— C'est ce que déclare Marie Bonnet.

José retrouva instantanément toute sa confiance.

— C'est la vérité, je vous l'ai dit. Mais parfois les filles ont peur d'avoir des ennuis.

— Pour une promenade ?

Cardozo leva les mains.

— Sa patronne est stricte... c'est ce qu'elle m'a dit. Elle doit être rentrée avant onze heures.

— Et elle ne l'était pas ?

José prit un air entendu.

— Il y a un truc. Elle n'est pas la seule fille à l'utiliser. Avant de partir nous promener, elle rentre à la pension. Miss Anning la fait entrer et referme la porte.

— Et que fait Marie ?

— Elle va dans sa chambre et elle attend que miss Anning monte. Puis elle sort par la fenêtre de la salle à manger.

— Je vois. Et donc vous allez vous promener. A quelle heure rentre-t-elle vraiment ?

Cardozo lui sourit.

— Ça, je ne sais pas. Nous ne sommes pas pressés. Il fait bon, il fait chaud, nous sommes bien en compagnie l'un de l'autre. On n'a pas toujours l'œil fixé sur la pendule.

Frank Abbott regarda la fin de la déposition de Marie Bonnet :

« Il faisait bon, il faisait chaud. Je ne sais pas quelle heure il était quand nous sommes rentrés. Pourquoi toujours se préoccuper de l'heure ? »

CHAPITRE XXII

Mrs. Rogers posa les mains et les genoux par terre et commença à faire l'escalier de Cliff Edge. Elle serait morte de honte si quelqu'un l'avait regardé de près, car il n'avait pas été fait de la semaine, et ça ne servait à rien de prétendre qu'il n'y avait pas de sable apporté de la plage, parce qu'il y en avait. Il n'était vraiment pas possible de s'arranger pour le faire tous les jours, pas avec tout le travail supplémentaire qu'il y avait à la maison, mais elle comptait le faire régulièrement le lundi, le mercredi et le vendredi. Le lundi, cela s'était bien passé, et elle était disposée à recommencer le mercredi, seulement Mrs. Beeston l'avait appelée pour faire le ménage à fond dans le cabinet du commandant Hardwick, et puis une chose avait suivi l'autre, et la journée avait été si chaude qu'on ne pouvait décemment pas se presser, alors elle avait gardé l'escalier pour la fin, et voilà-t-il pas que Mrs. Beeston l'avait encore appelée — pour cirer les chaussures blanches de lady Castelton. « Et elle est très difficile avec ça. » Alors elle avait gardé l'escalier pour le jeudi matin.

Mais le jeudi matin arrivé, Mr. Alan Field avait été assassiné, et la police était partout dans la maison. C'était déjà bien beau de pouvoir entrer dans les chambres, avec Mrs. Field qui sanglotait dans la sienne, et lady Castelton

qui avait de tels maux de tête qu'elle voulait garder les rideaux tirés et se faire monter un plateau. Complètement bouleversés, les uns comme les autres, et rien d'étonnant à cela, parce que s'il n'avait pas été assassiné dans la maison, leur propre cabine de plage, c'était tout comme. Et comment avait-il eu la clé, vu qu'elle était toujours fermée... quelqu'un pouvait répondre à ça ? Et d'ailleurs, qu'est-ce qu'il allait y faire ? A son avis, sans doute qu'il avait rendez-vous là-bas avec quelqu'un, et s'il fallait deviner qui ça pouvait être, il y avait un nom qui lui venait tout de suite à l'esprit. Mariés ou célibataires, on repérait ceux qui étaient volages, et volage elle l'était, cette Mrs. Maybury, il n'y avait pas à tortiller.

L'escalier n'avait pas été fait le vendredi non plus. Elle était prête à le faire quand cet officier de police de Londres était arrivé, avec sa voix de la B.B.C. et l'air qu'il se donnait d'être quelqu'un. Et ça avait recommencé comme le jeudi. Il voulait voir tout le monde, et elle n'avait pas l'habitude de ça, être interrogée par la police au sujet d'un meurtre, et elle aurait de la chance si elle n'avait pas son nom dans le journal. Et le commandant Hardwick qui avait dit qu'il valait peut-être mieux laisser l'escalier pendant qu'il y avait toutes ces allées et venues. Bon, on ne peut pas laisser l'escalier et le faire en même temps, alors il n'avait pas été fait. Mais elle allait le faire maintenant. Ils pourraient tous dire ou faire ce qu'ils voudraient — et il semblait y avoir une véritable conspiration — elle n'allait pas le laisser sale pour le week-end. Cet escalier était un déshonneur. Elle aurait honte si quelqu'un le voyait en sachant qu'elle travaillait ici.

Elle s'agenouilla et commença à brosser. La poussière fut projetée dans la pelle. Et puis elle vit la tache. C'était un beau tapis, avec un motif fauve et bleu sur un fond cramoisi. L'attention de Mrs. Rogers fut attirée par une marche où le motif semblait manquer à un endroit. Il y avait une zone rouge foncé supplémentaire. Elle le

regarda, les sourcils froncés, et brossa de nouveau. La couleur resta. Elle descendit une marche. Tout était normal. Elle brossa vigoureusement et arriva à la marche suivante où il y avait une autre de ces marques brunâtres. Elle ne se sentit pas très bien, mais elle ne savait pas vraiment pourquoi. Elle avait mangé du hareng au petit déjeuner et elle eut la sensation que cela n'allait peut-être pas lui réussir. Elle se leva et alla chercher un chiffon humide dans le placard. En y allant et en revenant, elle prit soin de ne pas marcher sur le tapis. Elle n'avait même pas commencé à se demander pourquoi elle faisait tout cela, elle le faisait, tout simplement.

Quand elle revint à l'endroit où elle avait laissé sa pelle et sa brosse, elle ne s'agenouilla pas. Elle se pencha et frotta la marque brunâtre avec le chiffon qu'elle avait à la main, et quand elle vit la tache qui apparaissait sur le linge humide, elle poussa un cri que tout le monde entendit dans la maison.

Comme il n'était qu'environ huit heures et demie du matin, la plupart des gens n'étaient pas encore complètement habillés. Le colonel Trevor passa la tête par la porte de la salle de bains. Comme il était en train de s'essuyer les cheveux, ils se dressaient sur sa tête. Pippa Maybury sortit en courant jusqu'au milieu du palier, dans un de ces sous-vêtements transparents qui révélaient beaucoup plus qu'ils ne dissimulaient. Adela Castelton portait une mentonnière et un genre de masque de beauté qui lui donnaient une horrible ressemblance avec un cadavre. James Hardwick n'était qu'à moitié rasé. Esther Field avait pris son peignoir, mais ne l'avait pas enfilé. Elle portait une lourde combinaison ajustée sur un corset qui avait fort à faire. Elle était en bigoudis. Carmona sortit de sa chambre en enfilant sa robe.

Comme la porte du hall était grande ouverte pour aérer la maison et que la totalité de l'escalier était clairement visible depuis le seuil, tel fut le spectacle étonnant qui s'offrit aux yeux du colonel Anthony.

Au moment où Mr. et Mrs. Beeston poussèrent en courant la porte matelassée qui menait aux communs, Mrs. Rogers hurla de nouveau. Elle fixait le tissu rouge qu'elle tenait à la main et continuait à hurler.

— Miséricorde ! » s'écria le colonel Anthony en s'avançant vivement dans le hall. Même s'il n'était plus tout jeune, il espérait être encore capable de faire face à une situation critique. Un cadavre au chant du coq dans la cabine de plage d'un voisin, une femme de ménage hystérique dans l'escalier d'un voisin... il en faisait son affaire, et puis zut ! A vrai dire, il était passé pour toucher un mot à Hardwick à propos de ce cadavre. Drôle d'histoire... vraiment très curieux. Il avait eu la sensation qu'ils devraient avoir une petite discussion amicale à ce sujet. Comme il avait l'habitude de se lever à six heures, il ne lui était pas venu à l'esprit que l'heure était indue. Nu-tête, le corps sec et plein d'énergie, accoutré dans ce qui restait d'un confortable costume tropical, il traversa le hall à grands pas et monta l'escalier. Il arriva à la hauteur de Mrs. Rogers, qui criait toujours, presque en même temps que James Hardwick qui s'était arrêté pour prendre une serviette et essuyer sur son visage une partie de la mousse à raser.

— Mrs. Rogers ! dit James.

— Grand Dieu, que se passe-t-il donc ? demanda le colonel Anthony.

Mrs. Rogers n'arrivait pas à trouver son souffle pour parler. De la main gauche elle s'agrippait au bras de James Hardwick, et de la droite elle brandissait le chiffon taché de sang. Car il ne pouvait plus maintenant y avoir de doute sur la nature de la tache. Les marques rouge-brun sur le tapis, les traînées rouge-brun sur le chiffon étaient indiscutablement du sang. Elle sanglotait maintenant sans discontinuer et, entre ses sanglots, elle tendait le doigt et bafouillait.

— Là... sur le tapis... *là !* Et je ne savais pas... je ne savais pas ! Je n'y aurais pas touché ! C'est du sang !

Carmona descendit, livide, et posa une main sur son épaule. Elle n'arrivait pas à comprendre ce que le colonel Anthony faisait dans l'escalier, mais il était là, et il faudrait compter avec lui. Elle ne pouvait chasser de son esprit l'image affreuse de Pippa montant l'escalier en plein milieu de la nuit du mercredi, le devant de sa robe trempé après s'être agenouillée dans le sang d'Alan.

Mrs. Rogers tressaillit et haussa l'épaule au contact de la main de Carmona.

— De l'eau froide ! rugit le colonel Anthony d'une voix martiale. Une éponge trempée dans l'eau froide ! Allez, un de vous, là-haut... et faites vite !

Mrs. Anthony avait toujours réagi immédiatement au contact de l'eau froide sur sa nuque. Au début de leur vie conjugale, elle avait été sujette à de regrettables crises d'hystérie, mais l'application régulière d'une éponge froide avait amené une guérison définitive. Mrs. Rogers n'attendit pas pour savoir si le remède allait faire effet. Elle s'arracha à la main qui la retenait et dévala l'escalier jusque dans le hall, où elle se jeta en pleurs dans les bras de Mrs. Beeston qui l'entraîna aussitôt pour la consoler avec quelques tasses de thé.

Les autres invités restèrent où ils étaient. Ils avaient le regard fixé sur le chiffon que Mrs. Rogers avait laissé tomber. Maisie Trevor, avec un bonnet de nuit de dentelle très seyant et un peignoir garni de ruchés qu'elle avait attendu pour enfiler, sortit de sa chambre et demanda d'un air vague si la maison était en feu.

— Avec la chaleur qu'il fait ce serait très gênant. A moins que cette femme ne se soit blessée. J'ai cru l'entendre crier.

— Pfft ! » fit le colonel Anthony, et il poursuivit les remarques hautement inopportunes qu'il était en train d'adresser aux Hardwick.

— Vous voyez, mon cher ami, il n'y a pas le moindre doute... c'est du sang. Une tache ici, une autre sur cette

marche-là et... oh, il y en a plusieurs autres encore plus bas. Là, Mrs. Hardwick... regardez vous-même ! C'est tout à fait extraordinaire, vous savez... vraiment tout à fait extraordinaire. Vous savez, Hardwick, dans ces circonstances, et aussi désagréable que cela puisse vous paraître, je ne vois pas pour vous d'autre solution que de signaler cette découverte à la police.

Carmona tourna la tête. Elle se tenait sur la cinquième ou sixième marche à partir du haut de l'escalier. Elle tourna la tête et son regard se posa sur Pippa Maybury.

Pippa n'avait pas bougé. Elle avait traversé le palier en courant presque jusqu'en haut de l'escalier. Elle s'était brossé les cheveux. Ils formaient comme une auréole autour de sa tête, aussi fins qu'un duvet de chardon et presque aussi pâles. Tout le sang s'était retiré de son visage. Il était blanc comme un linge — aussi blanc que sa gorge, que ses épaules, que son corps tout entier sauf à l'endroit où il était couvert par le tissu vaporeux. On distinguait à travers ses formes sveltes. Carmona s'approcha d'elle et posa la main sur son bras.

— Nous ferions tous mieux de finir de nous habiller, dit-elle. Viens mettre quelque chose.

Mais Pippa ne bougea pas. Elle regardait l'escalier. Elle regardait la tache humide sur la marche que Mrs. Rogers avait frottée. Elle regardait le chiffon blanc et taché par terre. Et elle dit d'une voix que tout le monde put entendre :

— C'est du sang, n'est-ce pas... du *sang ?* Il a dû couler de ma robe quand je suis montée.

— Miséricorde ! s'écria le colonel Anthony.

Chapitre XXIII

C'est deux heures plus tard que le colonel Anthony entra au poste de police et demanda à voir l'inspecteur Colt. Il n'était pas très satisfait, car il considérait qu'il aurait pu être reçu plus tôt. Il avait d'importants renseignements à communiquer et, à son avis, on n'aurait pas dû lui dire que Colt était occupé. Il était vexé. Il avait été vexé de s'entendre proposer de voir quelqu'un d'autre. Il n'avait aucune envie de voir quelqu'un d'autre. Il voulait voir l'inspecteur Colt, auprès duquel il devrait jouir d'une certaine considération pour avoir été le premier à découvrir le corps du jeune Field. Il ne parvenait pas à concevoir que Colt pût être retenu par quelque chose de plus important que le renseignement absolument essentiel qu'il était en position de lui communiquer.

Et on l'avait fait attendre pendant près de deux heures. Il avait assisté à la découverte de taches de sang compromettantes. Il avait entendu une jeune femme faire ce qui équivalait pratiquement à une confession. Et on le faisait poireauter. Il avait été extrêmement martial au téléphone. Non, il n'était pas disposé à laisser un message. Il aimerait savoir quand l'inspecteur Colt serait libre... Oui, il attendait pendant que le sergent se renseignait. Très bien, il serait au poste de police à dix heures trente précises.

Il était dix heures trente précises.

Il fut introduit dans une pièce où l'inspecteur Colt était prêt à avoir une entrevue aussi brève que possible, car son opinion, qu'il venait de donner à Frank Abbott, était que le vieux bonhomme avait une théorie et voulait la développer à fond.

Il devait changer d'opinion juste à temps pour rappeler Frank. Se contentant d'un aperçu de ce dont le colonel Anthony avait, le matin même, été témoin à Cliff Edge, ils s'y rendirent tous deux toutes affaires cessantes.

Le colonel Anthony aurait aimé les accompagner. Réflexion faite, il n'en était pas sûr. Il avait vécu à côté de chez Octavius Hardwick pendant près de vingt ans. Ayant accompli son devoir de citoyen, il pouvait maintenant penser à son devoir de voisin. Situation très délicate pour James Hardwick. Il valait peut-être mieux rester en dehors de tout cela. Il avait vu grandir le jeune James. Situation pénible pour tout le monde. Il valait mieux prendre ses distances autant qu'il le pouvait. Il partit faire sa promenade matinale quotidienne.

A Cliff Edge, la table du petit déjeuner avait été débarrassée. Le colonel Trevor avait mangé trois croquettes de poisson et ses quatre tranches habituelles de pain grillé avec de la confiture d'oranges, mais les autres avaient été loin d'approcher cette quantité. Les femmes se contentèrent en tout et pour tout d'une tasse de thé ou de café. Mrs. Rogers cassa une tasse à café, l'une du service que la mère de Mr. Octavius Hardwick avait apporté dans la famille quand elle avait épousé son père en 1859. En lui faisant part avec quelque sévérité de ce détail, Mrs. Beeston lui fit remarquer qu'elle ferait bien de reprendre ses esprits, parce qu'ils n'avaient pas de porcelaine à casser — « Et, à mon avis, le mieux serait de rentrer chez vous et de vous allonger un peu, mais il est sûr et certain que la police va revenir et va vouloir vous interroger. »

Mrs. Rogers eut un reniflement déchirant.

— Vous pensez que c'est elle, Mrs. Beeston ?

Mrs. Beeston avait l'air très décidée.

— Je ne suis pas là pour penser, et vous non plus, Mrs. Rogers, et le travail n'attendra pas.

Adela Castelton était finalement descendue prendre son petit déjeuner.

L'allure très belle et très sereine, elle mangea quelques fruits et but une tasse de thé.

Pippa resta dans sa chambre.

Lorsqu'elle monta après ce repas plutôt sinistre, Carmona trouva intacts les fruits et les tartines grillées qu'elle avait fait monter, mais la tasse de café avait été vidée. A part le fait d'avoir tendu le bras pour prendre la tasse et la reposer, Pippa ne semblait pas avoir bougé. Elle était assise à la même place, vêtue de ses sous-vêtements transparents, les cheveux encore ébouriffés.

Carmona se força à prendre un ton aussi ferme que possible.

— Pippa, il faut t'habiller... il le faut vraiment ! Et puis ne laisse pas tes cheveux comme cela !

— Pourquoi ?

— La police... ils vont arriver.

— Tu crois ?

— Pippa, ils ne peuvent faire autrement.

— Tu veux dire que... cet horrible vieux... va leur raconter ?

Elle parlait d'une voix éteinte, sans expression, et elle évitait de regarder Carmona. Si elle avait levé les yeux, elle aurait vu son propre reflet dans le miroir de la large coiffeuse victorienne. Mais elle ne levait pas les yeux plus haut que le plateau de porcelaine qui était posé devant elle. Il avait un rebord vert pâle, avec un motif représentant des primevères. Elle avait compté les primevères. Si elle les comptait de gauche à droite, elle en trouvait sept, mais si elle les comptait de droite à gauche, elle en trouvait neuf.

Carmona restait debout en silence. Quelle que fût la

manière dont on regardait les choses, les ennuis n'allaient pas tarder. Elle ne s'était pas demandé si elle croyait l'histoire de Pippa. Elle devait la croire, car elle ne pouvait imaginer que Pippa ait tué. Cela n'existe pas — pas les gens que l'on connaît, pas la fille avec qui l'on allait à l'école. Ce devait être quelqu'un de l'extérieur, quelqu'un qui faisait partie du monde dans lequel Alan avait vécu ces trois dernières années. Ce ne pouvait être quelqu'un qu'ils connaissaient. Mais quand elle pensa à James, son cœur frissonna et prit peur. Pourquoi était-il sorti au milieu de la nuit ? Il était plus de minuit quand Pippa était partie rejoindre Alan. Où était James quand elle était sortie ? Carmona elle-même dormait. James ne s'était pas mis au lit. S'il s'était couché, elle se serait réveillée. Il ne s'était pas couché. Où était-il ? Quand elle s'était réveillée pour entendre le bruit des pas de Pippa, pour la voir monter lentement l'escalier avec cette horrible tache sur sa robe, il ne devait pas être loin de minuit et demi, parce que plus tard, quand elle avait regardé la pendule dans la chambre de Pippa, les aiguilles marquaient une heure moins vingt. Une demi-heure plus tard, après avoir fait tout ce qu'elles avaient à faire et regagné leurs chambres, James était au lit et dormait.

Il y eut une hésitation dans son esprit. Dormait-il vraiment ? Ou bien voulait-il simplement le lui faire croire ? Le temps qui s'était écoulé depuis était le laps de temps compris entre mercredi et samedi matin, et aucun des deux n'avait demandé à l'autre : « Où étais-tu ? » Elle s'était éveillée et ne l'avait pas trouvé. Il était revenu et avait trouvé sa place vide. Ni l'un ni l'autre n'avait demandé : « Où étais-tu ? » Les journées avaient été occupées par les allées et venues de la police, par les dépositions, par la surveillance de son langage et de ses regards. Même quand ils étaient seuls ils restaient sur leurs gardes. On ne savait jamais quand quelqu'un pouvait écouter, on ne savait jamais quand quelqu'un pouvait passer, on ne savait

jamais si on était vraiment seul. Ils avaient soigneusement gardé le silence.

Carmona restait debout, plongée dans ses pensées. Et puis elle oublia tout car Pippa venait de se tourner brusquement vers elle. D'un seul coup elle n'eut plus rien d'abattu, de morne, de triste. Ses yeux se remirent à pétiller et ses joues à luire.

— A quoi cela nous sert-il de rester assises comme ça ? Il faut faire quelque chose ! Je me suis sentie comme un lapin pris dans des phares, pétrifié de terreur et attendant de se laisser écraser ! Et si nous attendons suffisamment longtemps, c'est ce qui se passera ! Mais je ne le veux pas ! Je sais exactement ce qu'il nous faut faire, et nous allons le faire immédiatement ! Il faut faire appel à miss Silver !

— Miss Silver ? demanda Carmona d'une voix où perçait l'incompréhension.

D'un bond Pippa s'était levée. Elle ouvrit un placard, enfila une robe tout en mettant des chaussures de plage et en parlant, en parlant sans arrêt.

— Oui, oui, oui... miss Silver ! Tu ne sais pas qui c'est ? Moi non plus au début, parce qu'en la voyant cela ne viendrait jamais à l'esprit ! Mais je me suis souvenue que c'est exactement ce que Stacy avait dit d'elle — une vieille fille, l'air d'une gouvernante, mais tout à fait, tout à fait à la hauteur !

— Pippa, de quoi parles-tu ?

— Stacy Mainwaring, chérie. Ou plutôt Stacy Forrest, puisqu'elle s'est remariée avec Charles, mais pour ses miniatures, elle continue à s'appeler Mainwaring.

— Pippa, je ne comprends toujours pas de quoi tu parles.

Pippa arrêta de nouer son foulard rouge vif sur sa tête.

— C'est parce que tu ne cherches pas à comprendre, dit-elle. Stacy Forrest a peint une miniature de moi pour Bill... il en est fou. Et elle m'a tout raconté sur miss Silver

pour me faire rester tranquille pendant que je posais. Au début je n'ai pas cru que c'était la même, et puis après, si, parce que j'ai dit quelque chose à propos de Stacy, et son visage s'est mis à rayonner en parlant d'elle et de Charles — c'est vrai qu'il est adorable, et je me demande comment Stacy a pu croire qu'elle pourrait se passer de lui, mais en tout cas, ils sont follement heureux maintenant.

— Pippa, veux-tu en venir au fait ! Que t'a raconté Stacy Forrest sur miss Silver ?

Pippa ouvrit de grands yeux.

— Tu ne m'as pas écoutée, et il faut faire quelque chose très vite. Stacy et Charles ont été impliqués dans cette histoire de meurtre pour des bijoux — tu sais, la collection Brading. Ce fut affreux pour eux parce qu'on croyait que c'était Charles qui avait fait le coup, et c'est miss Silver qui a prouvé que ce n'était pas lui. Stacy m'a dit qu'elle était merveilleuse. Et puis Minx Raeburn s'était fourrée dans le pétrin parce que sa belle-mère lui avait prêté je ne sais quel bijou historique, et elle se l'était fait voler. Minx m'a dit qu'elle avait cru mourir parce que lady Dalrae est une affreuse mégère. Mais miss Silver le lui a retrouvé, et la police n'y a même pas mis le nez.

Carmona assembla ces éléments décousus.

— Tu veux dire qu'elle est détective ?

Pippa hocha vigoureusement la tête.

— Et il faut que nous la fassions venir ici tout de suite. Ce policier de Londres est celui qui était sur l'affaire Brading. Stacy m'a dit qu'il était aux petits soins pour miss Silver. Je n'arrive pas à comprendre pourquoi je n'ai pas mis la main sur elle tout de suite... je devais dormir ou quelque chose comme ça. » Elle était en train de rentrer les pointes de son foulard rouge.

— Mais Pippa... que veux-tu faire ?

— Mettre la main sur miss Silver... immédiatement, avant que la police arrive ici. Tu crois qu'ils vont vraiment venir ?

Carmona, malheureusement, n'avait aucun doute là-dessus.

— Le colonel Anthony est allé tout leur raconter. Il a dit que c'était son devoir.

— Tu ne détestes pas les gens qui disent cela ? Cela signifie simplement qu'ils vont être désagréables. » Elle avait commencé à se maquiller — un rouge à lèvres vermillon...

— Pippa, je ne ferais pas cela à ta place, dit Carmona.

— Tu ne ferais pas quoi, chérie ?

Carmona montra le rouge à lèvres.

— Non, vraiment... il est beaucoup trop vif. Et ce foulard... je ne pense pas que ce soit une bonne idée.

Pippa la regarda avec des yeux ronds.

— Parce qu'il est rouge ? Chérie, tu ne vas pas quand même me suggérer de prendre le deuil pour Alan ?

Carmona secoua la tête.

— Pas le rouge. Prends plutôt celui que tu portais hier... le bleu marine.

Pippa changea de foulard, mais refusa d'abandonner le rouge à lèvres.

— Et il faut que je me dépêche... à cause de la police ! Si je peux m'éclipser avant qu'ils arrivent, j'aurai une chance de parler avec miss Silver avant qu'ils commencent à poser toutes leurs horribles questions !

— Pippa, dit Carmona, la personne avec qui tu dois parler est Bill. L'as-tu fait prévenir ? Parce que je pense que tu devrais le faire.

— Bill ? Mais non, bien sûr que non ! Tu n'écoutes pas quand je te parle ! Il est en Allemagne, en train de témoigner à je ne sais quel sinistre procès ! Même si je le voulais, je suppose que je ne pourrais pas mettre la main sur lui !

— Il le lira dans les journaux.

— Tu crois qu'ils les reçoivent là-bas ? D'ailleurs cela n'a aucune importance puisqu'ils ne parlent que d'Alan et

du fait qu'il est le fils de Penderel Field, et un peu de toi, d'Esther et de James. Et comme Bill ne sait même pas que je suis ici...

— Oh, Pippa... c'est vrai ?

— Oui, chérie. Il pense que je suis chez sa tante Muriel... une épouvantable raseuse. Au lieu de cela, je t'ai téléphoné.

Elle étala son rouge à lèvres, se mit de la poudre d'une manière experte et s'éloigna du miroir avec une expression satisfaite.

— Voilà, chérie... Bon, il faut que je file ! Garde les doigts croisés !

Chapitre XXIV

— Vous désirez me consulter professionnellement ?

— Oh, oui !

Miss Silver regarda pensivement la jeune femme dans sa robe de plage à fleurs au motif rouge et bleu, et dont le foulard bleu enserrait la pâle chevelure duveteuse. Prolixe et pétulante, Pippa Maybury ne cessait de débiter d'une voix aiguë d'inopportunes platitudes sur Charles Forrest, sur Stacy, sur la trop bien nommée Minx[1] Raeburn. Cette fille avait une voix et des façons très semblables. Toutes les filles se mettaient du rouge à lèvres maintenant, mais dans les circonstances présentes, miss Silver estimait que quelque chose de moins voyant eût été de meilleur goût. Après tout Alan Field avait été poignardé à proximité de Cliff Edge, et la pauvre Mrs. Field habitait encore la maison. Quelque chose de plus discret à la fois dans l'habillement et dans le maquillage eût témoigné d'un certain respect pour sa douleur. Elle se retint d'aller plus loin. Ces principes étaient passés de mode. Plus personne ne pensait à ce genre de choses, et peut-être était-ce mieux ainsi. Le deuil et ses signes extérieurs avaient certainement été poussés trop loin à l'ombre du long veuvage de la reine Victoria. On ne pouvait plus juger sur les apparences. Il fallait regarder sous la surface.

1. Péronnelle.

Tout en se disant cela, miss Silver continuait à regarder Pippa Maybury. Elle distinguait sous la crème et la poudre d'indiscutables marques de tension. Mais elle regardait encore plus en profondeur. La parole était trop animée, le rire léger trop perlé, le tempo un soupçon trop rapide. Cela lui évoqua un disque qui ne passerait pas à la bonne vitesse. Elle dit en parlant un peu plus lentement qu'à l'accoutumée :

— Vous désirez me consulter. Voulez-vous me dire pourquoi ?

Pippa se mordit les lèvres. Elle avait pensé à aller voir miss Silver et à lui demander de l'aider, mais elle n'avait pas pensé à ce qu'elle allait dire quand elle serait en sa présence. La seule chose qui lui avait paru compter avait été de quitter la maison et d'arriver auprès de miss Silver avant que la police arrive pour l'en empêcher. Et maintenant elle avait quitté la maison et elle était auprès de miss Silver.

Elles étaient assises l'une en face de l'autre dans la chambre plaisante qui occupait une partie de ce qui avait été la grande chambre d'ami de Mrs. Anning, et elle ne savait que dire. Miss Silver était installée dans le fauteuil couvert de chintz près de la fenêtre, et Pippa avait pris place sur un ancien tabouret de piano placé maintenant devant la coiffeuse. Voyant que la jeune femme continuait à la regarder en silence, miss Silver saisit la pelote de laine rose dans laquelle elle avait planté ses aiguilles et commença à tricoter.

Peut-être fut-ce la simplicité de cette action, ou peut-être le regard bienveillant mais pénétrant dont elle fut accompagnée qui poussa Pippa à faire un geste puéril et une déclaration puérile. Elle tendit les mains en un geste étonnamment naturel et dit d'une voix tremblante :

— J'ai tellement peur...

Miss Silver continua à la regarder. Elle continua également à tricoter.

— Voulez-vous me dire pourquoi ?

— La police... Carmona m'a dit qu'ils allaient venir...

— La police allait venir pour vous interroger... était-ce cela dont vous aviez peur...

— C'est à cause du sang sur l'escalier. Il a dû couler de ma robe cette nuit-là. Vous comprenez, je me suis agenouillée dedans, et tout le devant était trempé. » Un rapide frisson la parcourut. « Mrs. Rogers faisait l'escalier. Personne ne savait qu'il y avait du sang... mais son chiffon était taché, et elle s'est mise à hurler. Ils sont tous sortis de leurs chambres, et j'ai dit que c'était du sang et qu'il avait dû couler de ma robe parce qu'elle était trempée. Enfin, je crois que c'est ce que j'ai dit... je n'en suis pas sûre, et je ne sais pas pourquoi je l'ai dit. Mais Carmona m'a dit que la police allait venir. Le colonel Anthony était là, et il m'a entendue — tout le monde m'a entendue — et Carmona m'a dit que le colonel Anthony allait voir la police. »

Quand elle s'arrêta, miss Silver lui demanda de sa voix la plus grave :

— Mrs. Maybury, désirez-vous vraiment me raconter tout cela ? Je pense que vous devriez réaliser que vous êtes en train de faire des aveux d'une nature très compromettante, et qu'il peut y avoir des circonstances dans lesquelles je ne me sentirais pas le droit de les garder pour moi.

Pippa écarquilla les yeux.

— Quelles... quelles circonstances ?

— Si quelqu'un d'autre venait à être accusé...

Pippa l'interrompit avec véhémence.

— Mais c'est exactement ce que je veux que vous fassiez ! Minx m'a dit que vous étiez absolument merveilleuse ! Je veux que vous découvriez qui a fait le coup ! Parce que c'est bien quelqu'un... non ? Et si vous découvrez le coupable, tout ira bien et... Bill n'aura pas à l'apprendre ! » L'angoisse perçait dans ces derniers mots.

Miss Silver l'observa avec une attention accrue.

— Votre mari ?

— Oh, oui !

— Il y a quelque chose que vous souhaitez qu'il n'apprenne pas ?

Pippa lui lança un regard implorant. Deux grosses larmes rondes coulèrent lentement sur ses joues.

— Vous voyez... il croit... que je suis bonne.

Miss Silver reposa son tricot.

— Avant que nous allions plus loin, Mrs. Maybury, voulez-vous écouter très attentivement ce que je vais vous dire ? Vous êtes désireuse de cacher... quelque chose que vous espérez que votre mari n'aura pas à apprendre. Je ne vous demande pas de quoi il s'agit. Cela pourrait très facilement être quelque chose que je ne souhaite pas savoir. Si cela concerne la mort d'Alan Field, je pense que vous devriez consulter sans délai un avocat. Vous avez fait un aveu très grave en présence d'un certain nombre de témoins, et il ne sera pas possible de le passer sous silence.

Pippa la regardait d'un air stupéfait.

— Mais cela n'a rien à voir avec Alan, en dehors du fait qu'il s'est conduit comme un goujat. Jamais je ne serais allée le rejoindre s'il ne m'avait pas dit qu'il raconterait tout à Bill. J'étais prête à tout pour l'empêcher de faire cela. Parce que, vous voyez, Bill est *bon*, et il croit que je le suis aussi, et s'il découvrait que ce n'est pas vrai, cela lui ferait quelque chose, et rien ne serait jamais plus comme avant. Alors quelle importance pouvaient avoir mes perles ou n'importe quoi ?

A partir de ces remarques obscures et fragmentaires, miss Silver vit poindre l'amorce d'une explication. Mais comme s'il ne lui suffisait pas de reconnaître avoir été sur la scène du crime, Mrs. Maybury paraissait déterminée à se fournir un mobile.

— Mr. Field vous faisait chanter ?

— Oh, *oui !*

Miss Silver avait repris son tricot, mais son regard ne quittait pas le visage de Pippa.

— Cela vous donnerait un mobile pour le meurtre.

— Oh ! » fit Pippa. Sa bouche ouverte dessinait un petit rond rouge, mais sous le rouge à lèvres, toute la couleur naturelle s'était retirée. Elle se pencha en avant d'un geste saccadé, comme un pantin désarticulé.

— Mais vous ne croyez pas que c'est *moi ?* Jamais je ne serais venue vous voir si c'était moi ! Vous n'imaginez tout de même pas... mais enfin, il était mort quand je suis arrivée ! C'est cela qui était si horrible. Il faisait très sombre, et je ne voulais pas utiliser ma torche, pour que personne ne me voie. J'ai juste distingué la cabine dans l'obscurité... la porte était ouverte. J'ai trébuché sur quelque chose... et je suis tombée. C'était Alan... il était mort. Il y avait du sang partout. Ma robe était toute mouillée... mes mains aussi. C'est pour cela qu'on a trouvé cette tache sur l'escalier. C'était une robe longue, et elle était pleine de sang.

— Qu'avez-vous fait après cela ? demanda miss Silver de sa voix paisible.

Pippa lui raconta.

— Carmona m'a aidée. Elle est sortie de sa chambre et elle m'a vue monter l'escalier. Je lui ai dit que j'avais découvert Alan, et nous avons brûlé ma robe dans le feu de la cuisine.

— Vous avez eu tort d'agir de cette manière vraiment stupide.

— Carmona m'a dit que nous devrions appeler la police, mais je lui ai répondu que je préférerais me tuer. A cause de Bill. Vous comprenez cela, non ? Je devais rencontrer Alan dans cette cabine de plage en pleine nuit, et soit ils allaient croire qu'il était mon amant, soit il m'aurait fallu leur expliquer qu'il me faisait chanter à propos de quelqu'un d'autre, et il aurait fallu que je témoigne, et Bill l'aurait su. Je ne pouvais vraiment pas la laisser appeler la police.

Miss Silver secoua la tête d'un air réprobateur.

— Vous auriez dû le faire. Il est extrêmement difficile de prolonger ce genre de tromperie. Vous avez été mal avisée de vous lancer là-dedans. Nous devons maintenant réfléchir à ce qu'il y a pour vous de mieux à faire. Si vous désirez que je vous porte secours, il vous faut décider à être parfaitement franche.

— Vous allez m'aider ?

Miss Silver toussota.

— Je ferai de mon mieux pour découvrir la vérité. Je ne puis me pencher sur une affaire avec l'intention d'aider telle ou telle personne. Je ne puis avoir qu'un seul et unique but, exposer la vérité au grand jour. Si vous êtes sûre que cela vous aidera, j'accepte de me charger de l'affaire.

Pippa la regardait avec de grands yeux.

— Mais c'est exactement ce que je veux que vous fassiez ! Quelqu'un a tué Alan, et si vous pouvez découvrir le coupable, la police ne s'occupera plus de moi... si ?

Miss Silver ne répondit pas. Au lieu de cela, elle commença à poser force questions auxquelles Pippa répondit d'une manière parfaitement ouverte et naturelle. Elle n'avait rencontré personne en se rendant à la cabine de plage ni au retour... pas rencontré à proprement parler. Mais quand elle était arrivée en haut du chemin, elle avait eu une sensation d'effroi. Non, elle ne savait pas ce qu'elle entendait par là, c'était juste une sensation. Elle avait gravi en courant le chemin escarpé et elle essayait de reprendre son souffle. S'il y avait eu quelqu'un à cet endroit, elle n'aurait pu l'entendre. Tout ce qu'elle voulait, c'était retourner à la maison... à plus forte raison quand elle avait eu cette affreuse sensation qu'il y avait peut-être quelqu'un qui la regardait et qui écoutait.

Miss Silver enregistra cela et demanda :

— Mrs. Maybury... vous dites que lorsque vous avez allumé votre torche dans la cabine, vous avez vu qu'Alan Field avait été poignardé.

— Oui, c'est bien cela.

— Voulez-vous me dire exactement comment il était allongé ?

Pippa frissonna.

— Sur le ventre... un bras étendu.

— Comment avez-vous su qui c'était ?

— Ses cheveux. La lumière de la torche se réfléchissait dessus.

— Et qu'est-ce qui vous a rendue sûre qu'il avait été poignardé ?

— Le couteau... il était planté dans son dos.

— L'avez-vous touché ?

— Oh, non !

— Vous en êtes bien sûre ?

— Mais oui... *jamais* je n'aurais fait cela !

— Aucune arme n'a été trouvée par la police, poursuivit miss Silver d'une voix grave. Êtes-vous vraiment absolument sûre d'avoir vu un couteau et de ne l'avoir ni touché ni emporté ?

— Mais naturellement que j'en suis sûre ! Je passe mon temps à vous le répéter ! Le couteau était là, planté sous son épaule, et je ne l'aurais jamais touché... pour *rien* au monde !

Après un bref silence, miss Silver reprit :

— Si vous avez vu ce couteau, vous pouvez le décrire. A quoi ressemblait-il ?

Pippa ne marqua aucune hésitation.

— C'était le coupe-papier de Mrs. Field. Son mari le lui avait offert, et elle y tenait beaucoup... c'était un de ces poignards avec une poignée dorée et plusieurs petites pierres de couleur. Il était très pointu. Elle l'avait emporté sur la plage ce jour-là, parce qu'elle avait l'intention de lire un des livres du vieux Mr. Hardwick — un genre de mémoires — et il ne l'avait certainement pas lu lui-même, puisque les pages n'avaient pas été coupées.

— Mrs. Maybury, je vous demande de bien réfléchir. Où ce poignard était-il rangé ?

Pippa n'eut pas besoin de réfléchir.

— Quand je l'ai vu, il était enfoncé dans le livre. Esther l'a juste sorti pour me le montrer et elle l'a remis dans le livre.

— Quel était le titre de ce livre ?

La question parut donner matière à réflexion.

— Eh bien, je ne sais pas... « Pages de la Vie de Grands Victoriens », ou quelque chose comme cela... vraiment rasoir.

— Et a-t-il été remporté à la maison le mercredi soir ?

— Oh... non...

— Qu'est-ce qui vous fait croire cela ?

— Je l'ai vu... là-bas... quand j'ai allumé la torche. J'ai vu Alan... et le sang... et le couteau dans son dos. Et le livre... était là-bas... par terre... près de sa main... comme s'il l'avait fait tomber.

Chapitre XXV

Assise dans le petit salon de Cliff Edge, si calme, si délicieusement frais, miss Silver tricotait. Elle avait choisi une de ces chaises basses en l'honneur à l'époque victorienne, au cours de laquelle les travaux d'aiguille étaient considérés comme un talent indispensable à la femme. Les aiguilles de miss Silver étaient d'une matière inconnue à cette époque, mais elle trouvait le même confort que les dames de cette génération dans le siège bas, le dossier trapu et l'absence de bras encombrants. Elle avait dans son appartement londonien une chaise de ce genre, léguée par une tante, et elle l'appréciait énormément. Dehors la chaleur était à son maximum, mais dans cette pièce exposée au nord, la température était très agréable, vraiment très agréable.

Elle n'était pas seule. Pour l'instant au moins les interrogatoires de police étaient terminés. L'inspecteur Colt était parti. Mais l'inspecteur Abbott, adossé à la cheminée, s'adressait à sa « préceptrice révérée ».

— Vous logez donc ici ?

— Mrs. Hardwick m'a très gentiment invitée.

— Je ne sais pas comment vous faites pour toujours vous débrouiller si bien ! s'exclama-t-il d'un ton mi-figue, mi-raisin.

Miss Silver se permit un toussotement réprobateur.

— Mon cher Frank ! Comme je vous l'ai déjà signalé, Mrs. Maybury m'a demandé professionnellement assistance. Je lui ai expliqué les conditions dans lesquelles je pouvais la lui donner, et Mrs. Hardwick m'a proposé de transporter mes affaires de Sea View à Cliff Edge. La proximité de ses invités et l'occasion que cela me donnera de les observer de plus près que lors de rencontres fortuites...

Frank leva les mains.

— Oui, je sais... vous allez tous les voir de l'intérieur ! Ce qui est exactement ce que nous autres, pauvres policiers, ne pouvons jamais faire. Tout ce que l'on nous présente est un extérieur soigneusement décoré, et les détritus sont laissés hors de notre vue.

Miss Silver ne dissimula pas que cette image lui paraissait manquer de raffinement. Sans qu'un seul mot eût été prononcé, l'inspecteur Abbott sentit le blâme s'abattre sur lui. Après un silence bref mais impressionnant, elle poursuivit.

— Il y a indiscutablement de grands avantages à se trouver à l'intérieur du cercle des intimes. Personne n'est constamment sur ses gardes, et si cela était le cas, ce serait une attitude hautement suspecte.

Il approuva d'un hochement de tête.

— Et, comme je vous l'ai dit, c'est bien là où vous êtes favorisée. Mais maintenant, voulez-vous me dire exactement ce que vous pensez de l'histoire de Pippa Maybury ?

Miss Silver plongea la main dans son sac à ouvrage fleuri et en sortit une nouvelle pelote de laine. Elle avait espéré terminer cette petite veste rose destinée au bébé qu'attendait sa nièce Dorothy avec celle qui était actuellement posée sur ses genoux, mais comme elle était réduite à quelques maigres brins de laine, elle était obligée, à son grand regret, d'entamer une nouvelle pelote. Il ne lui resterait donc pas assez de laine pour une autre veste, mais peut-être pourrait-elle y incorporer quelques bandes blanches. Son attention ne s'était pas vraiment détournée,

mais elle la ramena entièrement à la question qui lui avait été posée.

— Qu'en pensez-vous vous-même ?

Un des sourcils incolores se leva légèrement.

— Eh bien, soit c'est la plus grande menteuse que la terre ait portée, et elle est capable de dévider son écheveau sans même y penser, soit... elle dit la vérité.

— Oui, je pense aussi.

— Vous pensez qu'elle dit la vérité ?

— Oui, Frank.

— Cela vous ennuierait-il de me dire pourquoi ?

Les aiguilles gris pâle cliquetaient.

— Elle n'a fait aucun effort pour m'impressionner. Il y avait dans son histoire bien des points où une légère altération des faits l'aurait montrée sous un jour plus favorable, mais je n'ai remarqué chez elle aucune tendance dans ce sens. D'autre part elle était secouée, bouleversée et terrifiée, mais sa préoccupation majeure n'était pas de risquer d'être arrêtée pour ce meurtre, mais de faire en sorte que son mari n'apprenne pas qu'elle s'était mise une fois dans une situation extrêmement gênante.

— Oui, j'ai remarqué cela aussi. Nous n'avons pas insisté pour savoir de quoi il s'agissait exactement, mais il est clair qu'à cause de cela Alan Field avait barre sur elle. Mais cela lui donne un mobile très fort pour le meurtre.

Miss Silver inclina la tête.

— En apparence, oui. Mais en réalité, je ne pense pas. Elle m'a raconté toute l'histoire, ce qu'elle n'avait pas besoin de faire, et la préoccupation dont j'ai parlé était tout à fait frappante. C'était à son mari qu'elle pensait. Elle ne semblait vraiment pas remarquer qu'elle fournissait des éléments risquant de faire peser sur elle de lourds soupçons. J'aimerais ajouter qu'elle n'a pas poussé sa conduite aberrante jusqu'à sa conclusion logique... ses sentiments pour son mari l'en ont empêchée à temps. Mais elle s'était placée dans une situation qui a pu être exploitée par Alan Field.

Frank émit un sifflement.

— Donc il savait vraiment quelque chose et il la faisait chanter ! Elle était terrifiée à l'idée qu'il puisse le raconter à son mari. Elle a rendez-vous avec lui à minuit vingt dans la cabine de plage où on l'a retrouvé assassiné, et un peu plus tard elle rentre avec sa robe trempée de sang qui dégouline dans tout l'escalier. Ma chère madame, il y a là de graves présomptions.

Miss Silver lui sourit.

— Il est inutile de vous faire observer que le chantage serait extrêmement difficile à prouver.

Il se mit à rire.

— Comme toujours, vous touchez juste ! Adoptons pour l'instant votre point de vue sur l'attachante Pippa et passons les autres en revue. Ce témoignage à propos du coupe-papier de Mrs. Field semble, à première vue, faire imputer le crime à l'un des habitants de Cliff Edge, mais, en réalité, il n'en est rien si nous devons accepter la suite du témoignage de Pippa Maybury... et je crains qu'il ne nous faille l'accepter, car il est confirmé par d'autres. Elle déclare que le poignard était planté dans le livre que Mrs. Field avait sur la plage le mercredi, « Pages de la Vie de Grands Victoriens ». Cela est corroboré par Mrs. Hardwick, lady Castelton, Mrs. Trevor et Mrs. Field elle-même.

— Pour la matinée je puis ajouter mon propre témoignage.

— Mrs. Hardwick déclare qu'à la fin de l'après-midi le livre était encore là-bas, et il en est de même pour Mrs. Field. Elles ont laissé toutes leurs affaires là-bas et ont fermé la cabine à clé. Pippa Maybury déclare avoir vu le poignard après minuit quand elle a trébuché sur le corps de Field, et elle prétend également que le livre était par terre, à côté de sa main ouverte. Ce qui est parfaitement vrai, puisque c'est l'endroit où il se trouvait quand Colt est arrivé sur les lieux après avoir été appelé par le colonel

Anthony. Je pense donc qu'il nous faut accepter son témoignage pour ce qui est du poignard et du livre. Ce qui implique que le poignard était là-bas dans la cabine et a pu être utilisé par absolument n'importe qui. Essayons maintenant de voir qui ce n'importe qui peut avoir été.

Miss Silver toussota.

— Vous n'oubliez pas, je suppose, Mr. Cardozo ?

— Certainement pas. Il sera provisoirement notre suspect numéro un. Cela peut, naturellement, avoir été lui. Il a eu largement le temps entre l'heure à laquelle il a quitté le « Joyeux Pêcheur » et minuit. Il prétend, et Marie Bonnet confirme son dire, qu'il a passé ce temps en sa compagnie, mais je ne pense pas qu'il soit très difficile de persuader Marie de dire n'importe quoi, pourvu que cela vaille le coup. Le point faible de cet alibi est, bien entendu, qu'il met entièrement Cardozo en son pouvoir. Si elle estime courir de trop grands risques ou qu'il ne la paie pas suffisamment, il lui suffit d'aller voir la police, et il est fichu. Il s'est peut-être mis dans cette situation à son corps défendant, mais je doute que cela ait été prévu.

Miss Silver le regardait d'un air pensif.

— Il est tout à fait possible qu'il ait été au courant de la présence d'Alan Field dans la cabine. Il déclare que Marie est retournée à Sea View, y est restée suffisamment longtemps pour laisser à miss Anning le temps de fermer la maison et est ressortie en catimini. Je pense qu'il est très probable que Mr. Field a agi de la même manière. Miss Anning a dit qu'il était rentré et qu'elle ne savait pas qu'il était ressorti. Mais il est ressorti. Marie a pu le voir, et il en est de même pour Mr. Cardozo qui précise dans sa propre déposition qu'il attendait la jeune fille. Il n'aurait eu aucune difficulté à le suivre jusqu'à la cabine. Il n'avait peut-être pas l'intention d'user de violence.

— Oui, c'est possible. Mais comment allons-nous le prouver si la fille refuse d'en démordre ?

— Je ne sais pas.

— Moi non plus. Laissez-moi vous proposer un autre suspect. Que diriez-vous de James Hardwick ?

— Mon Dieu... vous me surprenez !

— Eh bien, comme cela ne m'arrive pas souvent, autant en profiter pleinement. Voyons cela de plus près. Mrs. Hardwick a été élevée avec Field, et ils allaient se marier. Il l'a laissée tomber le jour qui aurait dû être celui de leur mariage et est parti précipitamment en Amérique du Sud, ce qui a fait un certain bruit. Quand Cardozo m'a donné le nom de l'homme qu'il recherchait, ce nom m'a évoqué quelque chose. Après un ou deux verres avec le plus grand bavard de mes connaissances, j'en savais beaucoup plus long. Il connaissait énormément de choses sur Alan Field. Il l'avait rencontré la veille de son départ. Il m'a dit qu'il était plein aux as et qu'il offrait des tournées générales. A mesure que la soirée avançait, il devenait de plus en plus loquace et il a pratiquement confié à mon ami qu'on lui avait offert une grosse somme pour débarrasser le plancher. George en a déduit que quelqu'un estimait que Carmona serait beaucoup plus heureuse sans lui, et quand, trois mois plus tard, elle a épousé James Hardwick, il en est arrivé à la conclusion qu'il connaissait l'identité de ce quelqu'un. Alors, vous voyez, si tout cela est vrai — et George a vraiment le chic pour découvrir ce genre de choses — il se peut que Hardwick n'ait pas été enchanté de s'apercevoir que le fils prodigue était de retour. Il revient le mercredi pour trouver Field dans sa propre maison. D'après les indications que nous avons pu recueillir, il s'est montré plutôt réservé dans son accueil, et Field est parti presque immédiatement. Le témoignage du maître d'hôtel nous apprend que Mrs. Hardwick était cramoisie, mais est restée très calme pendant le dîner. Mrs. Trevor, cet insupportable moulin à paroles, dit qu'elle pensait que Carmona avait une migraine — c'était dommage, alors que James venait juste de revenir, mais le soleil était tellement chaud, tout à fait comme en Inde, et

lady Castelton en avait souffert aussi. Tous les autres ont affirmé que leur chère Carmona était dans son état normal. Bon, nous ne savons pas ce qui a pu se passer entre les Hardwick, mais vous admettrez que la situation était bizarre et qu'ils ont pu se quereller. Des indications très claires nous donnent à penser que leurs retrouvailles ne furent pas un grand succès. Nous ne pouvons pas aller plus loin que cela, mais il est tentant de se livrer à des spéculations. Supposons que Field ait tourmenté Carmona (a) en lui faisant la cour, (b) en commençant un petit chantage, (c) en vendant la mèche ; tous les ingrédients sont là pour une jolie scène de ménage. Laissons de côté les deux premiers cas et dites-moi, vous qui lisez à livre ouvert dans le cœur des femmes, quelle a pu être la réaction de Carmona en apprenant qu'elle avait été l'objet d'une transaction financière et que Field avait, en réalité, été payé pour ne pas l'épouser.

En retournant la petite veste rose, miss Silver répondit :

— Elle a dû se sentir profondément humiliée et, selon toute probabilité, elle a été furieuse.

Frank hocha la tête.

— Exactement. Et dans n'importe lequel des trois cas, James a facilement pu se trouver dans un état de totale exaspération et avoir l'impression qu'elle regrettait son cher Alan. Supposons maintenant qu'il ait vu Pippa Maybury s'éloigner dans le jardin et qu'il l'ait prise pour Carmona — cela aurait pu se produire, vous savez, les fenêtres du cabinet donnent de ce côté-là. Je ne pense pas que la différence de couleur des cheveux ait été visible. Il était plus de minuit, et, de toute façon, un homme jaloux ne prend pas toujours le temps de réfléchir. Il aurait donc pu la suivre... non, cela ne va pas, parce qu'il aurait fallu qu'il arrive là-bas le premier, et avec une bonne avance, pour avoir le temps de se quereller avec Field et de le poignarder avant l'arrivée de Pippa. C'est dommage, parce que cela me semblait bien parti.

Miss Silver regardait pensivement un objet en cuivre indien, particulièrement hideux, qui s'étalait sur la tablette de cheminée à la droite de Frank Abbott. Elle aurait pu être en train de réfléchir à quel point il était mal assorti avec la pendule de marbre noir au milieu et les chevaux de bronze de chaque côté, mais ce n'était pas le cas. Elle était, en fait, en train de se demander si oui ou non elle allait faire part à Frank Abbott d'une hypothèse qui lui était venue à l'esprit. Se tournant vers lui et avec un toussotement préalable, elle demanda :

— N'avez-vous pas envisagé qu'Alan Field ait pu avoir un rendez-vous antérieur à celui de Mrs. Maybury ? Si son histoire est vraie — et je crois qu'elle l'est — quelqu'un était arrivé là-bas avant elle. Cette personne, que nous devons supposer être l'assassin, peut avoir eu ou non un rendez-vous. Il, ou elle, peut avoir remarqué une lumière dans la cabine et être descendu pour voir qui était là, ou bien Mr. Field peut avoir été suivi.

Frank lui lança un rapide regard.

— Avez-vous une raison de supposer que c'est ce qui s'est passé ? Parce que cela m'amène au troisième de mes suspects, miss Darsie Anning. Il est ressorti de notre discussion à propos de Cardozo qu'Alan Field avait dû se faufiler d'une manière ou d'une autre hors de la pension, comme l'avait fait Marie Bonnet, puisque miss Anning avait fermé à clé la porte d'entrée et pensait que tout le monde était rentré. Si elle avait regardé par sa fenêtre, elle aurait pu le voir partir et elle aurait pu décider de le suivre. Je me demande si elle l'a fait, et si quelqu'un l'a vue. Vous savez, Marie Bonnet a dit quelque chose de curieux quand nous l'interrogions. Colt l'avait pressée de questions à propos de l'alibi qu'elle fournissait à Cardozo. Était-elle vraiment sortie le rejoindre après être rentrée à Sea View ? Lui avait-il fait une offre avantageuse pour qu'elle déclare avoir fait cela ? Ne risquait-elle pas de perdre sa place en le reconnaissant ? Eh bien, elle était

toute innocence. N'était-ce pas son devoir d'être sincère avec la police ? De plus, ses services étaient précieux... miss Anning ne serait pas pressée de s'en dispenser. Oh, non, elle ne craignait pas de perdre sa place. Cela n'a l'air de rien quand on le répète, mais elle avait un air... assuré, confiant, sournois... je ne parviens pas à trouver le mot juste, mais c'était quelque chose de ce genre. Cela ne m'a pas frappé sur le moment — cette fille est toujours en train de jouer un personnage — mais quand j'y repense, je me demande si elle ne croit pas avoir barre sur miss Anning... quelque chose en plus de ce qu'elle nous a déjà raconté à propos de cette phrase qu'elle l'a entendue dire à Field : « Je pourrais te tuer pour cela ! » Je dois dire que je m'attendais à ce qu'elle mentionne cet incident, mais elle ne l'a pas fait, et j'ai trouvé cela bizarre.

Miss Silver ne fit aucun commentaire. Elle continua à tricoter. Après quelques instants de silence, elle fit remarquer qu'il venait de proposer une série de quatre suspects, et que la seule chose qui semblait manquer était des présomptions suffisantes pour procéder à une arrestation.

Frank Abbott lui jeta un regard pénétrant.

— Considérez-vous vraiment que les présomptions qui pèsent sur Pippa Maybury ne sont pas assez graves ?

Chapitre XXVI

Il se passa deux choses après le déjeuner. Miss Silver se rendit à Sea View pour récupérer un écheveau de laine manquant, et James Hardwick emmena sa femme en voiture. Carmona l'avait trouvé dans le bureau. En levant les yeux à son entrée, il remarqua à quel point elle était pâle. Vraiment très, très pâle. Et ce n'était plus la pâleur diaphane qu'il avait remarquée la première fois qu'il l'avait vue. Elle avait l'air épuisée, et les cernes sous ses yeux ressemblaient à des bleus. Elle referma la porte derrière elle, s'y adossa et dit d'une voix basse et ferme :

— James, nous ne pouvons continuer ainsi. Il faut que je te parle.

Il posa son stylo.

— Il y a certaines choses dont il vaut mieux ne pas parler, tu ne crois pas ? Moins tu en sais, moins j'en sais, et moins nous parlons de ce que nous savons ou ne savons pas, ou devinons, ou soupçonnons, ou imaginons, mieux c'est.

Pendant un instant, elle se dit... elle ne savait pas très bien quoi. Qu'il avait fait, ou qu'il allait faire un geste dans sa direction... elle ne savait pas...

James Hardwick se retint. Il aurait pu la prendre dans ses bras et lui dire : « Pourquoi fais-tu cette tête ? Le ciel t'est-il tombé sur la tête parce qu'Alan Field est mort ? Était-il si important à tes yeux ? »

Mais il ne dit rien.

Si elle avait eu le vague espoir qu'il dirait quelque chose qui allégerait sa peur, qui l'empêcherait d'être torturée par une appréhension à laquelle elle ne pouvait plus échapper, cet espoir s'envola. Il avait l'air grave, et elle ne sentait en lui aucun réconfort. Elle reprit d'une voix presque inaudible :

— Mais il le faut... il le faut vraiment... je ne peux pas continuer...

Sombre et silencieux, il la regardait. Si elle devait le faire, eh bien, il supposait qu'elle devait le faire, et il valait mieux que ce soit à lui qu'à quelqu'un d'autre. Mais pas ici, dans cette maison où des yeux et des oreilles traînaient partout, où il y avait trop d'inquiétudes et de remords, où trop de gens remarquaient trop de choses et en parlaient trop longuement. Il repoussa son fauteuil et se leva.

— Très bien, s'il le faut. Je pense qu'il vaudrait mieux s'en abstenir, mais si tu ressens le besoin de parler à quelqu'un, il vaut mieux que ce soit à moi. Mais pas ici, avec toutes les allées et venues et la police sur le pas de la porte toutes les demi-heures. Je vais chercher la voiture et nous allons suivre la route du littoral. Il fait une chaleur effroyable, mais il n'y aura pas d'oreilles indiscrètes. Va chercher un chapeau.

Il faisait vraiment chaud — pas un pouce d'ombre et le soleil était de plomb. Quand ils eurent laissé derrière eux les dernières maisons et les groupes de bungalows qui avaient poussé dans ce qui était autrefois les plaisants faubourgs de Cliffton, il lui dit :

— Si je reste à soixante-cinq à l'heure, nous aurons un peu d'air.

— Mais je ne pourrai pas parler, dit Carmona. Pas vraiment...

Il lui sourit soudain.

— Tu n'es pas très à la page, hein ? Soixante-cinq est

une allure de tortue, tu sais. Je crois que ce qui te plairait vraiment, ce serait une vitesse comprise entre vingt-cinq et trente à l'heure.

Elle sentit dans son esprit un léger relâchement de la tension. L'aiguille de l'indicateur de vitesse descendit à quarante kilomètres à l'heure. Le soleil était brûlant, mais il y avait encore un petit peu de vent.

— James, dit-elle, il faut vraiment que je sache. Cela devient de pire en pire et je ne peux plus le supporter. Il faut que tu me dises. Où étais-tu la nuit de mercredi ?

— Moi ?

— Oui.

— Que veux-tu dire ?

— Je me suis réveillée et tu n'étais pas là. J'ai eu la sensation qu'il allait se passer quelque chose d'horrible. Quelqu'un courait... en venant de la falaise. Je suis allée voir dans le cabinet, et tu n'étais pas là. Alors je suis sortie sur le palier, et Pippa était en train de monter l'escalier. Tout le devant de sa robe était trempé de sang. Nous sommes allées dans sa chambre. Alan la faisait chanter. Elle était descendue dans la cabine pour lui remettre ses perles, et elle a trébuché sur son corps et est tombée. C'est comme cela qu'elle a eu sa robe tachée de sang. Il avait été poignardé.

— Oui, d'après la police j'avais bien compris que c'était son histoire. Tu la crois ?

— Oui, je la crois. Elle n'était pas en état d'inventer quelque chose. Si elle l'avait poignardé, elle me l'aurait dit. Je t'en prie, laisse-moi continuer. Nous avons brûlé sa robe et ses bas. Elle avait ses chaussures de plage... nous les avons lavées. Nous ne savions pas qu'il y avait des taches sur le tapis de l'escalier. Nous avons cru avoir tout bien nettoyé... cela nous a pris environ une demi-heure. Quand je suis revenue dans la chambre, tu étais couché et tu dormais. Enfin, je ne sais pas... peut-être voulais-tu seulement me faire croire que tu dormais.

Elle ne le regardait pas. Mais elle regardait ses mains qui restaient bien fermes sur le volant et elle attendait qu'il parle. Devant son silence, les mots jaillirent avec une violence qu'il ne lui avait jamais connue.

— Où étais-tu passé ? Et qu'as-tu pensé que j'étais devenue ? Tu n'étais pas dans le cabinet ni dans la chambre. Où étais-tu quand je dormais ? Et après, quand j'étais dans la chambre de Pippa ? Nous étions dans sa chambre... et nous sommes descendues dans la cuisine pour brûler sa robe. Et toi, où étais-tu, et où croyais-tu que j'étais ? Il faut que je le sache !

— Il est parfois préférable d'en savoir trop peu plutôt que trop, dit-il d'une voix sans expression.

Elle sentit s'approcher la chose qui la terrifiait, la chose qu'elle ne pouvait regarder en face. Malgré l'écrasante chaleur de la journée, elle en sentait le froid. Toute la violence se retira de sa voix. Elle demanda dans un souffle :

— Que veux-tu dire ? James... *je t'en prie...*

Il se mit à rire.

— Très exactement ce que j'ai dit. Lorsque l'on se fait poser un tas de questions, par la police, par exemple, il est parfois bien utile de pouvoir dire la vérité en affirmant que l'on ne sait rien.

— Il faut que je le sache, répéta Carmona.

— Très bien, je vais te le dire. Quand j'ai éteint la lumière du cabinet, j'ai ouvert les rideaux et regardé dehors. Dans le jardin quelqu'un s'éloignait en direction du sentier de la falaise. Il était à peu près minuit un quart. J'ai trouvé que c'était une heure bizarre pour aller se promener. Mais j'ai aussi pensé que ce pouvait être quelqu'un qui n'avait rien à faire là-bas, alors je suis descendu voir et j'ai trouvé la porte vitrée du salon entrouverte. Le pauvre vieux Beeston en aurait eu une attaque. Je pouvais difficilement la refermer et je ne tenais guère à la laisser comme elle était, alors je suis sorti jeter un coup d'œil.

Carmona prit une longue inspiration.

— Pippa m'a dit qu'elle avait eu la sensation que quelqu'un l'observait... après avoir remonté le sentier en courant. C'était toi ?

— Je suppose.

— Tu savais que c'était Pippa ?

— J'ai pensé que cela pouvait être elle. Elle était dans un drôle d'état... elle haletait et sanglotait.

— Pourquoi ne lui as-tu pas parlé ?

— Je ne savais pas ce qu'elle avait manigancé, et je ne tenais pas à le savoir.

L'étreinte glacée de la crainte ne s'était pas encore desserrée en Carmona. Il y avait quelque chose qui clochait. Si James avait suivi Pippa, qu'avait-il fait pendant qu'elle descendait le sentier escarpé jusqu'à la plage ? S'il était descendu aussi, elle l'aurait entendu sur les galets. Personne ne peut marcher sur les galets sans faire de bruit. Et s'il était resté sur l'étroit sentier, Pippa se serait trouvée nez à nez avec lui quand elle était revenue en courant.

— Qu'as-tu fait ? demanda-t-elle. Elle est descendue sur la plage. Y es-tu descendu aussi ? Tu n'as pas pu faire cela... elle t'aurait entendu.

Il resta silencieux pendant une minute. Puis il dit :

— Quand j'ai ouvert la porte du jardin, je n'ai vu personne sur le chemin de la falaise. J'avais une torche électrique, mais je n'ai pas voulu l'allumer. J'ai marché jusqu'à ce que j'arrive au sentier qui mène à la plage. Il y avait quelqu'un qui descendait. Je n'ai pu distinguer qui c'était, ni même si c'était un homme ou une femme. J'ai continué un peu sur le chemin de la falaise et je suis revenu. En revenant, j'ai vu quelqu'un qui remontait de la plage. C'est tout ce que je peux te dire.

Elle avait la sensation qu'il lui cachait encore quelque chose, mais son soulagement était tel qu'elle ne s'y arrêta pas. Elle tendit la main vers lui.

— Oh, James ! dit-elle.

— Tu es satisfaite ? Ou bien as-tu encore le vague soupçon que j'ai réussi d'une manière ou d'une autre à atteindre la cabine et à assassiner Field avant l'arrivée de Pippa ?

— James !

— C'est bien ce que tu pensais, non ?

— Je n'y *pensais* pas...

— Bon, ce dont tu avais peur, alors... ce qui te donnait la frousse. C'est bien cela, n'est-ce pas ? Je ne peux pas dire que je me sente flatté, tu sais. Ce n'est pas vraiment mon style de poignarder quelqu'un dans le dos... j'espère, au moins. Tu ne trouves pas le procédé un peu moyenâgeux ?

Carmona ne pensait plus à rien. Elle se sentait envahie par l'émotion. Les larmes commencèrent à couler sur son visage. James Hardwick arrêta la voiture.

Chapitre XXVII

Miss Silver mit son chapeau et ses gants ajourés — affectueux cadeau de sa nièce Dorothy, et si agréables par ce temps — puis elle s'aperçut que la paire de chaussures d'été qu'elle envisageait de mettre avait été subtilisée par Mrs. Rogers, sans nul doute dans le louable dessein de les nettoyer. Comme toutes ses chaussures se laçaient élégamment sur la cheville, quelqu'un de non averti n'aurait peut-être pas remarqué de différence entre la paire sur laquelle elle posait un regard désapprobateur et celle qui, selon toute vraisemblance, se trouvait maintenant dans l'arrière-cuisine, mais pour miss Silver la paire manquante convenait alors que celle-ci ne convenait pas, étant plus lourde, plus épaisse et, dans l'ensemble, moins adaptée à ce temps quasiment tropical. Avec un léger hochement de tête, elle descendit l'escalier, traversa le hall et ouvrit la porte qui menait aux communs. Toujours respectueuse d'autrui et désireuse d'épargner tout dérangement superflu, son intention était de tendre l'oreille pour savoir si le personnel avait terminé son déjeuner, et si elle trouvait Mrs. Rogers libre, de lui demander ses chaussures.

Dès qu'elle ouvrit la porte, elle comprit que le repas était certainement terminé. Un petit couloir s'ouvrait devant elle. D'autres portes étaient ouvertes. Il y avait des tintements de vaisselle. Il y avait des bruits de robinets qui

coulaient et d'une conversation qu'ils couvraient parfois. Les interlocutrices étaient Mrs. Beeston, qui faisait la navette entre la cuisine et l'office, et Mrs. Rogers, qui faisait la vaisselle, pendant que Beeston, qui s'occupait des verres et de l'argenterie, apportait une animation supplémentaire en chantonnant.

— Ça lui a complètement tourné la tête, si vous voulez mon avis, dit Mrs. Rogers devant son évier.

Beeston eut le temps de chanter le dernier vers de *Le Lys de la lagune* avant que sa femme puisse répondre qu'elle-même n'avait rien contre les Français.

C'est à ce moment-là que miss Silver décida qu'il était de son devoir professionnel d'écouter. En tant que femme respectable elle déplorait cette nécessité, mais si, comme elle le supposait, Marie Bonnet faisait les frais de la conversation, ce que ces femmes avaient à dire d'elle pouvait être précieux. Elle s'immobilisa, la main sur la poignée de la porte, et entendit Mrs. Rogers dire :

— C'est bien possible. Et moi non plus, je n'ai rien contre personne, tant que les gens se conduisent correctement, mais quand on voit cette Marie prendre de grands airs comme elle le fait, on pourrait s'imaginer qu'elle a acheté toute la boutique et qu'elle n'attend plus que de la recevoir bien enveloppée.

La réponse de Mrs. Beeston ayant été couverte par un grand éclaboussement d'eau et un nouveau fredonnement de son mari, on ne put entendre distinctement que la remarque de Mrs. Rogers déclarant qu'elle-même ne tenait pas à avoir des ennuis avec la police, et qu'il n'y avait pas de quoi en être fier, quand on se respectait tout au moins. « Et c'est ce que je lui ai dit ce matin. Quand je suis passée, elle était dehors en train de faire les marches. “J'en ai plus pour longtemps à faire ça”, elle m'a dit. Alors je lui ai dit : “Alors comme ça, tu pars en vacances ?” Elle a haussé les épaules et elle m'a répondu qu'elle en avait fini de s'user les mains au travail. Tout le

monde sait ce qui arrive aux filles qui s'imaginent que le travail n'est pas assez bien pour elles. Alors je lui ai dit : “Fais attention, Marie, tu as beaucoup à perdre.” Et elle a éclaté de rire et m'a répondu : “A *gagner*, vous voulez dire !” »

Beeston avait cessé de fredonner. Il répéta les derniers mots en les accentuant.

— A gagner. Voilà une expression à double sens, non ? Si on voulait faire de l'humour, on pourrait dire que Marie avait beaucoup à gagner parce qu'elle gagnait beaucoup, si vous voyez ce que je veux dire.

— Pas très bien, non, répliqua Mrs. Beeston avec une pointe d'aigreur.

Beeston se mit à rire.

— Si cette fille n'a pas touché un joli paquet pour avaler sa langue, je veux bien manger mon chapeau !

Mrs. Rogers avait fermé les robinets pour mieux entendre. Les voix étaient admirablement claires. Quand Mrs. Beeston demanda : « A propos de quoi devrait-elle avaler sa langue ? », Beeston fut pris d'un nouvel accès de rire.

— Me demande pas ça à moi ! Demande-lui plutôt à elle, ou bien à ce Mr. Cardozo avec qui elle affirme avoir passé la moitié de la nuit du mercredi ! Parce que s'il n'y avait pas eu ça, il aurait été arrêté depuis longtemps. Même dans la police, il y en a qui ont la langue bien pendue, et vous pouvez me croire. Et qu'on ne vienne pas me raconter que la fille fait ça pour rien.

C'est à ce moment-là que miss Silver décida de porter ses chaussures plus épaisses. Elle referma doucement la porte pendant que Beeston recommandait à Mrs. Rogers de ne pas répéter ce qu'il avait dit, et regagna sa chambre. Tout en laçant ses chaussures, elle réfléchit aux paroles de Beeston. Elles ne lui avaient rien appris qu'elle ne soupçonnât déjà, mais que l'attitude de Marie renforçât ses soupçons, voilà qui donnait certainement matière à

réflexion. Si la jeune fille avait entrepris, ou était sur le point d'entreprendre de faire chanter l'assassin d'Alan Field, elle s'engageait sur un terrain extrêmement périlleux.

Elle sortit par la porte de devant et parcourut à pied la faible distance qui la séparait de Sea View, sans penser une seule seconde au fait qu'elle portait des chaussures épaisses.

En arrivant, elle fut informée par Marie Bonnet que miss Anning était partie faire des courses.

— Je lui ai dit qu'elle ferait mieux de prendre un peu de repos avec cette chaleur. Ce qu'elle va chercher, cela pourrait aussi bien attendre. Des pommes, il ne leur faut pas longtemps pour cuire, mais croyez-vous qu'elle m'écouterait ! *Jamais de la vie*[1] *!* Elle n'est pas de celles qui peuvent rester en place... il faut qu'elle soit ici, il faut qu'elle soit là, il faut qu'elle soit partout à la fois ! C'est sûr que moi je ne me fatiguerais pas à tenir une maison comme celle-là ! Il y a sans arrêt des allées et venues, on ne se repose jamais ! Je ne trouve pas ça amusant !

Miss Silver observa attentivement Marie. Elle avait les joues rouges et les yeux brillants. Sa réserve coutumière avait fait place à une familiarité qui menaçait à tout moment de se transformer en impertinence. Nul n'était mieux qualifié que miss Maud Silver pour réprimer cette tendance. Non seulement tous les élèves qui avaient défilé dans sa salle d'études à l'époque où elle suivait une carrière pédagogique, mais bien d'autres personnes plus âgées et plus sages — jusqu'à l'inspecteur principal Lamb lui-même — s'étaient trouvés extrêmement mal à l'aise sous son regard réprobateur. Mais, en cette occasion, son regard n'avait rien de réprobateur. Il était posé sur Marie Bonnet de manière interrogative.

— Non, cela ne doit pas du tout être amusant... pour vous. Avez-vous l'intention de quitter Cliffton ?

1. En français dans le texte.

Marie rejeta la tête en arrière.

— Je ne vois aucune raison de rester ici. Dès que j'aurai une chance, je la saisirai !

— Et une chance s'est-elle présentée ?

La tendance à l'impertinence se fit plus nette.

— C'est mon affaire !

Miss Silver le reconnut.

— Oui, c'est vrai. Mais il y a des chances qui peuvent mener à des situations très dangereuses. Tourner à son avantage quelque chose que l'on sait ou que l'on devine... cela peut se révéler extrêmement dangereux.

Il y eut une étincelle de colère dans les yeux noirs, mais les cils se baissèrent et la dissimulèrent.

— Je ne vois pas ce que vous voulez dire, mam'selle.

Miss Silver la regarda avec gravité. Son air d'excitation, d'indépendance, toutes les circonstances de son association avec José Cardozo, tout cela conviait à faire peser sur elle des soupçons de plus en plus lourds.

— Si vous êtes au courant de quelque chose d'embarrassant pour quelqu'un, cela peut facilement devenir pour vous un danger. Si vous demandez une récompense pour votre silence, vous tombez sous le coup de la loi, et la punition peut être lourde. Ainsi le danger vient de deux directions. Vous êtes en Angleterre depuis un certain nombre d'années... peut-être connaissez-vous la signification du mot chantage.

Marie Bonnet leva vers elle un regard innocent. Si ses mains lui démangeaient de sauter à la gorge de miss Silver, il ne fallait rien en montrer. Cette vieille fille pieuse et moralisatrice, cette amie de la police, il fallait la persuader qu'elle se trompait. Elles étaient fines, ces vieilles filles, et elles passaient leur temps à mettre le nez dans les affaires des autres. Si cette miss Silver n'était pas arrivée juste au moment où elle était en train de se représenter ce qu'elle allait faire avec l'argent que José lui avait promis... Elle battit des cils et dit d'une voix étonnée :

— Mais, mam'selle...

Cela ne fit que confirmer les soupçons de miss Silver. S'ils n'avaient pas été fondés, Marie aurait certainement perdu son sang-froid. Qu'elle se donne beaucoup de mal pour se contrôler ne pouvait signifier qu'une seule chose.

— C'est tout, Marie, dit-elle. Je ne pense pas que miss Anning soit très longue. Je vais l'attendre. » Elle se dirigea vers l'escalier. « Pendant ce temps, je vais rendre une petite visite à Mrs. Anning. Cela fait bien un ou deux jours que je ne l'ai vue. »

Cela faisait, pour être précis, deux jours pleins et la majeure partie d'un troisième que miss Silver n'avait pas rendu sa visite habituelle. Sa dernière visite remontait en fait au mercredi, alors qu'Alan Field était encore en vie et que Mrs. Anning, très excitée, avait déclaré qu'il devait être châtié. Il avait mal agi en partant et en abandonnant Darsie, et ceux qui agissaient mal devaient être punis. C'était dit dans la Bible.

Marie hésita, mais son hésitation ne dura guère. Elle savait fort bien que miss Anning n'aurait pas autorisé miss Silver à faire une visite à sa mère. Depuis le mercredi soir, elle n'avait autorisé personne à le faire. Elle était allée jusqu'à monter ses repas elle-même et elle était restée dans la chambre pendant que le lit et le ménage étaient faits. Elle avait fait savoir à tout le monde que la mort de Mr. Field avait été un choc terrible pour sa mère, et qu'il ne fallait, sous aucun prétexte, en parler. Fort bien, ce ne serait pas Marie qui allait en parler. Quant à se mettre sur le chemin de cette miss Silver... non, non, pas question, Marie ne s'y risquerait pas. Elle était trop bien avec la police, celle-là. Il ne serait pas prudent de s'opposer à elle.

Miss Silver entra dans l'agréable chambre de Mrs. Anning et la trouva dans son fauteuil habituel, sa broderie au tambour sur les genoux. Elle tenait à la main une aiguille avec un fil de soie vert pâle. Elle avait l'air de quelqu'un qui était absorbé dans ses pensées et se satis-

faisait de leur seule compagnie. Quand miss Silver lui adressa la parole, elle sursauta légèrement.

— Vous ne venez plus me voir.

Miss Silver lui sourit.

— Je suis en visite à Cliff Edge pour quelques jours.

— Chez Esther Field. Non, ce n'est pas sa maison, c'est... c'est celle de Carmona. Elle s'appelle Carmona Hardwick maintenant. Darsie dit que j'oublie tout, mais je n'ai pas oublié cela. Nous les connaissions très bien dans le temps, et elle a aussi été fiancée à Alan. C'était après qu'il fut parti en abandonnant Darsie et que tout commença à aller mal... bien longtemps après. Mais il a abandonné Carmona aussi. Il était comme ça, vous savez... il les rendait amoureuses, et puis il partait. » La voix traînante se fit soudain dure et violente. « Il était pervers. Les jeunes filles ne se méfient pas assez... elles devraient. Il était pervers, et c'est pourquoi il devait être châtié ! La perversité doit toujours être châtiée ! » Elle s'était toute empourprée et parlait rapidement. « Il a été châtié, vous savez... quelqu'un l'a poignardé et il est mort. Il avait le couteau planté dans le dos et il était bien mort. Il ne fera plus la cour à des jeunes filles pour les quitter ensuite. C'était de la perversité, et il a été puni pour cela. Vous ne pouvez vous imaginer comme Darsie était jolie... et comme elle était gaie... »

La porte s'ouvrit et miss Anning entra. Elle n'avait pas de couleur sous son hâle. Sous ses yeux les cernes profonds étaient effrayants. Elle avait les lèvres serrées et le visage fermé. Quand elle parla, ce fut d'une voix où perçait la tension.

— Ma mère n'est pas en état de recevoir des visites, miss Silver. Je dois vous demander de la laisser. Marie n'aurait jamais dû vous laisser monter.

Miss Silver se leva. Elle n'avait aucunement l'air offensée.

— Ne lui en veuillez pas, je vous prie. Je crains d'avoir

pris toute seule la liberté de monter. Laissons Mrs. Anning se reposer. C'est vous que j'étais venue voir, et si vous pouvez m'accorder quelques minutes...

Darsie Anning attendit quelques instants avant de se retourner et de se diriger vers la porte. Elles descendirent ensemble l'escalier en silence.

Arrivée dans le bureau, miss Anning marcha jusqu'à la fenêtre et regarda à l'extérieur. Dieu sait ce qu'elle voyait. Ni l'allée gravillonnée bordée de plantes vertes. Ni le soleil éblouissant. Elle voyait ses propres pensées. D'amères pensées. Elle se retourna et demanda :

— Pourquoi êtes-vous venue ?

— Miss Anning, ne voulez-vous pas vous asseoir ?

— Merci, je préfère rester debout. Pourquoi êtes-vous venue ici ?

— Je désirais vous voir.

— Eh bien, je suis ici. Que me voulez-vous ?

Elle n'essayait même pas de faire de cette conversation un simulacre de conversation ordinaire. Son air et sa voix révélaient une tension désespérée.

— Je me suis sentie obligée de venir, reprit miss Silver d'une voix douce. Je n'avais nulle envie de le faire, mais je crois que la police est sur le point d'arrêter Mrs. Maybury. S'il est possible d'empêcher cela, il est de mon devoir de le faire.

Darsie Anning conserva toute sa raideur.

— Pourquoi l'arrêteraient-ils ?

— Je ne puis entrer dans ces considérations. Il y a... des indices.

— Alors pourquoi ne devrait-elle pas être arrêtée. Si c'est elle qui l'a tué...

— Je ne crois pas que ce soit elle. Je crois que vous pouvez être en possession d'indications qui pourraient contribuer à éclaircir l'affaire.

— Je n'ai aucune indication.

— Miss Anning...

— Je n'ai aucune indication, vous dis-je.

Il y eut un silence. Miss Silver la regarda avec compassion. Finalement, elle poursuivit.

— Cela ne sert à rien, miss Anning. Je respecte vos sentiments, mais vous ne pouvez laisser arrêter une innocente. Voulez-vous que je vous raconte ce que j'ai moi-même vu et entendu mercredi soir ?

— Vous ?

Miss Silver inclina légèrement la tête.

— La nuit, comme vous vous en souvenez, était extrêmement chaude. J'étais incapable de trouver le sommeil. Je me suis levée et me suis assise près de la fenêtre ouverte. Il y avait une petite brise de mer que je trouvais très rafraîchissante, et la vue de l'étendue sombre de la baie et de la voûte du firmament étoilé était fort exaltante. J'étais en train d'admirer tout cela quand j'ai entendu des pas dans le jardin. Il y eut d'abord le bruit d'une porte qui se refermait, puis je compris que deux personnes étaient entrées dans le jardin par la porte donnant sur la falaise et approchaient de la maison. Quelques instants plus tard, j'ai entendu votre mère parler et je vous ai entendue lui répondre. Vous étiez à ce moment-là juste sous ma fenêtre, et j'ai entendu distinctement chaque mot. Votre mère a dit : « Ceux qui font le mal doivent être châtiés. J'ai toujours dit qu'un jour, il serait châtié. » Et vous lui avez dit : « Pour l'amour de Dieu, mère, tais-toi ! »

Il y eut un silence. Darsie Anning le rompit en demandant :

— Et alors ?

— Vous avez continué et vous êtes entrées par la porte vitrée du salon. Je vous ai entendues monter toutes les deux. Je n'ai pas pu ne pas remarquer que Mrs. Anning était nerveuse et excitée et que vous êtes restée au moins une heure dans sa chambre

— Je suppose que vous avez écouté !

Miss Silver eut l'air profondément scandalisée.

— J'espère que vous ne supposez rien de la sorte, miss Anning. Je n'ai pu éviter d'entendre les paroles prononcées sous ma fenêtre ni de reconnaître les voix dans l'escalier, mais ce n'était pas mon affaire d'écouter ce qui se disait.

— Ma mère était nerveuse... vous l'avez dit vous-même. Elle se promenait dans le jardin et elle ne voulait pas rentrer. Quand elle est dans cette disposition, elle parle... à tort et à travers. Son esprit retourne dans le passé. Ce qu'elle dit n'a souvent aucun rapport avec ce qui se passe dans le présent.

— Mais ce n'est pas toujours le cas. Ce que j'ai entendu Mrs. Anning dire mercredi soir se rapportait, je crois, à Mr. Alan Field.

Darsie Anning se mit à rire, si tant est qu'un son aussi amer et discordant puisse être qualifié de rire.

— Sottises !

— Je ne crois pas. C'est exactement en ces termes que Mrs. Anning a fait allusion à Mr. Field à plusieurs reprises.

— Et quelles raisons aviez-vous pour l'interroger ?

— Aucune, alors. Et je puis vous assurer que je ne l'ai pas fait. Elle parlait de sa perversité et du châtiment qu'il méritait, et je m'efforçais de tourner ses pensées vers des sujets plus agréables.

Darsie Anning n'écoutait pas. Elle n'avait entendu que la première phrase. Elle s'écria avec violence :

— Qu'entendez-vous par *alors*... vous n'aviez aucune raison *alors ?* Et quelles raisons avez-vous maintenant... ou croyez-vous avoir ?

Quand miss Anning avait refusé de s'asseoir, miss Silver était restée debout. Elle réitéra son offre.

— Vous ne voulez vraiment pas vous asseoir ? Nous serons beaucoup mieux pour discuter tranquillement de tout cela.

— Je n'ai rien à dire.

— Mais vous m'avez posé une question, n'est-ce pas ?

D'un geste impatient, Darsie Anning tendit le bras vers le fauteuil du bureau et le tira en arrière. Si elle avait pu rester debout, elle l'aurait fait, mais la pièce avait commencé à tourner devant ses yeux. Il ne lui était pas possible de se détendre, mais, au moins, le fauteuil la soutiendrait. Elle sentit sous elle la fermeté du siège et posa le bras sur l'accoudoir.

— Que voulez-vous dire ? demanda-t-elle.

Miss Silver s'était également assise. Elle répondit d'une voix grave et ferme.

— Juste ceci, miss Anning. Ce qui alors n'était pas mon affaire l'est devenu. Au cas où vous ignoreriez mes activités professionnelles, je dois vous informer que je suis détective privé et que je suis engagée sur l'affaire Field en cette qualité.

Par-dessus le bourdonnement qu'il y avait dans ses oreilles, Darsie s'entendit répondre :

— Dans ce cas, je n'ai rien à vous dire.

Miss Silver toussota.

— Vous serez, je pense, bien avisée d'accepter de m'écouter. Je n'ai parlé à personne de ce que j'ai entendu de ma fenêtre mercredi soir, mais je doute de pouvoir garder le silence au point de permettre l'arrestation de Mrs. Maybury.

Darsie Anning la regarda.

— Pippa Maybury ?

— De lourdes présomptions pèsent sur elle. Elle avait rendez-vous avec Alan Field dans la cabine de plage un peu après minuit. Il la faisait chanter, et elle devait lui apporter ses perles. Elle a déclaré être allée à ce rendez-vous, mais l'avoir trouvé mort. Vous devez comprendre que tout témoignage — n'importe quel témoignage — pouvant corroborer sa déposition, ou pouvant contribuer à préciser l'heure à laquelle le crime a dû avoir lieu, est d'une si haute importance qu'il n'est pas possible de le négliger.

— Chantage... » Le mot fut à peine audible. Puis, d'un ton infiniment acrimonieux : « Pourquoi pas ? »

— Vous comprendrez que je ne puis plus longtemps garder le silence, poursuivit miss Silver. Je dois vous dire que la police a déjà appris par Marie Bonnet que l'on vous a entendue dire à Mr. Field avec une extrême véhémence : « Je pourrais te tuer pour cela ! »

— *Marie !*

— C'était le mardi. Elle traversait le hall quand ma nièce a ouvert la porte du bureau. Elles ont toutes deux entendu ce que vous avez dit, et si elle est mise en demeure de le faire, Ethel sera obligée de confirmer la déposition de Marie Bonnet. La police sait également que vous avez eu une liaison avec Mr. Field et qu'il était considéré comme s'étant très mal conduit, dans cette affaire. Je suis loin de vouloir vous peiner, mais votre mère a parlé tout à fait librement en plusieurs occasions de la manière détestable dont il s'était conduit, et a exprimé sa conviction qu'il serait puni pour cela. Vous devez comprendre que cela vous exposera à bien des soupçons. Quand on apprendra que Mrs. Anning était sur la falaise cette nuit-là, et que vous l'y avez suivie ou précédée...

Darsie Anning releva la tête.

— Il n'est pas question que nous soyons allées sur la falaise ni l'une ni l'autre. La nuit était chaude, et ma mère est sortie dans le jardin pour respirer un peu d'air frais. Elle veille souvent assez tard dans sa chambre et quand elle a vu qu'elle ne pouvait pas s'endormir, elle est descendue dans le jardin. Je l'ai entendue et je l'ai suivie pour la persuader de rentrer. Vous faites d'une mouche un éléphant. Maintenant voulez-vous partir, s'il vous plaît.

Les traits fins de miss Silver étaient empreints de gravité.

— Dans un instant, miss Anning. J'ai d'abord autre chose à vous dire. Juste avant votre arrivée dans la chambre de votre mère, elle me parlait d'Alan Field.

J'aimerais que vous soyez persuadée que je n'avais pas même mentionné son nom. Je lui avais seulement dit que je séjournais à Cliff Edge. Elle a mentionné Mrs. Hardwick et est immédiatement passée à Mr. Field. Elle m'a dit que Carmona Hardwick avait été fiancée avec lui, et qu'il l'avait également quittée. Après quoi elle a commencé à dire qu'il était pervers et que pour cette raison il devait être puni. Elle est devenue très excitée et a poursuivi en disant : « Il a été châtié, vous savez ! Quelqu'un l'a poignardé et il est mort ! Il avait le couteau planté dans le dos ! »

Darsie Anning commença à lever la main de l'accoudoir. La main monta légèrement puis retomba, comme si elle n'avait plus la force de la lever. Elle garda le silence.

Après quelques instants, miss Silver poursuivit :

— Vous devez comprendre ce que cela signifie. La presse n'a fait aucune description de la blessure mortelle. Mrs. Anning décrivait quelque chose qu'elle avait vu.

Darsie fit un effort pénible à voir.

— Ma mère vit dans un rêve. Elle décrit ce qu'elle y voit. On ne peut... y attacher... aucune importance...

Sa voix s'éteignit lentement.

CHAPITRE XXVIII

Les deux jeunes gens qui restaient en hésitant à la porte du poste de police paraissaient plutôt crispés. Frank Abbott les observa parce que la jeune fille était exceptionnellement gracieuse et fort bien habillée. Il s'agissait de miss Myrtle Page, qui travaillait à l'institut de beauté local. Son compagnon, Norman Evans, était clerc de notaire dans une étude toute proche. Ils étaient en train de se chamailler, et quand Frank s'approcha, il entendit la jeune fille dire : « Je t'ai dit que je te retrouverais ici, mais je n'ai pas dit que j'entrerais. » A quoi le jeune Evans répliqua qu'elle devrait prendre une décision et cesser de changer d'avis comme une girouette.

— Eh bien, alors, j'ai décidé ! Laissons la police se débrouiller toute seule avec ses assassinats ! Cela ne nous regarde pas !

Frank ralentit le pas.

— Mais, Myrtle...

— Je m'en fiche, moi, de ce que nous l'avons entendue dire ! Nous ne l'avons rien vue faire, hein ? Et il n'a pas été poussé par-dessus la falaise non plus ! Si on l'avait poussé, à ce moment-là tu aurais peut-être de quoi me brutaliser comme ça ! Oui, j'ai dit brutaliser, et je le maintiens ! S'il y a une chose que je ne peux pas supporter, c'est une brute, et tu ferais bien de réfléchir à cela !

Frank Abbott arriva à leur hauteur et s'adressa à Mr. Evans.

Il se trouvait qu'il avait rendez-vous avec miss Silver un peu plus tard. Elle comprit immédiatement qu'il avait quelque chose à lui dire. Il ne perdit pas de temps avant de lui faire savoir ce dont il s'agissait.

— Je crains que la balance ne soit en train de pencher en défaveur de Pippa Maybury, dit-il.

La chaleur commençait à tomber. Miss Silver avait étalé une natte et passé la dernière heure avec un livre, son tricot et ses pensées. C'est d'un air grave, mais pas exagérément troublé, qu'elle lui demanda :

— Et qu'est-ce qui vous fait penser cela, je vous prie ?

Il s'assit sur le sable à côté d'elle.

— Un élément nouveau qui ne fait que confirmer nos soupçons. Deux jeunes gens qui se promenaient mardi soir le long de la falaise ont surpris une partie de ce qui était probablement l'entretien au cours duquel Alan Field a commencé à faire chanter Pippa Maybury. Quoi qu'il en soit, ils ont entendu la jeune femme dire : « Je ne comprends pas pourquoi personne ne t'a encore tué, Alan. » Ce à quoi il a répondu : « Ma chère Pippa, tu me surprends beaucoup. » Et puis : « Attention... il y a quelqu'un qui arrive ! »

Elle prolongea pendant une ou deux minutes ce qui paraissait être un silence placide avant de demander :

— Ne vous est-il pas venu à l'esprit de vous demander à quel point ce genre de chose est courant ? Il passe inaperçu et fait, en réalité, partie des exagérations de langage propres à la jeunesse et qui parfois persistent dans l'âge mûr. Ces mots n'ont aucune signification réelle, et il est fort improbable qu'ils soient employés par quelqu'un envisageant sérieusement de commettre un crime.

Il passa la main sur sa chevelure déjà impeccablement lisse.

— En général, je serais plutôt d'accord. Dans ce cas

particulier, je ne sais pas. Il y a deux faits irréductibles. On entend le mardi soir Pippa Maybury se demander pourquoi personne n'a encore tué Alan Field, et le mercredi soir il est assassiné. Comme il y a déjà de fortes présomptions contre elle, ce détail contribue à alourdir le faisceau de preuves, et je dois vous prévenir que son arrestation ne saurait maintenant être retardée beaucoup plus longtemps.

Miss Silver ouvrit la bouche pour prendre la parole. Mais il la devança.

— Vous allez, bien entendu, me rappeler que Darsie Anning est allée encore plus loin lorsqu'on l'a entendue dire : « Je pourrais te tuer pour cela ! » mais il n'y a aucun indice qu'elle soit allée plus loin que les mots.

La petite veste rose était maintenant presque achevée. Encore un rang et miss Silver allait arrêter les mailles. Elle posa le tricot sur ses genoux et dit d'une voix réticente :

— Je crains, mon cher Frank, que vous ne considériez que je vous dois des excuses.

— Qu'avez-vous encore manigancé ?

Cette liberté de langage lui valut un regard réprobateur.

— Il y a quelque chose que vous allez estimer que j'aurais dû vous communiquer plus tôt.

Elle lui répéta par le menu ses conversations avec Mrs. et miss Anning et poursuivit ainsi :

— Mrs. Anning avait mentionné en plusieurs occasions ce qu'elle nommait la perversité d'Alan Field et le fait qu'il devrait être châtié. Cet après-midi, elle a employé ces mots : « Il *a été* châtié, vous savez ! Quelqu'un l'a poignardé et il est mort ! Il avait le couteau planté dans le dos ! »

Le regard très pâle de Frank Abbott était devenu d'une grande intensité.

— Le couteau... fit-il vivement. Vous êtes sûre qu'elle a mentionné le couteau ?

— Oui, Frank. J'en ai tiré la conclusion qui s'imposait.

— Qu'elle avait vu le corps ?

— Je suis sûre que oui.

Il émit un petit sifflement.

— Voilà qui remet tout en question ! Vous ne pensez pas qu'elle... Écoutez-moi, est-elle vraiment folle ?

Miss Silver le regarda et réfléchit à la question d'un air très pensif.

— Je ne suis, bien entendu, pas qualifiée pour porter un jugement, mais je n'aimerais pas dire que Mrs. Anning avait le cerveau dérangé. Elle m'a paru souffrir des effets d'un choc ou d'une tension qu'elle n'a pas été en mesure de supporter. Cela l'a rendue incapable d'initiative et ses pensées sont restées prisonnières du passé. Le retour d'Alan Field a ravivé des souvenirs extrêmement douloureux et, si je puis m'exprimer ainsi, la barrière entre le passé et le présent est tombée.

— Vous pensez qu'elle peut l'avoir tué ?

— Je pense qu'elle l'a vu mort. Je ne sais pas qui l'a tué.

Il s'était mis sur son séant, les bras entourant ses genoux.

— Je dirais qu'il est beaucoup plus vraisemblable que ce soit Darsie. Dites-moi, quelle heure était-il quand vous étiez à la fenêtre et que vous les avez vues traverser le jardin ?

— Je ne saurais vous dire.

— Vous devez bien en avoir une idée.

Miss Silver secoua la tête.

— Je ne saurais vous donner une heure. Il n'y avait aucune raison de supposer que cet incident pouvait avoir une importance quelconque. Je me trouvais incapable de trouver le sommeil. Ma chambre avait été fortement chauffée par le soleil de l'après-midi, et je me suis levée pour profiter de l'air à la fenêtre, mais je n'ai ni allumé la lumière ni regardé ma montre. En de telles circonstances,

l'estimation du temps peut être extrêmement trompeuse, et je ne tiens pas à hasarder une supposition.

— Eh bien, c'est regrettable, car tout tourne autour de l'heure. Le rendez-vous de Pippa Maybury était à minuit vingt. Elle prétend que quelqu'un était allé là-bas avant elle et que Field était déjà mort. S'il s'agissait des Anning, alors il y a des chances que l'une d'elles l'ait tué, mais si elles sont arrivées après que Pippa se fut enfuie, alors tout ce qu'elles ont fait a été de trouver le corps. Voyons maintenant quelles sont les probabilités du côté de Sea View. Field a pu se rendre à la cabine à n'importe quelle heure avant, disons, minuit cinq ou minuit dix. Il ne semble y avoir aucune raison pour Mrs. Anning d'avoir été là-bas à moins de l'avoir suivi... ou d'avoir suivi sa fille. Écoutez-moi, que dites-vous de ceci ? Field avait un autre rendez-vous à la cabine... plus tôt, avec Darsie Anning. Elle s'y rend, et sa mère la suit. Il y a une autre violente altercation et l'une d'elles le poignarde. C'est la solution la plus vraisemblable, vous savez. » Il consulta sa montre. « "Brefs sont les moments de repos qu'accorde une journée de travail", comme lord Tennyson n'aurait certainement pas manqué de le dire s'il y avait songé. Il faut maintenant que je parte dénicher ce satané Colt, qui sera loin d'en être ravi. Je suppose que vous n'avez plus d'autres indices dans votre sac à malices. »

— Je n'ai pas d'autre indice, Frank.

Il s'éloigna sur les galets, et elle le regarda partir. Des conjectures et des soupçons n'étaient pas des indices. Après quelques instants, elle saisit la petite veste rose, tricota le dernier rang et arrêta les mailles.

Chapitre XXIX

Marie Bonnet ne savait quel parti prendre. Il fallait faire la meilleure affaire possible, bien évidemment. Si on négligeait de le faire, on n'était qu'une imbécile, et on n'avait à s'en prendre qu'à soi-même. D'autre part, il est parfois extrêmement difficile quand deux affaires se présentent de décider de celle qui convient le mieux. Pour Cardozo, elle savait très bien où elle en était. Il allait devoir en passer par ses volontés. Elle n'avait qu'à revenir sur ses déclarations, à se mettre à pleurer et à dire à la police, oui, c'était vrai qu'ils étaient ensemble, mais c'était vrai aussi qu'elle s'était endormie quelque temps sur l'herbe. Elle ne pouvait dire combien de temps. Peut-être assez longtemps pour que Cardozo file jusqu'à la plage et revienne. Il lui suffisait de dire cela et il pourrait s'estimer heureux s'ils ne l'arrêtaient pas immédiatement pour le meurtre. Non, il était obligé de lui donner ce qu'elle demandait, mais la question était de savoir exactement combien elle pourrait demander. Il avait récupéré le papier qu'il voulait... le papier qu'il jurait qu'Alan Field avait volé à son frère. Dans l'instant de triomphe et de terreur où il s'était relevé après avoir fouillé le corps, le portefeuille à la main, il avait été incapable de se contenir. Il lui avait dit que cela représentait la fortune pour eux deux, et la preuve que c'était Alan qui avait assassiné

Felipe Cardozo. Il était, à vrai dire, dans un tel transport de joie qu'elle avait eu toutes les peines du monde à le faire sortir avant que quelqu'un n'arrive. Mais ce papier qu'il avait récupéré, et la fortune qu'il devait lui apporter, tout cela était encore chimérique. Avant que l'un puisse lui procurer l'autre, José devait partir en Amérique du Sud... il avait bien été obligé de le confesser. Et quand il se retrouverait à quelques milliers de kilomètres d'ici... Soupesant ses chances d'obtenir quelque chose de José lorsqu'il serait de l'autre côté de l'Atlantique, elle les trouva bien maigres.

Pour s'en tenir aux faits, que pouvait-elle, ici et maintenant, espérer obtenir de lui ? Peut-être cinquante livres... peut-être cent. S'il voulait mettre la main sur sa fortune, il aurait besoin de tout l'argent qu'il pourrait rassembler. Cent livres, ce n'était pas assez. Que pouvait-elle espérer d'autre de lui ? Le mariage, peut-être. Mais supposons que cette fortune lui échappe... Elle allait devoir réfléchir très sérieusement avant de prendre cette décision.

Il lui fallait aussi réfléchir très sérieusement à l'autre affaire qui se présentait. Elle n'avait encore rien décidé, car il fallait agir avec la plus grande délicatesse et elle voulait prendre le temps de réfléchir. Au début, il lui avait semblé qu'il y aurait un choix à faire et que ce serait difficile. Maintenant elle se disait qu'il n'y avait, après tout, pas besoin de faire un choix. Elle obtiendrait tout ce qu'elle pourrait de José, et il en serait de même pour l'autre. Avec les preuves qu'elle était en mesure de fournir, il n'était pas question de lui opposer un refus.

Elle avait longé lentement la rue écrasée de soleil, s'arrêtant de temps à autre devant une vitrine, restant apparemment en extase devant un étalage de maillots de bain. Elle se dirigea vers la cabine téléphonique à l'angle de la rue. La conversation fut brève. Il lui fallut attendre que la personne qu'elle demandait arrive au téléphone, après quoi il n'y eut que très peu de mots échangés.

— Je sais où vous étiez mercredi soir et je peux vous dire ce que vous faisiez. Je n'en ai parlé à personne encore, mais ma conscience me tourmente.

Il n'y eut aucune réponse à ces mots. Avec un haussement d'épaules impatient, Marie Bonnet poursuivit :

— Il vaudrait mieux nous rencontrer.

Cette fois, il y eut un seul mot, prononcé à voix basse. Ce mot était « oui ».

— Où ? » demanda Marie. Et puis, avant d'attendre une réponse : « Sur la falaise ou sur la plage, je n'y vais pas ! Je ne sors pas de la maison ! Ce devra être là-bas. »

Il y eut un petit silence qui lui sembla long. Puis la voix dit :

— Pourquoi pas ?

Rendez-vous fut pris.

Chapitre XXX

— Et où croyez-vous que cela nous mène ? » demanda l'inspecteur Abbott après deux heures passées à Sea View. A quoi l'inspecteur Colt répondit qu'il n'en savait fichtre rien.

Frank acquiesça pensivement de la tête.

— Quelque part... n'importe où... nulle part... allongez la monnaie et faites votre choix. Mais il vaudrait mieux cesser de s'intéresser à la petite Maybury. Je ne crois pas que ce soit elle, vous savez.

Colt se renfrogna. Il estimait qu'il y avait de très lourdes présomptions contre Mrs. Maybury.

— Je suppose que neuf jurés sur dix diraient qu'elle est coupable.

— Oh, des jurés... nous n'en sommes pas encore là. Des suspects... voilà tout ce que nous avons pour l'instant. Nous avons toute une brochette de suspects, et l'excès en tout est un défaut. Voyons un peu. Il y a Cardozo, qui aurait pu faire le coup sans aucune difficulté s'il n'était couvert par l'alibi de Marie... et si j'ai jamais rencontré une menteuse-née, c'est bien Mlle Bonnet. Il y a Pippa Maybury, qui a un rendez-vous avec Field et qui en revient pour laisser des taches de sang partout dans Cliff Edge. Et il y a Mrs. Anning, qui a toujours dit qu'il serait châtié et qui l'a certainement vu après qu'il eut été poignardé.

— Vous croyez qu'elle l'a réellement vu avec le couteau planté dans le dos ?

— Je ne vois pas comment l'on pourrait interpréter autrement ce qu'elle a dit à miss Silver. Field s'est rendu à son rendez-vous, ou à un rendez-vous antérieur, et elle l'a suivi. Elle déraille un peu, mais je suppose que c'est tout à fait clair. Darsie ne voulait pas qu'elle le voie, et elle voulait lui dire à quel point il était pervers. Elle l'a peut-être tué elle-même pour lui faire prendre conscience que l'heure du châtiment avait sonné, ou elle a vu quelqu'un d'autre le poignarder.

— Ce quelqu'un d'autre aurait pu être miss Anning.

— Dans ce cas, ce serait sa fille qu'elle aurait suivie, et non pas Field. Oui, je penche plutôt pour cette hypothèse. Elle voit Field sortir, elle voit Darsie le suivre, et elle suit Darsie jusqu'à la cabine. Il y a une dispute, et elle le voit poignardé. Mais ce que je vois mal, c'est comment nous allons pouvoir le prouver. Ce qu'une vieille cinglée peut avoir raconté à miss Silver ne constitue pas une preuve. Quant à la faire comparaître comme témoin... c'est une autre histoire !

L'inspecteur Colt reconnut volontiers que Mrs. Anning ferait difficilement un témoin digne de foi. « Et pour ce qui est de sa fille... eh bien, à mon avis, elle ne démordra pas de son histoire. »

— Qui est exactement celle qu'elle a sortie à miss Silver. La mère ne pouvait pas dormir. Elle a été faire un tour dans le jardin pour respirer un peu. Darsie l'a entendue, l'a suivie et l'a ramenée. Elles n'ont quitté le jardin ni l'une ni l'autre et ne sont pas allées sur la falaise, sans parler du sentier qui descend sur la plage. Son « Ma mère est invalide, inspecteur », était plein d'à-propos. Beaucoup de naturel aussi dans l'explication qu'elle donnait du ressentiment éprouvé par sa mère. « Vous savez, j'ai été très liée avec Alan Field, et ma mère lui en a voulu de cette rupture. Nous nous sommes, en fait, séparés d'un

commun accord et pour la raison très simple que nous n'avions d'argent ni l'un ni l'autre. » Et puis tout son laïus sur le fait qu'il n'y avait aucune raison de nourrir un quelconque ressentiment, mais que Mrs. Anning avait été gravement malade à peu près à la même époque, et que tout cela s'embrouillait dans sa tête. C'est une explication tout à fait plausible, vous savez, Colt.

— Montrez-moi quelque chose dans cette affaire qui ne soit pas plausible ! dit l'inspecteur Colt.

Miss Silver consacrait le restant du jour à l'art de la conversation. Mrs. Field l'avait retrouvée sur la plage après le départ de Frank Abbott et paraissait trouver beaucoup de soulagement et de réconfort en parlant de son mari et de son beau-fils.

— Sur certains plans, je pense qu'ils se ressemblaient beaucoup, dit-elle. Je ne veux pas parler de toutes ces choses mauvaises que faisait Alan... vous ne vous méprenez pas sur mes paroles, n'est-ce pas ? Je veux parler de leurs natures. Ils aimaient tous deux que les choses soient belles et agréables. Dans le cas d'Alan, je pense que c'est ce qui l'a poussé sur la voie du mal. Il n'avait pas les dons artistiques de son père, mais il en avait le tempérament artistique, et, bien entendu, ce sont des gens qui n'ont pas l'esprit pratique et qui ne se soucient pas de l'argent. C'est pour cette raison que je ne pensais pas qu'il était bien de lui en prêter. Et puis il était incapable de dire non. Pen était comme lui... mon mari, vous savez. C'était plutôt embarrassant parfois, parce qu'il plaisait énormément aux femmes. Il était aussi beau qu'Alan, et tellement doué. Et il n'aimait pas devoir les rembarrer, alors c'était parfois légèrement embarrassant. C'est ce qui m'a tellement bouleversée quand Alan a parlé de faire publier la correspondance de son père.

Miss Silver était en train d'assembler la petite veste rose. Elle leva la tête pour demander :

— Il a parlé de faire cela ?

— Cela m'a vraiment bouleversée, dit Esther Field. J'étais malade, vous savez, donc c'est lui qui a parcouru tous les papiers. Il y avait des lettres... d'une jeune fille très sotte. Je crains qu'elle ne se soit imaginée être amoureuse de Pen, et il a dû être trop gentil pour la repousser. Il disait toujours que c'était comme la rougeole... cela suivait son cours, et elles s'en remettaient.

— Cela s'est donc produit plus d'une fois ?

— Oh, oui, répondit tranquillement Esther Field. C'était juste une sorte de culte du héros. Mais je n'ai pas réussi à faire comprendre à Alan à quel point il serait cruel de publier les lettres. Les gens sont toujours prêts à croire le pire. Et dans ce cas... eh bien, Alan ne m'a rien dit, mais je pense deviner qui cette jeune fille a pu être, et ce serait véritablement très, très cruel. Pen n'aurait jamais dû garder les lettres. J'ignorais qu'il l'avait fait. Comment l'aurais-je su ? Ce fut très imprudent de sa part. Cela aurait été extrêmement pénible pour... pour la famille de la jeune fille si les lettres avaient été publiées... *affreusement* pénible.

Miss Silver la regarda avec gravité.

— Vous dites « pour la famille de la jeune fille ». Mais pour elle-même ?

— C'est bien cela, dit Esther Field. Elle est morte. Elle est morte il y a dix ans. Ce fut un choc terrible pour Pen.

— Un accident ? demanda miss Silver.

Esther Field lui lança un regard dubitatif.

— Oh, je ne sais pas... j'espère... j'espère sincèrement. Oh, oui, cela a dû être un accident. Elle se baignait, et elle s'est trop éloignée à la nage. Elle a dû avoir des crampes, et elle s'est noyée. Quelle tragédie !

— Oui, bien sûr, dit miss Silver.

Mrs. Field soupira.

— Il vaut mieux éviter d'évoquer tous ces vieux souvenirs tristes, vous ne trouvez pas ? On a besoin de tout son courage pour le présent. Pauvre, pauvre Alan !

Elles repartirent à la maison presque immédiatement après. Miss Silver, après s'être changée pour mettre la robe de rayonne bleu marine qu'Ethel Burkett l'avait persuadée d'acheter chez Wildings, « un très joli style, ma petite tante, et elle te fera des années », descendit au salon. Elle était, comme toujours, d'une propreté méticuleuse — la chevelure avec sa frange, deux torsades sur la nuque et un filet qui enserrait le tout ; le médaillon en or massif portant les initiales entrelacées de ses parents et contenant des boucles de leurs cheveux ; les bas de fil noir de son immuable tenue d'été et les chaussures en cuir glacé. Elle ne se doutait bien évidemment pas que l'effet d'ensemble évoquait quelqu'un sorti tout droit d'un album de photographies de famille.

Dans le salon elle ne trouva que Mrs. Trevor feuilletant un livre qui ne paraissait pas l'intéresser le moins du monde. Comme miss Silver était quelqu'un à qui elle pouvait parler, elle la vit entrer avec plaisir.

Esther Field était également montée se changer dans sa chambre. Tandis qu'elle troquait sa robe de toile grise contre la vieille robe en crêpe de Chine qu'elle avait apportée parce qu'elle était légère et agréable à porter, elle se réjouissait que les usages de l'époque ne prescrivent plus de porter le deuil d'antan. Elle se souvenait que la mère de Pen lui avait raconté qu'à la mort de son propre père, elle et ses sœurs avaient porté du noir avec un crêpe pendant six mois, étaient restées en noir pendant six autres mois, après quoi un corsage blanc pouvait être ajouté, puis graduellement le passage se faisait du noir et blanc au gris et, les trois derniers mois de la seconde année, au pourpre, au mauve et au lilas. Maintenant, la plupart du temps, les gens portaient ce qu'ils avaient et ne se donnaient même pas la peine d'éviter les couleurs vives. Elle-même s'était un jour trouvée quelque peu scandalisée en voyant une jeune veuve en pantalon de velours cramoisi. Les convenances d'autrefois étaient tyranniques, mais il y avait un

juste milieu, et dans le cas de quelque chose d'aussi affreux qu'un meurtre, on ne se sentait nul désir ni de courir les boutiques ni de porter quelque chose susceptible d'attirer l'attention. Elle fit glisser la vieille robe noire par-dessus sa tête et se sentit réconfortée. L'étoffe était fraîche sur sa peau. Sa discussion avec miss Silver lui avait fait du bien. Quel soulagement de pouvoir parler des choses qui avaient pesé d'un si grand poids sur son cœur. Il était parfois plus aisé de parler à un étranger qui n'apportait pas d'émotions risquant d'embrouiller la question. En y repensant, elle se prit à espérer qu'elle n'en avait pas trop dit. Tout ce passage à propos de Pen et d'Irene... elle ne s'en était jamais ouverte à personne. Ce n'était pas qu'il y ait eu grand-chose à dire... juste cette sorte de culte du héros du côté de la jeune fille et de la gentillesse du côté de Pen. Et peut-être les lettres qu'Alan avait voulu publier étaient-elles de quelqu'un d'autre. Pen recevait toujours des lettres de femmes, et elles avaient si peu d'importance, vraiment si peu... de cela, elle était sûre. Elle n'avait pas pensé à Irene — pas au début — mais maintenant elle ne parvenait plus à la chasser de son esprit. C'était presque comme si elle était ici, dans cette chambre, ou comme si à tout moment, une porte pouvait s'ouvrir et la laisser entrer. Cette pensée n'avait rien de terrifiant, elle était empreinte de la douce tristesse en laquelle se transforme tout chagrin à mesure que le temps passe. Elle resta un moment près de la fenêtre par laquelle entrait un peu d'air et s'abandonna à sa douce tristesse. Pauvre, pauvre Irene, si jolie, si jeune, et morte si tragiquement. Quelles que soient les bêtises qu'elle ait pu écrire, nul ne les lirait plus jamais maintenant. Dès que toute cette affreuse histoire d'Alan serait terminée, elle lirait les papiers elle-même et s'assurerait que les lettres soient bien brûlées.

Au rez-de-chaussée, dans le salon ombreux, Maisie Trevor s'adonnait à son occupation favorite. Il lui suffisait

d'avoir un auditeur réceptif et bien disposé pour être parfaitement heureuse. Elle avait trouvé cela en miss Silver, et le flot de souvenirs et d'anecdotes ne se tarissait jamais.

Miss Silver, qui montait les mailles pour le premier chausson d'une paire assortie à la petite veste rose, était merveilleusement attentive. Sa phrase d'introduction, « Mrs. Field, lady Castelton et vous êtes vraiment de très vieilles amies », avait suffi pour ouvrir les vannes qui depuis ne s'étaient jamais refermées. Miss Silver pouvait ainsi compter ses mailles en toute tranquillité pendant que défilaient des souvenirs des parents de Carmona.

— George Leigh était vraiment un très bel homme ! Carmona n'a rien de remarquable, mais *lui !* « Toutes les filles étaient amoureuses de lui. » Elle eut un petit rire embarrassé. « Je sais que je l'étais. Cela fait si longtemps maintenant que je peux bien le reconnaître. Mais lui, c'était d'Adela qu'il était amoureux... il n'a eu d'yeux que pour elle, jusqu'à ce qu'elle le délaisse pour Geoffrey Castelton qui était un bien meilleur parti. Alors par contrecoup il a épousé Monica. Je ne sais pas ce qu'il pouvait lui trouver après Adela. Bien sûr, elle était plutôt gentille, mais Adela avait tout ! »

Miss Silver commença à tricoter le premier rang du chausson.

— Quand des gens ont tant que cela, c'est parfois un peu écrasant.

Maisie Trevor ouvrit de grands yeux bleus.

— Je n'avais jamais envisagé cela comme ça, mais je suppose que ce peut être vrai. Bien sûr, il y avait quelque chose de dur chez Adela. Cela venait peut-être de ce qu'elle faisait trop de choses et qu'elle les faisait toutes merveilleusement bien. C'est vrai, vous savez. Elle dansait, elle jouait au tennis, elle nageait, elle faisait de l'escrime... tout cela avec une incroyable facilité. Je me souviens que quelqu'un m'avait dit — je ne me souviens

plus si c'était Jennifer Rae ou Mary Bond, à moins que ce n'ait été Joséphine Carstairs, mais nous faisions toutes partie du même clan et cela peut avoir été n'importe laquelle — sauf Esther, car elle ne disait jamais de mal de personne — mais cela devait être une des autres... Oh, où en étais-je ?

— Quelque chose que l'on vous avait dit sur lady Castelton.

— Oh, *oui !* Et maintenant je suis presque sûre que c'était Jean Elliot — parce qu'elle était terriblement amoureuse de George Leigh et affreusement jalouse d'Adela. Donc, Jean m'avait dit — je suis vraiment pratiquement sûre que c'était Jean — « On ne peut pas faire tant de choses et les faire si bien et avoir beaucoup de temps pour les sentiments humains ordinaires. » Et, dans un sens, c'était vrai. Elle ne s'attachait à personne, elle n'avait jamais de béguins ni ne tombait amoureuse comme le reste d'entre nous... elle avait juste un succès fou, et puis elle a fait le plus beau mariage qui s'est présenté. Geoffrey était dans le corps diplomatique, vous savez. On lui promettait un bel avenir, mais il est mort jeune, et elle ne s'est jamais remariée. Elle n'aimait pas vraiment les gens... elle n'aimait que les grandes causes. Elle avait un poste très élevé pendant la guerre, elle parlait en public et prenait part à des débats radiophoniques... tout ce genre de chose. Mais pour ce qui est des gens, je crois que la seule personne qu'elle ait jamais vraiment aimée était Irene.

Esther Field entra dans la pièce en compagnie de lady Castelton juste au moment où miss Silver demandait :

— Qui est Irene ?

CHAPITRE XXXI

Il y eut un de ces silences qui font comprendre même à l'esprit le plus obtus que des paroles malheureuses viennent d'être dites. Dans le cas présent, c'était bien évidemment le nom que miss Silver avait prononcé. Ne voyant aucune raison de se retenir, elle ne l'avait pas fait, et lady Castelton, entrée la première, était déjà au milieu de la pièce quand miss Silver finit de formuler sa question.

— Qui est Irene ?

L'articulation de miss Silver, toujours très nette, parut l'être particulièrement en cette occasion. Si lady Castelton s'était trouvée plus près de la porte, si elle avait eu la moindre possibilité de faire semblant de ne pas avoir entendu, il est probable qu'elle l'eût fait, mais elle était si près, tellement exposée à l'impact du nom... Elle s'arrêta un instant, grande et gracieuse dans sa robe noire, et dit, avec dans la voix et dans l'attitude une parfaite dignité :

— Je pense que Mrs. Trevor parlait peut-être de ma sœur, morte il y a dix ans.

Après quoi, elle poursuivit son chemin pour aller rejoindre Esther devant la porte-fenêtre qui s'ouvrait sur la terrasse.

Maisie Trevor ne manifesta aucune confusion. « Nous l'aimions tous tellement », dit-elle, avant de passer à un autre sujet. Mais Esther Field et Adela Castelton avaient à

peine franchi le seuil pour s'éloigner lentement, que miss Silver, habituellement si pleine de tact, revint à ce sujet. Elle se pencha légèrement vers Maisie Trevor.

— J'espère ne pas avoir embarrassé lady Castelton.

— Il n'est pas facile d'embarrasser Adela, s'empressa de répondre Mrs. Trevor. A vrai dire, je ne pense pas que ce soit possible. Elle joue la grande dame et elle s'éloigne majestueusement comme elle vient de le faire.

Miss Silver prit le temps de regarder le mince ruban de laine rose qui avait commencé à onduler sur les aiguilles, puis elle poursuivit :

— Il est parfois extrêmement surprenant d'entendre prononcer le nom de quelqu'un de très proche et de très cher alors qu'on ne s'y attend pas. Je serais désolée de penser avoir réveillé par inadvertance un souvenir douloureux.

Maisie Trevor baissa la voix.

— Il est vrai que ce fut une affreuse tragédie. Elle était si jeune et, je pense, encore plus belle qu'Adela... plus douce, vous voyez, et il n'y avait pas cette perfection dans tout ce qu'elle faisait.

— Et elle est morte ? C'est extrêmement triste.

— Elle s'est noyée. Elle a dû nager trop loin. On a dit qu'elle avait eu des crampes.

Miss Silver crut percevoir une infime hésitation, mais elle ne put en être tout à fait sûre.

Mrs. Trevor était lancée. Il n'y avait vraiment rien de plus horrible que les crampes. Mais elles feraient peut-être mieux de ne plus parler de cela, au cas où lady Castelton reviendrait. Elle avait véritablement été très attachée à Irene. « Elle n'a pas d'enfant à elle, vous savez... et cela semble tellement important pour certaines femmes, bien que personnellement je ne voie pas très bien pourquoi, et j'ignorais qu'Adela était ainsi. Tom et moi n'en avons jamais eu, et cela ne m'a jamais manqué le moins du monde. Les bébés sont tellement sales, et quand ils gran-

dissent, on a l'impression de vieillir affreusement. Et puis regardez ce que certains deviennent ! Tous ces divorces, et des garçons qui se compromettent dans les pires histoires politiques ou écrivent le genre de poésie qui montre qu'ils ne se lavent et ne se rasent jamais ! Ah, je n'aurais pas du tout aimé cela... vraiment pas ! »

Miss Silver reconnaissant que l'on ne pouvait que désapprouver certaines des tendances modernes, elles purent avoir sur ce sujet un échange de vues fort agréable.

Pippa Maybury descendit dans une robe écarlate dont le haut était si réduit que l'on pouvait se demander s'il existait seulement. Elle était maquillée d'une manière tout aussi étonnante, avec une bonne couche d'ombre à paupières et de mascara, une peau uniformément pâle, un rouge à lèvres assorti à sa robe et des ongles écarlates. Carmona, la rattrapant dans le hall, poussa un petit cri d'effarement.

— Pippa !

— Je sais, je sais... « Chérie, remonte dans ta chambre et va mettre quelque chose de plus sobre et de plus discret ! » Eh bien non, je ne ferai cela ni pour toi ni pour personne ! Et si je dois me retrouver demain au fond d'une cellule, je veux au moins me faire plaisir ce soir... voilà !

James Hardwick arriva derrière elle. Pippa lui envoya un baiser du bout des doigts et s'enfuit en courant. Il regarda Carmona en haussant les sourcils.

— Buvons et mangeons, car demain nous serons morts ?

Carmona avait les larmes aux yeux.

— Oui, répondit-elle. James, où est Bill ? Elle veut le laisser en dehors de tout cela, mais elle ne peut pas. Sa place est ici.

Il acquiesça de la tête.

— Viens... nous devons rejoindre les autres.

— James, s'ils l'arrêtent...

— Je ne crois pas qu'ils le feront.
— Je ne comprends pas pourquoi ils ne le font pas.
— Peut-être parce qu'elle n'est pas coupable.
Elle sursauta légèrement.
— Pourquoi as-tu dit cela ?
— Double vue ! répondit-il, et il s'éloigna pour entrer dans le salon.

Chapitre XXXII

Miss Silver trouva la soirée très intéressante. Parmi les personnes présentes, trois au moins furent l'objet de son attention particulière. Elle ne parla guère, mais elle écouta beaucoup et ses aiguilles à tricoter ne restèrent pas en repos. Quand, après dîner, lady Castelton sortit ses habituelles cartes de réussite, elle avança son siège contre la table et devint une spectatrice extrêmement intéressée. Son murmure d'excuse, « j'espère que cela ne vous ennuie pas », ayant été accueilli par un bref « oh, non », elle garda le silence. On entendait de temps à autre cliqueter les aiguilles, et le chausson rose commençait à prendre forme.

Adela Castelton, dans sa robe noire légère, était un peu penchée en avant sur le rouge, le noir et le blanc des cartes, sa belle main ornée d'un rubis passant au-dessus des cartes, posant un Roi, retirant une Dame, déplaçant les carreaux et les cœurs, les trèfles et les piques, toute à son jeu et l'ordonnant avec adresse.

Le colonel Trevor lisait *The Times*. Il ne faisait jamais rien d'autre le soir, sauf dans les rares occasions où on l'entraînait dans une partie de bridge. Il s'endormait parfois derrière son journal, et Maisie elle-même avait appris qu'il valait mieux ne pas le réveiller. Elle feuilletait le dernier *Vogue*, s'exclamant devant les styles les plus

extravagants et s'imaginant dans ces tenues mirobolantes, avec la taille de guêpe, tous les centimètres et le dernier cri en matière de coiffure qui étaient leur indispensable complément.

Esther avait troqué son tricot contre de la broderie. Elle ornementait d'un H majuscule un jeu de serviettes de toilette pour Carmona... un très beau damas, et le dessin de la lettre vraiment admirable. Elle faisait partie de ces femmes pour qui les travaux d'aiguille sont un délassement. Ses doux yeux bruns contemplaient son œuvre avec plaisir. Elle se sentait calme et sereine.

Les trois plus jeunes membres du groupe étaient assis ensemble. James Hardwick lisait une revue, Pippa tenait un livre qu'elle ne lisait pas. Quand elle eut fini de le feuilleter, elle le laissa tomber et en prit un autre et, rapidement et par intermittence, elle parlait à Carmona, à James, à Maisie Trevor, à miss Silver ou à Esther Field — des questions qui ne demandaient pas de réponses, des remarques manquant d'à-propos sur ceci ou cela qui révélaient la précipitation douloureuse avec laquelle ses pensées couraient en tout sens sans pouvoir trouver un havre de paix. Et pendant tout ce temps, elle allumait une cigarette après l'autre, jusqu'à ce que les mégots forment une haute pile dans l'énorme cendrier que l'oncle Octavius avait gagné dans un tournoi de golf tout au début du siècle.

A un moment, James posa sa revue et sortit sur la terrasse. Miss Silver, le regardant s'éloigner, fit remarquer que la brise devait être fort rafraîchissante.

— Quelle merveilleuse période de chaleur. Je pense qu'il faut vraiment en profiter. Peut-être cela n'ennuiera-t-il pas le commandant Hardwick si je me joins à lui.

Elle avait aussi bien pu s'adresser à Carmona qu'aux gens qui étaient dans la pièce en général. « Oh, oui, naturellement », murmura Carmona, et le tricot rose, la pelote de laine et les aiguilles disparurent dans le sac à ouvrage de chintz.

En traversant la pièce, miss Silver se retourna pour regarder derrière elle. Carmona et Pippa la suivaient des yeux. Esther Field avait levé la tête de sa broderie. Adela Castelton gardait les yeux baissés sur son jeu. Dans sa main levée elle tenait l'as de pique.

Il faisait délicieusement bon sur la terrasse. Se retournant en entendant un bruit de pas, James Hardwick fut extrêmement surpris de voir qui l'avait suivi. Miss Silver s'avança vers lui et dit :

— Vous préféreriez être seul, mais j'apprécierais énormément d'avoir une brève conversation avec vous. Nous pourrions peut-être faire quelques pas dans le jardin et sur le chemin de la falaise. L'air sera très rafraîchissant.

— Et nous avons besoin de nous rafraîchir ?

— Oui, je pense.

Ils descendirent l'allée cimentée qui courait entre les figures de proue de l'oncle Octavius, mais ils ne parlèrent ni l'un ni l'autre avant d'avoir débouché au bord de la falaise.

— De quoi vouliez-vous me parler ? demanda James Hardwick.

— De Mrs. Maybury.

— Qu'y a-t-il à en dire ?

— Bien des choses, je pense.

— Alors ?

Si son ton était cassant, ses paroles n'avaient rien de blessant. Cela ne fit que renforcer l'impression qu'avait miss Silver.

— Je ne pense pas qu'elle puisse en supporter beaucoup plus, dit-elle d'une voix grave.

Il jeta la cigarette qu'il avait fumée.

— Abbott est un de vos amis. Vont-ils arrêter Pippa ?

— Pas immédiatement.

— Qu'est-ce qui les retient ?

— Je crois que son histoire est vraie. Il y a des accents de sincérité qui ne trompent pas. Et puis — elle s'arrêta un instant — il y a d'autres voies à explorer.

— Ils soupçonnent quelqu'un d'autre ?

— C'est une affaire troublante et compliquée. Où est le commandant Maybury ? Il devrait être ici.

— Il peut arriver d'un moment à l'autre. Je l'ai appelé ce matin. Il revient par le premier vol.

— J'en suis ravie. La tension est trop forte pour elle. Il faut aussi penser à cela. Il ne s'agit pas seulement de savoir si elle pourra éviter l'arrestation. Elle a subi un grand choc et une tension prolongée. Je pense que vous devez tenir compte de cela.

— Moi ?

— Vous, commandant Hardwick.

Ils s'étaient avancés sur le chemin de la falaise. Il s'arrêta et se retourna pour lui faire face.

— Et que voulez-vous dire exactement ?

— Je pense que vous le savez.

— Je vous assure que non.

— Alors il n'y a rien à ajouter.

— Mais j'aimerais savoir ce que vous avez voulu dire.

— Quelque chose de très simple. Vous savez quelque chose dont vous n'avez pas parlé à la police, et je pense que le moment est venu où vous n'avez plus le droit de le cacher.

— C'est une simple supposition de votre part, non ?

— Mais c'est vrai, n'est-ce pas ?

— Qu'est-ce qui vous fait croire cela ? J'aimerais vraiment le savoir.

Miss Silver resta silencieuse pendant quelques instants, puis elle poursuivit.

— Vous êtes, bien entendu, au courant du processus par lequel se forme un récif de corail. C'est un assemblage de particules vivantes microscopiques. Vous me demandez comment j'en suis arrivée à certaines conclusions, et cette comparaison me vient à l'esprit. Je ne pense pas pouvoir vous donner de meilleure réponse. Un nombre infini de petites choses se combine et une opinion se

forme. Puisque j'ai entrepris d'apporter à Mrs. Maybury mon soutien professionnel, il est devenu de mon devoir d'observer les autres habitants de la maison.

— Et vous m'avez observé ?

— Oui, commandant Hardwick.

— Et où vous ont menée vos observations ?

— J'ai constaté que vous étiez profondément troublé.

— Et vous trouvez cela étrange, alors qu'un homme a été assassiné pratiquement sous mon propre toit ?

— Oh, non. Ce trouble n'a rien d'étonnant. Mrs. Field est votre invitée. Mrs. Hardwick et Mr. Field avaient été très liés...

— Alors puis-je vous demander...

— Bien sûr que vous pouvez. Ce n'est pas tant votre trouble même que le fait que ce trouble provoquait chez vous un conflit intérieur qui m'a frappée. Cela m'a amenée à réfléchir à la nature de ce conflit. Il ne pouvait y avoir qu'une seule réponse... Vous aviez vu ou entendu quelque chose que vous deviez soit révéler à la police soit lui cacher. Pendant un certain temps, il m'a fallu envisager la possibilité que vous étiez personnellement compromis. Il était évident que votre épouse vivait dans une considérable tension nerveuse, non seulement à cause de son amie Pippa, mais également à cause de vous. Je l'ai continuellement ressenti, jusqu'à son retour de la promenade en voiture qu'elle a faite avec vous cet après-midi. Il était clair que quelles qu'aient pu être ses craintes, vous aviez réussi à les dissiper. Pourtant vous ne montriez vous-même aucun signe de soulagement.

— Je ne puis, naturellement, vous empêcher d'exercer votre imagination sur ma personne, ni sur celle de quelqu'un d'autre, mais croyez-vous vraiment qu'en agissant ainsi vous aiderez Pippa Maybury ?

— Je l'espère.

Le ton de miss Silver attira à ce moment-là son attention. Il s'était attendu à une attaque, à de la colère, à une

demande d'explications... à tout sauf à la gravité profonde, presque triste, avec laquelle elle s'était exprimée. Elle poursuivit sur le même ton :

— Commandant Hardwick, voulez-vous m'écouter et, dans la mesure du possible, ne pas vous irriter. Vous me demandez ce qui me donne à penser que vous savez quelque chose dont vous n'avez pas fait part à la police. J'aimerais répondre en détail à cette question. Lorsque mercredi soir Mrs. Maybury est allée à son rendez-vous avec Alan Field, elle a emprunté l'allée que nous avons utilisée ce soir. Votre cabinet donne sur le jardin et a vue sur l'allée. Il en est de même pour la chambre attenante. Par une nuit si chaude toutes les fenêtres devaient être ouvertes.

— Ma chère miss Silver, j'avais passé la journée à voyager. Vous imaginez-vous que j'ai passé la nuit à regarder par la fenêtre ?

— Je vois que vous saisissez rapidement. Je ne m'étendrai pas là-dessus. Vous avez pu voir ou entendre Mrs. Maybury quand elle a traversé le jardin. Elle m'a dit qu'elle avait entendu quelque chose qui aurait pu être un bruit de pas sur la terrasse, au moment où elle se tournait pour refermer derrière elle la porte du jardin. Cela lui a fait très peur, et elle a couru le reste du chemin jusqu'au sentier qui descend sur la plage. Quand elle est revenue dans un état effroyable après avoir découvert le corps d'Alan Field, elle a eu la très forte impression qu'il y avait quelqu'un pas très loin du haut du sentier, et que ce quelqu'un l'observait. Elle a cru qu'il s'agissait de l'assassin et, terrifiée, elle est repartie en courant.

— Et voyez-vous une raison pour laquelle cet « assassin » serait resté sur le chemin de la falaise au lieu de prendre la poudre d'escampette ?

— J'allais soulever ce point, commandant Hardwick. Je suis absolument certaine que la personne qui se trouvait sur le chemin de la falaise n'était pas l'assassin... très

précisément pour la raison que vous venez d'avancer. Celui ou celle qui a tué Alan Field était dans la nécessité de s'enfuir aussi vite que possible. La seule chose qui aurait pu obliger l'assassin à rester dans les parages eût été que quelqu'un d'autre ait descendu le sentier menant à la plage avant qu'il ou elle ait eu le temps de s'enfuir. Cela aurait pu l'obliger à rester au pied de la falaise en attendant que la voie soit libre. Je me refuse à croire que cela ait pu forcer l'assassin à courir le risque de traîner au sommet de la falaise. J'ai donc quelques raisons de supposer que c'était vous qui étiez là-bas et qui regardiez. Si c'est bien le cas, votre témoignage doit être de la plus haute importance.

— Miss Silver, vous avez une imagination extrêmement fertile.

— Je vous dis ce que je pense. Mais permettez-moi, je vous prie, de poursuivre. Je pense que vous avez suivi Pippa Maybury quand elle a quitté la maison. Quand elle est descendue sur la plage, vous ne vouliez pas la suivre, de crainte de paraître vous immiscer dans sa vie privée, mais par ailleurs, cela ne vous réjouissait pas non plus de rentrer et de la laisser là-bas. Elle a un caractère très volage, et elle est capable des actes les plus inconsidérés. C'est une vieille amie de votre femme. Je pense que vous avez senti une certaine responsabilité.

James Hardwick était en train d'éprouver ce qu'il avait été assez souvent donné aux clients de miss Silver d'éprouver — de la surprise, de la colère, du respect, et la curieuse sensation d'être l'objet d'une observation si pénétrante qu'il était vain d'essayer de lui opposer une quelconque défense. Elle avait décrit non seulement ses actions, mais les mobiles qui en avaient été à l'origine. Il se trouvait incapable de rien dire et continua à écouter.

Après un bref silence, elle poursuivit.

— L'importance cruciale de tous les indices que vous pourriez fournir vient de votre position à la jonction des

deux chemins. La personne qui se trouvait sur la falaise avait vue sur le sentier de la plage. Si vous étiez cette personne — et je crois que vous l'étiez — vous et vous seul pouvez dire si plus d'une personne est montée par là. D'après l'état de la robe de Pippa Maybury et d'après le reste de sa déposition, il est clair que le meurtre venait juste d'être commis. Il est possible que l'assassin n'ait pas eu le temps de s'enfuir avant de l'entendre descendre le sentier. Quelqu'un ayant de si fortes raisons de se hâter n'aurait certainement pas perdu de temps dès que la voie a été libre. Pippa a descendu le sentier et a longé la plage jusqu'à la cabine. Quelqu'un d'autre a-t-il monté le sentier avant son retour ?

Il ne lui restait plus qu'à se réfugier dans le silence. Il attendit quelque temps avant de dire :

— Ce ne sont que des conjectures.

— Commandant Hardwick, si vous n'avez pas suivi Pippa Maybury, où étiez-vous ? Je ne pense pas que vous étiez dans la maison. Votre femme est restée hors de sa chambre pendant un long moment. Mrs. Maybury et elle ont fait des allers et retours... jusqu'à la salle de bains, jusqu'à la cuisine. Votre femme n'a jamais parlé de ce que vous faisiez pendant tout ce temps. Elle n'a jamais laissé entendre qu'elle vous avait demandé votre aide et n'a jamais exprimé de crainte que vous puissiez vous réveiller. Je pense qu'elle savait déjà que vous n'étiez pas dans la chambre.

— La maison était pleine de gens qui ne se sont pas réveillés.

— Les Trevor sont dans le couloir à gauche du palier. Mrs. Field dans la chambre qui lui fait pendant sur la droite. Lady Castelton, dont la chambre était contiguë à celle de Mrs. Maybury, avait pris des somnifères.

— Vraiment ?

— Elle se plaignait d'une migraine. Votre femme est montée avec elle et l'a vue prendre deux comprimés. Elle

a également regardé dans la chambre plus tard, quand les autres sont montés se coucher, pour vérifier qu'ils avaient fait leur effet.

Il n'avait aucun commentaire à faire. Miss Silver poursuivit :

— Je ne tiens pas à insister pour l'instant. Quelle que soit la cause de votre silence, je vous demande de la mettre en balance avec ces faits. Pippa Maybury aurait été arrêtée ce soir s'il n'y avait eu un élément nouveau que la police s'est sentie obligée de vérifier. Mais à moins d'un rebondissement, je crains que l'arrestation n'ait lieu. Même si ce n'était pas elle mais un innocent quelconque qui était arrêté, quelles en seraient les conséquences ? Le malheur... la ruine ! Et finalement, vous seriez obligé de parler. Et il y a un autre aspect des choses que vous ne connaissez probablement pas. Alan Field, je crois, a été assassiné parce qu'il faisait chanter quelqu'un qui était résolu à ne reculer devant rien pour protéger le secret qui se trouvait ainsi menacé. J'ai des raisons de supposer que cette personne est soumise à un nouveau chantage. Vous imaginez-vous que quelqu'un qui s'est déjà révélé impitoyable reculerait devant un second crime ? Pensez, je vous en prie, à ce que je vous ai dit.

Sur ces mots, elle se retourna et commença à s'éloigner en direction de la maison. L'entrevue était terminée.

James Hardwick se trouva un peu étourdi. Frank Abbott lui avait un jour confié que pour miss Maud Silver la race humaine était toute transparente. Voir ses pensées et ses actes soudain mis à nu sous un regard pénétrant évoque beaucoup trop le Jugement dernier pour être une expérience agréable. Et quand, comme dans ce cas, l'expérience est totalement inattendue, et que les choses révélées ne sont pas de celles que l'on aimerait voir exposer aux regards, le résultat est quelque peu confondant.

Ils marchèrent en silence jusqu'à la porte du jardin. Miss Silver se retourna alors pour lui demander :

— Êtes-vous par hasard un admirateur de lord Tennyson ?

Il considéra la question comme une digression sociale et se hâta de répondre :

— Je pense que oui. Il a un regain de popularité, vous savez.

Miss Silver toussota.

— Un grand homme, beaucoup trop méconnu. Puis-je me permettre de vous citer quelques vers de l'un de ses poèmes ?

... observer les lois
Et ne jamais craindre de les mettre en pratique
En toute occasion agir avec justice
La sagesse dût-elle avoir des conséquences.

Une fois de plus James Hardwick ne trouva rien à dire. On ne semblait, heureusement, rien attendre de lui. Lord Tennyson devait avoir le dernier mot. Ils traversèrent ensemble le jardin en silence.

Quand ils furent arrivés à la porte vitrée, ils s'arrêtèrent quelques instants pour regarder à l'intérieur de la pièce allumée. C'était comme s'ils ne l'avaient pas quittée. Rien n'avait changé. Et cela parut curieux à James Hardwick. Quand l'esprit a été profondément perturbé, on a instinctivement la sensation que le monde qui nous entoure a dû également subir des modifications. Mais cette pièce et ses occupants auraient pu être là depuis un temps indéterminé. Le lustre répandait une lumière un peu voilée. Derrière *The Times*, le colonel Trevor était indubitablement endormi. Maisie Trevor bâillait sur sa revue. Lady Castelton était encore toute à son jeu... mais peut-être avait-elle arrêté sa réussite pour en commencer une autre. Esther Field était absorbée par les points de sa broderie. Les deux jeunes femmes étaient assises sur le dur canapé victorien, l'écarlate de la robe de Pippa et sa chevelure d'un blond

cendré contrastant vivement avec les boucles brunes de Carmona et sa blanche robe flottante.

Et puis, d'un seul coup, la scène s'anima. Beeston ouvrit la porte du côté opposé, et un homme le précéda dans la pièce — un homme bien bâti, le visage carré et hâlé, l'air très pressé — « Il ne m'a même pas laissé le temps de l'annoncer, ni rien... il a juste dit : "Je m'appelle Maybury... je crois que ma femme est ici", et il est passé. »

Pippa leva la tête et eut un hoquet de surprise. Puis elle se leva, balbutia son nom et traversa la pièce en courant pour se jeter dans ses bras.

— Oh, Bill ! Oh, Bill ! Bill... *Bill !*

CHAPITRE XXXIII

La nuit s'épaississait. La chaleur remontait du sol. Les flots étaient sombres sous un ciel qui gardait toujours une faible et mystérieuse luminosité. Dans les habitations alentour, il y avait ceux qui dormaient et ceux qui ne pouvaient pas dormir à cause de l'incessant cortège de pensées qui défilaient fiévreusement dans les esprits épuisés. Il y avait ceux qui auraient pu dormir s'ils avaient osé, mais qui n'osaient pas à cause de ce qui pouvait les attendre dans leurs rêves. Il y avait ceux qui veillaient parce qu'ils devaient faire de nuit ce qui ne pouvait être fait de jour.

Marie Bonnet n'avait guère de difficulté à rester éveillée. Elle était contente d'elle-même et confiante, et elle éprouvait une profonde satisfaction devant l'ingéniosité, l'efficacité et la prudence de Marie Bonnet. On pouvait, naturellement, voir du premier coup d'œil que cette affaire devait être conduite avec la plus grande discrétion. Ce n'était pas le genre de choses dont on pouvait discuter dans la rue, sur la plage ou dans un salon de thé. Il était de la plus haute importance que nul ne voie se rencontrer les deux personnes intéressées. Pour être en sécurité, il fallait observer une discrétion absolue. Avec José la situation était différente. Une jeune fille peut rencontrer un amoureux sans encourir autre chose qu'un léger scandale, mais

avec l'autre ce n'était pas la même histoire. Il suffisait d'une rencontre pour que la ville tout entière se mette à jaser.

Ainsi la rencontre devait être privée. Mais si l'autre avait cru que Marie Bonnet, la prudente Marie Bonnet, accepterait un rendez-vous sur la falaise, par exemple, où une poussée suffisait pour précipiter quelqu'un dans le vide, ou sur la plage... peut-être même dans cette cabine où un homme avait déjà trouvé la mort... Non, non, non — elle n'était pas tombée de la dernière pluie ! Elle était capable de prendre soin d'elle-même, pas question de s'éloigner de la pension ! On pouvait fort bien parler par la fenêtre et, après tout, qu'y avait-il à dire ? Elle avait vu ce qu'elle avait vu, et l'argent devrait lui être versé, faute de quoi elle irait voir la police. En billets d'une livre, et dans la semaine. Où et comment, cela faisait partie des choses qui devaient être réglées au cours de cette rencontre.

L'horloge de St. Mark sonna douze coups. Encore une demi-heure, et on frapperait à la fenêtre de la salle à manger. Marie l'ouvrirait. Pas toute grande, c'était bien entendu... cela ne servirait à rien puisque personne n'entrerait ni ne sortirait. Elle soulèverait légèrement le châssis démodé, quelques minutes de conversation à voix basse, et tout serait réglé. La chambre de Mrs. Anning donnait sur la mer, celle de miss Anning sur le côté de la maison. De ce côté-ci, il n'y avait qu'une seule chambre occupée pour le moment, celle de la vieille miss Crouch, qui ne se réveillerait même pas si la maison s'écroulait.

Cinq minutes avant la demie, Marie descendit l'escalier. Les rideaux de la salle à manger n'avaient pas été tirés, et les deux grandes fenêtres se découpaient nettement sur l'obscurité de la pièce. Elle contourna la table, se dirigea vers celle de gauche et actionna le loqueteau. Elle l'avait fait assez souvent pour être assurée que cela ne ferait pas de bruit. Elle ne fit pas de bruit non plus en

tirant sur les cordes du grand châssis pour le lever. Il monta d'un peu plus de trente centimètres et s'arrêta. Elle retira ses mains. L'espace serait suffisant. On pouvait très bien parler à travers, mais s'il prenait à l'autre l'idée d'entrer, il serait très facile de faire redescendre le châssis. Marie Bonnet savait prendre soin d'elle-même.

L'air de l'extérieur entra, plus frais et meilleur que celui de la maison. Marie s'agenouilla devant la fenêtre, et sa tête arrivait juste au niveau de l'ouverture. Si la personne qu'elle attendait s'agenouillait ou se penchait de son côté, elles pourraient parler très facilement, et elles ne feraient pas de bruit... pas le moindre bruit. Il n'y avait pas de temps à perdre. Elle dirait ce qu'elle voulait, et que pourrait faire l'autre, sinon accepter ? Quelle que soit la somme qu'elle demanderait, il faudrait la payer, car ce serait le prix de la vie de l'assassin, et à quoi servait l'argent quand on était mort ? Il fallait être pratique.

Elle commença à se demander si elle exigerait assez. Mais si elle fixait un prix trop élevé, il risquait d'y avoir du retard, et peut-être même du danger. Un mouvement de fonds trop important pouvait éveiller les soupçons. Non, il valait mieux demander le prix qu'elle s'était fixé, et puis voir ce qu'il y aurait à faire quand elle recommencerait. Car, bien entendu, elle recommencerait. Quand un plat est si appétissant, on peut espérer qu'il repassera plusieurs fois.

Elle entendit, clairs et aigus dans la douceur de la nuit, les deux coups de la demie sonnés par l'horloge de St. Mark. La cloche était toujours très forte, mais là, elle eut l'impression qu'elle allait réveiller toute la maisonnée. Avant que l'air ait cessé de vibrer, une voix s'éleva de l'autre côté de la fenêtre. Une voix calme et profonde qui demanda :

— Êtes-vous là ?

Marie eut un mouvement de recul involontaire. La sonnerie de l'horloge l'avait fait sursauter, mais cette voix

calme l'avait encore plus surprise. Car rien ne l'avait annoncée. Elle avait tendu l'oreille pour percevoir un bruit de pas sur la route ou sur l'allée... le tâtonnement d'une main, le bruit d'une respiration précipitée. Et il n'y avait rien eu — rien du tout — mais d'un seul coup, semblant venir de nulle part, le son de cette voix paisible.

Elle se fit de nouveau entendre, répétant les mêmes mots, et aussitôt, Marie se ressaisit, furieuse contre elle-même, car elle s'était conduite comme une enfant qui a peur du noir.

— Oui, je suis là, dit-elle. Et nous devons faire vite. Nous n'avons pas intérêt à ce que quelqu'un nous surprenne.

— Non », dit la voix. Puis elle ajouta : « Vous me demandez de l'argent. Pourquoi ? »

— Je vous l'ai dit. Je sais où vous étiez mercredi soir.

— Je ne comprends pas ce que vous voulez dire.

— Mais si, vous comprenez, sinon vous ne seriez pas ici. Vous étiez dans la cabine.

— Je ne comprends pas ce que vous voulez dire.

— Vous comprenez fort bien. Vous étiez au fond, dans le coin, quand José est entré. Il s'est mis à genoux en tenant sa torche à la main. Quand il l'a allumée, votre visage a été pris dans la lumière. Vous étiez debout dans l'angle, à l'endroit où on laisse sécher les serviettes. Vous ne m'avez pas vue, parce que j'étais derrière lui... j'étais encore dehors. Et vous n'avez pas pensé qu'il avait vu votre visage... vous avez cru qu'il était caché.

— Il n'a pas vu mon visage.

— Peut-être. Mais moi, si. Et ma conscience me harcèle de ne pas en avoir parlé à la police.

— Je pense que nous allons laisser votre conscience en dehors de cela, reprit la voix. J'accepte de vous donner de l'argent. Combien voulez-vous ?

Marie ne disposait que d'un instant pour prendre sa décision. Dans cet instant, elle doubla la somme qu'elle

avait eu l'intention de demander. Elle ne s'était pas attendue à remporter une victoire si facile. Elle serait vraiment bête de ne pas essayer d'en tirer le maximum. « Mille livres », dit-elle en s'attendant à entendre la voix soulever des objections.

Au lieu de cela, elle répondit aussi calmement que si elle n'avait pas demandé plus que le prix d'un trajet en autobus.

— Très bien. Vous les aurez. Je veux que cette affaire soit réglée une bonne fois pour toutes. C'est un règlement définitif.

Définitif ! Eh bien, c'est ce que l'on verrait ! Marie sourit dans l'obscurité.

— C'est entendu, dit-elle.

La voix s'éleva de nouveau.

— Alors nous pouvons clore le marché dès maintenant. J'ai apporté l'argent. Nous n'aurons pas besoin d'autres rendez-vous.

— Vous l'avez apporté ? Mais il doit être en billets d'une livre... cela va sans dire.

— C'est ce que j'ai apporté... notre intérêt commun est qu'on ne puisse en retrouver la trace. Mais vous allez vouloir les compter.

— Assurément.

— Cela prendra un peu de temps. J'ai les billets ici dans un sac. Ils sont en liasses de vingt-cinq. Si je monte le sac jusqu'au rebord de la fenêtre, vous pourrez le prendre. Faites attention, c'est assez lourd.

Oui, mille livres, cela devait être lourd. De la monnaie de papier... pas si lourde que la monnaie métallique. Mille livres... Mais pourquoi n'avait-elle pas demandé plus. *Ça ne fait rien*[1]... il y a toujours un lendemain !

Pendant que ces pensées lui passaient par la tête, elle distingua la forme du sac à la fenêtre. La personne age-

1. En français dans le texte.

nouillée de l'autre côté le hissa jusqu'au rebord extérieur, et Marie tendit les mains de son côté. Mais il lui échappa, se dérobant et glissant — la matière en était lisse et luisante, sans prise. Elle se pencha instinctivement en avant pour le rattraper. Il tomba, mais le bruit de sa chute ne lui parvint jamais. Au moment où elle se penchait par-dessus le rebord, deux mains puissantes se refermèrent sur sa gorge.

CHAPITRE XXXIV

Darsie Anning s'éveilla avec une sensation de lourdeur. Cela faisait longtemps qu'elle n'avait dormi d'un sommeil profond, mais la veille au soir elle avait sombré dans l'inconscience. Dès qu'elle en sortit, l'insupportable fardeau de la journée à venir commença à peser sur elle. Elle rassembla tout son courage pour y faire face. Il ne pouvait pas y avoir de preuve. Les divagations d'une invalide ne pouvaient présenter de véritable danger. Mais il fallait que cela cesse... il le fallait absolument. Et comment s'en assurer ? Il lui faudrait parler très clairement, et peut-être se desservir elle-même en terrorisant sa mère. En dire suffisamment mais pas trop. L'alarmer pour qu'elle prenne conscience qu'il lui fallait être prudente, mais pas trop, pour ne pas qu'elle se mette à débiter tout ce qu'elle savait. En s'habillant, elle eut le sentiment qu'il lui fallait s'atteler immédiatement à la tâche. Elle avait dormi plus tard que d'habitude. L'horloge de St. Mark sonnait six heures et demie. Tandis qu'elle ouvrait la porte et descendait, elle fut surprise par le silence qui régnait dans la maison. Marie avait coutume de se lever tôt, et à cette heure, elle aurait dû être debout et en train de s'affairer.

Mais Marie n'était ni dans le hall ni dans le salon. Miss Anning ouvrit les fenêtres et retraversa le hall jusqu'à la salle à manger. Là aussi les fenêtres étaient encore fer-

mées. Ce fut sa première pensée lorsqu'elle ouvrit la porte — les fenêtres fermées et un air lourd, au lieu du vent frais du matin. Puis, dès qu'elle eut franchi le seuil, elle la vit.

Marie Bonnet était allongée inerte au pied de la fenêtre de gauche. Un seul regard suffit à Darsie Anning pour savoir qu'elle était morte. Elle s'avança et la regarda, le cœur sur le bord des lèvres. Elle se pencha et prit le poignet dans lequel le pouls avait cessé de battre depuis déjà plusieurs heures. Elle leva les yeux vers la fenêtre. Elle était fermée, mais le loqueteau avait été repoussé. Elle était fermée maintenant, mais à un moment de la nuit, elle avait été ouverte de l'intérieur. Cela avait dû être Marie elle-même qui avait poussé le loqueteau et remonté le lourd châssis. Cela avait dû se passer ainsi, et le crime était entré dans la maison. Mais ce n'était pas Marie qui avait redescendu le châssis, car Marie était morte... Marie était à ses pieds, morte.

D'une démarche raide, miss Anning gagna le hall et le traversa pour entrer dans son bureau. Le téléphone était sur la table. Elle s'installa dans son fauteuil et appela la police.

C'est près de deux heures plus tard que miss Silver fut appelée au téléphone. Comme Mr. Octavius Hardwick n'avait jamais prévu l'utilisation de cet appareil au premier étage, elle fut obligée de descendre dans le bureau, mais comme elle était déjà levée et habillée, cela ne la dérangea point.

Elle reconnut la voix de Frank Abbott au bout du fil.

— C'est vous ?

Le ton n'avait pas sa nonchalance habituelle. Le visage de miss Silver se fit grave.

— Oui, Frank.

— Je vous parle de Sea View. Pensez-vous pouvoir venir ici ?

— Certainement. J'arrive tout de suite.

Sans rien ajouter, elle raccrocha et remonta dans sa chambre où elle mit son chapeau et ses gants. En partant, elle rencontra le commandant Hardwick dans le hall et l'informa qu'elle était obligée de sortir. « Je vais à Sea View. Peut-être Mrs. Anning ne va-t-elle pas très bien. Je serais heureuse de me rendre utile, le cas échéant. »

Il lui jeta un long regard pénétrant avant de demander :

— Puis-je vous demander qui vous a appelée ?

Elle secoua la tête.

— Je ne pense pas, commandant Hardwick.

Mais elle avait à peine atteint la route que Beeston s'approcha de lui, blême aux commissures des lèvres.

— Si je pouvais vous dire quelques mots, Mr. James...

Il montra le bureau du doigt, et James l'y suivit.

— Qu'y a-t-il donc, Beeston ?

— Vous pouvez le demander, monsieur ! Il y a eu un autre meurtre !

— Qui ?

— L'employée de miss Anning... la petite Française. Elle a été trouvée étranglée ce matin, et la police est là-bas. Le vendeur de journaux vient juste de m'annoncer la nouvelle. Et ça a l'air vrai, parce que je suis sorti dans la rue pour voir de mes propres yeux, et il y avait une voiture de police devant la maison, et une ambulance et tout.

James se souvenait du vendeur de journaux. Un rouquin au visage couvert de taches de rousseur, qui passait comme un éclair sur sa bicyclette.

— On peut faire confiance à cette tête brûlée pour ne rien rater de ce qui se passe !

— Si vous voulez mon avis, elle l'a bien cherché, dit Beeston avec une fierté morose. Pas plus tard qu'hier, j'en parlais encore à Mrs. Beeston. Je suis sûr et certain qu'elle savait quelque chose et qu'elle a cru pouvoir faire acheter son silence. Très imbue d'elle-même, d'après Mrs. Rogers, et faisant la fanfaronne. Et Mrs. Rogers qui lui a dit

qu'elle allait s'attirer des ennuis si elle ne faisait pas attention à elle. Elle ne croyait pas si bien dire, vous voyez.

James acquiesça de la tête.

— Écoutez, Beeston, dit-il, je pense que nous allons prendre le petit déjeuner avant d'avertir les dames.

Miss Silver trouva la porte de Sea View ouverte et un policier dans le hall. L'ambulance venait juste de démarrer. Dès qu'elle franchit le seuil, Frank Abbott sortit de la salle à manger pour s'avancer à sa rencontre. Il l'entraîna dans la pièce et referma la porte derrière eux.

— Marie Bonnet a été assassinée. Étranglée dans cette pièce... là-bas, devant la fenêtre de gauche. Ils viennent juste de l'emmener.

— Mon Dieu ! s'exclama miss Silver — c'était l'exclamation la plus violente qu'elle se permît jamais.

— Mon Dieu ! oui, comme vous dites ! Colt est persuadé que c'est miss Anning, et il veut l'arrêter sur-le-champ. Il dit que nous avons déjà deux meurtres sur les bras, et que nous ne pouvons nous permettre d'en avoir un troisième. Et je dois dire qu'on ne peut lui donner tort.

— Pour quelles raisons ?

— Venez jusqu'à la fenêtre. C'est ici qu'on l'a trouvée. Affaissée sous la fenêtre. Le loqueteau avait été ouvert, mais la fenêtre elle-même était fermée. Nous n'avons touché à rien.

— Les rideaux ?

— Ouverts, comme vous les voyez. Ils n'avaient pas été tirés.

— Et quelle est l'hypothèse de l'inspecteur Colt ?

— Que Marie est descendue pendant la nuit — le corps a été découvert à six heures trente, et elle était déjà morte depuis plusieurs heures — elle est descendue pendant la nuit et elle a ouvert le loqueteau pour sortir par cette fenêtre, exactement comme elle avait fait pour rejoindre Cardozo le mercredi soir. Elle a poussé le loqueteau, mais

elle n'a pas eu le temps d'ouvrir la fenêtre parce que, d'après la théorie de Colt, miss Anning est descendue derrière elle et l'a surprise. Il dit qu'elle houspillait probablement la jeune fille qui, par représailles, l'a accusée du meurtre d'Alan Field. J'ai toujours eu dans l'idée qu'elle en savait beaucoup plus long que ce qu'elle avait dit. Il semble que c'était quelque chose de si accablant que miss Anning l'a tuée pour cela.

Miss Silver toussota.

— Qui a découvert le corps ?

— D'après ce que déclare miss Anning, c'est elle. A six heures et demie — l'heure à laquelle elle se lève habituellement, d'après ce qu'elle dit. Marie aurait dû être levée aussi. Elle est descendue pour la chercher, l'a trouvée au pied de la fenêtre et a appelé la police. Le verrou de la porte d'entrée était poussé et toutes les fenêtres du rez-de-chaussée étaient fermées.

— Sauf celle-ci.

— Sauf celle-ci qui porte les empreintes digitales de Marie sur le loqueteau et sur le châssis.

— Pas celles de miss Anning ?

— Une ou deux vieilles empreintes... rien de concluant. Alors que celles de Marie foisonnent.

— Y en a-t-il d'autres ?

— Non, malheureusement. Officiellement, vous êtes ici parce que, si miss Anning est arrêtée, il faudra faire quelque chose pour sa mère. J'ai pensé que peut-être...

Miss Silver inclina la tête.

— Tout de suite, Frank. Mais j'aimerais d'abord vous dire quelque chose. J'ai des raisons de croire que Marie Bonnet exerçait un chantage sur l'assassin d'Alan Field.

— Qu'est-ce qui vous fait penser cela ?

— Il y a eu un certain nombre de petits indices. J'ai surpris une conversation entre les Beeston et Mrs. Rogers. » Elle la répéta avec son habituelle précision méticuleuse. « Plus tard, quand j'ai eu l'occasion d'avertir Marie du

danger auquel sa conduite l'exposait, son attitude m'a convaincue que je n'avais pas fait fausse route. »

— Elle s'est mise en colère ?

— Non, Frank. Elle a pris un air innocent et a fait semblant de ne pas comprendre ce que je voulais dire. Si elle avait véritablement été innocente, elle aurait pris ma mise en garde en mauvaise part et m'aurait conseillé avec véhémence de m'occuper de mes affaires. Le fait qu'elle ait pris la peine de contrôler cette impulsion naturelle m'a convaincue qu'elle avait quelque chose à cacher.

Frank Abbott esquissa un geste d'agacement.

— Si par hasard vous avancez cela pour prendre la défense de miss Anning, il me semble que cela tendrait plutôt à indiquer le contraire. Il n'y a personne sur qui elle ait eu plus de chances d'avoir prise que miss Anning... personne sur qui elle ait été plus susceptible de savoir quelque chose de compromettant, sauf peut-être Cardozo, et il était absent. Il avait une affaire à régler à Londres hier, et nous l'avons laissé partir, mais ils l'ont fait filer là-bas, et je peux vous garantir qu'il n'est pas revenu ici hier soir pour tuer Marie Bonnet.

— Vous en êtes sûr ?

— Absolument. Il est retourné à son appartement, a dîné avec un homme dans un café-restaurant de Soho, est allé avec lui au cinéma et, de là, dans une boîte de nuit. Il n'est pas rentré avant trois heures du matin. C'est donc tout à fait impossible.

Miss Silver toussota.

— Je croyais que vous aviez dit qu'il y était allé pour affaires.

Frank Abbott se mit à rire.

— C'était peut-être le genre d'affaires qui se traite dans les boîtes de nuit... comment pourrais-je le savoir ? Celle dans laquelle il est allé a une ambiance tout à fait sud-américaine. Il avait peut-être un marché à conclure avec quelqu'un, ou bien il a attendu le lendemain matin

pour s'occuper de ses affaires. Il est sorti à dix heures et il est allé voir un notaire et une ou deux autres personnes. Quoi qu'il en soit, il n'est pas revenu ici pour tuer Marie. Les chances sont contre miss Anning.

Elle le regarda fixement.

— Le croyez-vous réellement ?

— On le dirait.

— Vraiment ?

— Vous ne pensez pas ?

— Pourquoi miss Anning devrait-elle prendre un rendez-vous avec Marie Bonnet dans sa propre salle à manger en plein milieu de la nuit ?

— Comment savez-vous que c'était un rendez-vous ?

— Si, comme je le crois, c'était une histoire de chantage — et c'est le seul mobile concevable pour ce meurtre — Marie était tenue de rencontrer la personne qu'elle faisait chanter de manière à lui mettre le marché en main. Si la personne en question était miss Anning, il n'y avait rien de plus facile. Elle pouvait la voir en privé à n'importe quelle heure de la journée... dans sa chambre, dans le bureau. Il n'était pas utile de prendre un rendez-vous en pleine nuit. Mais si ce n'était pas miss Anning — s'il s'agissait de quelqu'un de l'extérieur — le problème se posait différemment. Où et comment ces deux personnes pouvaient-elles se rencontrer sans que cela donne lieu à des commentaires ? Les journées sont longues et claires. Toute rencontre serait immédiatement remarquée et susciterait des commérages. Vous voyez, ce n'est pas si facile. Mais Marie a dû faire preuve de prudence. Elle a dû refuser de se rendre en pleine nuit sur la falaise ou sur la plage pour retrouver quelqu'un qui avait déjà commis un meurtre. Elle a peut-être pensé qu'elle ne courait aucun risque en parlant à la fenêtre. Oui, je crois qu'elle a dû penser cela.

— Mais la fenêtre était fermée.

Miss Silver tourna la tête dans cette direction.

— Le relevé des empreintes est terminé ?

— Oh, oui.

— Voulez-vous alors lever le châssis ?

Il s'exécuta. Quand le bas du châssis fut distant d'une cinquantaine de centimètres du rebord de la fenêtre, elle lui demanda d'arrêter.

— Voulez-vous maintenant sortir et faire le tour jusqu'à la fenêtre ?

Elle attendit debout de le voir apparaître de l'autre côté, le visage empreint d'une certaine gravité. Quand il pencha la tête vers l'ouverture, elle se mit à genoux sur le plancher ciré. Elle avait la tête à peu près au niveau de la sienne.

— Vous voyez, Frank, deux personnes peuvent parler ainsi. Et si je commettais l'imprudence de me pencher en avant, je pense qu'il ne vous serait pas difficile de m'étrangler.

Il se baissa pour examiner le sol.

— Il n'y a ici aucune trace de la présence de quelqu'un.

— Cela vous étonne ? Le ciment de l'allée arrive jusqu'au mur, et avec cette chaleur, il n'y a pas de rosée. Les nuits sont aussi sèches que les journées.

Il ne la quittait pas des yeux.

— Mais la fenêtre était fermée.

— Je pense que vous vous apercevrez que vous pouvez la fermer de l'endroit où vous êtes.

— De l'extérieur ? Mais il n'y avait pas d'empreintes digitales.

— Supposez-vous que la personne qui a commis ce meurtre ait été assez imprudente pour en laisser ?

CHAPITRE XXXV

Il rentra dans la maison et la rejoignit dans la salle à manger. Dès qu'il eut refermé la porte, il lui dit :

— Revenons-en à la personne qui a commis ce meurtre. Vous maintenez que ce n'est pas miss Anning. Je viens de vous apporter la preuve que ce ne pouvait avoir été Cardozo. Si Marie a été tuée de la manière que vous avez suggérée par quelqu'un qui a passé les bras par cette fenêtre et l'a prise à la gorge, cette personne devait avoir des mains très fortes. Je présume que vous n'envisagez pas que Pippa Maybury ait pu faire le coup ?

— Oh, non, je ne l'envisage pas.

— James Hardwick ? Est-ce à lui que vous pensez ?

— Je préférerais ne pas répondre. Il y a un point que nous n'avons pas encore abordé, et je pense qu'il est important. Marie était une jeune fille robuste et active. Quand elle a senti des mains se refermer sur sa gorge, elle dû lutter désespérément pour se libérer. Miss Anning a-t-elle des bleus ou des égratignures sur les poignets ou sur les bras ?

Il lui lança un regard en coin.

— Non, elle n'en a pas. Avez-vous remarqué quelqu'un qui en avait ?

— Non, Frank. Mais si, comme je le crois, ce meurtre a été soigneusement prémédité, l'assassin se sera prémuni

contre cela. Il aura porté des gants ou se sera protégé les poignets et les bras d'une manière ou d'une autre.

Il hocha la tête.

— Les manches de veste d'un homme le protégeraient, mais si, comme vous le pensez, tout cela a été prémédité, une femme aurait pu se protéger contre des égratignures et des bleus... Darsie Anning aurait pu le faire.

Elle lui sourit avec douceur mais fermeté.

— Je ne crois pas que ce soit miss Anning.

Il haussa les sourcils.

— Pouvez-vous me proposer une autre solution ? Il y a contre elle de lourdes présomptions — elle avait le mobile et l'occasion — de vieilles rancunes, l'histoire classique de la femme délaissée. Et Colt m'a dit que l'on avait beaucoup jasé là-dessus. Elle est partie pendant plusieurs mois et est revenue extrêmement changée. Les ragots locaux ont envisagé le pire... et parfois les ragots locaux touchent juste. Marie savait peut-être quelque chose là-dessus. Elle détestait les Anning et aurait certainement pris plaisir à les tourmenter, en particulier si cela pouvait lui rapporter de l'argent. Sur le plan psychologique tout cela est parfaitement cohérent, vous savez. Et je dois dire que s'il me fallait choisir un assassin dans le groupe de nos suspects, je pense que je prendrais Darsie Anning. C'est une créature aigrie et frustrée, visiblement si tendue qu'elle approche du point de rupture.

Miss Silver intervint d'un ton de profonde compassion.

— Elle a été très malheureuse. Si vous l'arrêtez, qu'adviendra-t-il de Mrs. Anning ?

— Ont-elles des parents ? A défaut, je pense qu'une maison de santé...

— C'est pour cela que vous m'avez appelée, n'est-ce pas ? Et si vous procédez à cette arrestation, je ferai tout mon possible. Mais si vous pouviez faire en sorte de la repousser, même pour quelques heures...

— Nous ne pouvons pas risquer d'autres vies humaines.

— Non, je comprends bien. Mais songez, je vous en prie, que si miss Anning est arrêtée, ce sera la ruine de son établissement et que les conséquences pourront être extrêmement graves pour sa mère. Si elle est coupable, cela ne comptera pas, mais si elle est innocente, un tort irréparable aura été causé, peut-être faute d'un délai de quelques heures seulement.

Il la regardait avec intensité.

— Croyez-vous sérieusement pouvoir démasquer l'assassin pendant ces quelques heures ?

— Je crois que nous pourrons découvrir des indices qui rejetteront la culpabilité sur quelqu'un d'autre.

— Très bien, dit-il. Vous ne m'avez jamais fait faux bond jusqu'à présent. Vous avez jusqu'à demain. Je ne suis pas chargé de l'enquête, vous savez, je ne fais que prêter mon concours. En réalité, je suis ici pour Cardozo... mais je pense pouvoir faire patienter la police locale jusque-là. Désirez-vous voir l'une des Anning ?

— Non, Frank, je ne pense pas. Je crois que je devrais retourner à Cliff Edge. Je profiterai plus tard de cette proposition, mais pour l'instant, je pense que je vais repartir.

Darsie Anning ne sut jamais exactement à quel point il s'en était fallu de peu qu'elle ne fût arrêtée. Elle avait subi un feu roulant de questions. Mais tout s'était finalement terminé, et ils étaient enfin tous partis — le médecin légiste, l'homme chargé des empreintes digitales, le photographe, les deux inspecteurs et le commissaire divisionnaire, un gros type bourru, arrivé après les autres et parti avant tout le monde. Il ne restait plus maintenant que Sid Palmer, qu'elle avait connu tout petit et timide, s'accrochant aux jupes de sa mère quand elle leur rapportait leur lessive. C'était une excellente blanchisseuse, mais plus personne ne faisait ce genre de travail à domicile maintenant. Sid devait avoir vingt-cinq ans. Il était grand et efflanqué, et toujours aussi timide. Il devenait rouge

comme une pivoine dès qu'elle lui adressait la parole et ne parvenait à bredouiller en réponse qu'un « oui, miss » ou un « non, miss ».

Puis il lui donna un coup de main dans la cuisine. Ce n'était pas qu'il y eût trop à faire. Un meurtre dans la pension avait fait détaler les vieilles dames comme des lapins. La grande maison n'abritait plus que les Anning et Sid Palmer. Mrs. Anning était agitée et voulait savoir ce qui se passait. La nouvelle qu'une partie de leurs pensionnaires les quittaient ne contribua guère à la calmer.

— Et comment allons-nous payer les factures si tout le monde s'en va ? Y a-t-il d'autres arrivées ? Tu ne m'en parles pas, de cela. Tu ne me dis rien... jamais rien !

Au moment où Darsie quittait la chambre, elle réalisa avec surprise qu'elle ne se souvenait pas avoir jamais entendu sa mère parler de la manière dont les factures allaient être payées. Pas depuis sa maladie, se dit-elle. Elle était restée assise dans sa chambre avec son éternelle broderie ou avait marché un peu dans le jardin, sur la falaise ou même en ville, et n'avait jamais débité que les banalités les plus plates — « Il fait très chaud aujourd'hui, Darsie », ou bien « Il fait un peu plus froid » ou encore « Il n'y a plus autant de clients qu'autrefois ». C'était comme si toute l'effervescence mentale qu'il y avait autour d'elle avait fait irruption dans l'endroit retiré et sans vie où elle avait vécu si longtemps.

Miss Silver retourna à Cliff Edge et découvrit, comme elle s'y était attendue, que la nouvelle du nouveau meurtre l'avait précédée. Comme le but avoué de sa visite à Sea View avait été de voir Mrs. Anning, il ne lui fut guère facile de répondre aux questions pleines de sollicitude d'Esther Field ni de prendre une part naturelle à la conversation. Elle évita de mentir et conserva une discrète réserve, en affirmant simplement que l'on avait estimé plus sage de retarder l'annonce à Mrs. Anning de la mort de Marie Bonnet jusqu'à ce que la police ait terminé ses investigations.

— Miss Anning a naturellement eu énormément à faire, et comme, en règle générale, Mrs. Anning ne quitte sa chambre qu'occasionnellement pour faire un tour quand la fraîcheur tombe, il a été possible jusqu'à présent de lui épargner l'annonce de cette tragédie. J'y retournerai plus tard, quand je pourrai peut-être me montrer utile.

Lady Castelton fit remarquer qu'au dire de tout le monde, il y avait très peu de chances que Mrs. Anning fût bouleversée par la mort d'une bonne chez elle.

— Même dans le temps, elle a toujours eu tendance à se replier sur elle-même et sur sa famille. Tu ne penses pas, Esther ?

— Elle les aimait beaucoup, répondit Esther Field d'une voix troublée.

Adela Castelton esquissa un haussement d'épaules léger et parfaitement gracieux.

— Une de ces femmes pour lesquelles le foyer familial constitue non seulement le centre de leur intérêt, mais également ses limites », dit-elle en se dirigeant vers la porte. Puis elle ajouta : « Je pense que je vais descendre sur la plage. La marée ne sera pas propice au bain avant encore un certain temps, mais l'eau sera délicieuse plus tard. Tu m'accompagnes, Esther ? »

— Oui, je pense... tout de suite.

— Alors, ma chère, fais-nous à tous le plaisir de laisser ici cet épouvantable tricot. C'est vraiment insupportable de te voir souffrir le martyre avec cette laine d'un rouge ardent. » Elle tourna la tête en les gratifiant du sourire éblouissant qui était un de ses attraits, et sortit en refermant la porte derrière elle.

Esther Field s'empressa de dire, comme pour l'excuser :

— Elle ne connaissait pas vraiment bien les Anning... elle les connaissait juste un peu.

Le petit rire nerveux de Pippa s'éleva.

— Oh, tante Esther, *je t'en prie...*

Esther leva la tête, perplexe.

— Enfin, ma chère...

— Elle se fiche complètement de tout le monde et ne s'intéresse qu'à elle-même... mais tu trouverais des excuses à n'importe qui. Bon, je vais aller me mettre en maillot de bain. Cela m'est égal que la mer soit basse. Je vais faire des kilomètres à pied avec Bill pour aller la chercher. J'adore attraper les petits crabes avec les orteils, et s'il n'y a pas assez de fond pour nager, nous pourrons barboter et chercher dans les flaques des petites créatures étranges... Bill s'y connaît très bien. Et nous oublierons qu'il existe des choses telles qu'un policier ou un meurtre... » Les traits soigneusement maquillés se transformèrent soudain en un visage d'enfant au bord des larmes.

Tandis qu'elle quittait la pièce en courant, miss Silver se leva et la suivit. Avant d'avoir eu le temps de refermer la porte, elle entendit derrière elle Maisie Trevor dire d'une voix où perçait le dédain :

— Vraiment... cette fille ! Comme tout cela est désagréable ! Et Tom qui me dit que nous ne pourrons partir avant la fin de l'enquête !

Miss Silver ne suivit pas Pippa dans l'escalier. Les chaussures de plage écarlates franchissaient déjà d'un bond les deux dernières marches. Au moment où elle arrivait dans le hall, le colonel Trevor sortit du bureau. Regardant par-dessus son épaule, il dit :

— C'est d'accord, James. Je m'en occupe.

Miss Silver le laissa passer et monter l'escalier, après quoi elle ouvrit la porte du bureau et entra.

Chapitre XXXVI

James Hardwick était assis à son bureau, un stylo à la main, mais il n'écrivait pas. Son visage était dur et fermé. Il n'était certainement pas en train de réfléchir au nouveau placement pour une partie des capitaux de Carmona, dont il venait de s'entretenir avec Tom Trevor. Il fixa sur miss Silver un regard marquant son assentiment. Après ce qu'ils s'étaient dit la veille au soir, il était inévitable qu'elle revînt à la charge. Autant en finir tout de suite. Elle s'avança jusqu'au bureau avant de dire :

— Je pense que vous deviez m'attendre. J'ai été retenue à Sea View, et à mon retour j'ai rencontré Mrs. Field et lady Castelton qui se dirigeaient vers le petit salon. J'ai estimé préférable de leur consacrer un peu de temps pour répondre à leurs questions tout à fait naturelles.

— Oui ?

— J'aimerais, dit-elle, avoir l'assurance que nous ne serons pas interrompus.

— Le colonel Trevor ne reviendra pas. Carmona est la seule autre personne susceptible de venir me chercher ici. Vous désirez me parler ?

— Oui, commandant Hardwick.

Le fauteuil que le colonel Trevor avait utilisé était commodément orienté par rapport au bureau. Elle y prit place. James, qui s'était levé, se rassit. Une légère odeur

de cuir et de vieux livres flottait dans la pièce. Un store vert et blanc baissé la plongeait dans la pénombre. Il n'y avait pas de vent et l'air était très chaud.

— Vous avez sans doute appris la mort de Marie Bonnet, dit miss Silver. Elle était en danger encore plus imminent que je ne l'imaginais. Je pense que nous sommes tous deux à blâmer.

— Vous n'attendez pas de moi que je partage cette opinion ?

— Je m'en blâme. Si elle faisait chanter un assassin, je savais qu'elle devait se trouver en danger. Je l'ai avertie, mais je n'avais pas prévu que l'assassin frapperait une seconde fois si vite. J'aurais dû songer que chaque minute que Marie Bonnet continuait à vivre était une minute de danger pour quelqu'un qui avait déjà tué une fois — habilement, implacablement et sans prévenir. Commandant Hardwick, vous n'allez pas, je présume, tenir compte de mes paroles, mais si vous savez quelque chose sur cette personne, il est de mon devoir de vous prévenir que non seulement vous vous rendez complice d'elle, mais que vous prenez des risques considérables. Si cette personne soupçonne que vous savez quelque chose — et je pense que c'est possible — elle ne reculera pas devant un autre crime après avoir déjà tué deux fois.

Ils se regardaient par-dessus le cuir vert râpé et l'acajou luisant du bureau de feu Octavius Hardwick, symbole de cette bonne époque victorienne où un honnête homme s'entourait de belles choses et ne manquait pas d'espace. Il y avait un massif encrier d'argent sur lequel une inscription témoignait qu'un précédent Hardwick avait accompli quarante ans de carrière dans la magistrature. Il s'était prénommé Nathaniel James, et l'arrière-petit-fils qui avait hérité de ce trophée avait coutume de se féliciter qu'on lui ait épargné le Nathaniel. Son regard abandonna miss Silver pour se porter sur l'inscription. Sur ce fond de respectabilité et de mérite, la conversation à laquelle il était en train de prendre part lui paraissait irréelle.

Mais il y avait déjà eu deux meurtres, et on venait de le prévenir très sérieusement qu'il pourrait être la victime d'un troisième. Lorsqu'il reprit la parole, ce fut autant pour protester contre le cheminement de ses propres pensées que contre ce qu'elle avait dit.

— Je pense qu'il ne faut pas exagérer. Je pense aussi que vous vous livrez à bien des supputations. Pour commencer, je n'ai jamais reconnu savoir quoi que ce soit de particulier et vous n'avez aucune raison de m'imputer ce fait. La police a recueilli ma déposition. Je n'ai rien à ajouter à cette déposition.

Il entendit ses propres paroles et sentit qu'on n'y ajoutait pas foi. Brusquement et de manière tout à fait inattendue, il se souvint d'un examen qu'il avait passé à l'âge de douze ans. Il y avait un oral, et il était entré en se sentant parfaitement bien, et puis, d'un seul coup, il avait senti son estomac se tordre, et sa toute première réponse avait été mauvaise. Il avait lu dans le regard de l'examinateur qu'elle était mauvaise. Il pouvait lire la même chose dans le regard de miss Silver. Il avait donné une mauvaise réponse, et elle était, non pas en colère, mais plutôt désolée de sa réponse.

— Commandant Hardwick, dit-elle, je vous ai dit hier soir que je n'avais pas l'intention de vous bousculer, mais depuis, il y a eu un second meurtre, et je me sens maintenant obligée de le faire. Je vais vous confier que la police locale est persuadée que miss Anning est l'auteur de ce second crime, et comme il est considéré comme acquis que le mobile doit être trouvé dans une tentative de chantage de Marie sur la personne qui a commis le premier crime, elle serait également impliquée dans celui-là. Mr. Cardozo est blanchi. Il se trouvait à Londres et, heureusement pour lui, il était pris en filature par la police. Il n'est pas possible qu'il ait pu tuer Marie. Ce qui nous laisse Mrs. Maybury et miss Anning, et les circonstances de ce second crime sont telles que tout semble indiquer

qu'il s'agit de miss Anning. Si vous ne parlez pas, elle sera arrêtée demain matin. Une fois portée, une accusation de ce genre n'est jamais totalement oubliée. Sans parler du tort causé à son commerce, cela aurait très certainement de graves répercussions sur la santé de Mrs. Anning. Je crois que vous vous trouvez dans une situation pénible et difficile, mais je vous adjure de révéler ce que vous savez.

Elle prit conscience d'un changement en lui. L'opposition qu'il y avait entre eux avait disparu. Le regard de James respirait la franchise.

— Cela risque de faire bien peu de différence.

— Vous n'avez pas vu commettre le meurtre ?

— Non... non... bien sûr que non !

L'ombre d'un sourire effleura le visage grave de miss Silver.

— Je ne le pensais pas. Je crois que dans ce cas vous n'auriez pas gardé le silence. Qu'avez-vous vu ?

Il leva une main.

— Juste quelqu'un qui remontait de la plage.

— Après que Mrs. Maybury serait descendue ?

— Immédiatement après. Pippa était encore en train de traverser les galets en direction de la cabine. Quelqu'un a remonté le sentier de la plage et est passé devant moi. C'est tout. Vous voyez, c'est bien peu de chose.

— Mais vous savez qui c'était ?

Il garda le silence.

— Cette personne qui est passée devant vous, où est-elle allée ? Dans la direction de Cliff Edge ?

— Et de Sea View, et de la ville.

— Était-ce miss Anning ?

— Je ne peux rien vous dire de plus.

— Même pas cela ?

— Non... pas maintenant... pas encore.

Miss Silver eut une petite toux réprobatrice. Si elle le poussait trop loin, elle risquait de ne pas en apprendre plus. Il y avait d'autres points à élucider.

— Très bien, je n'insiste pas. Qu'avez-vous fait après que cette personne fut passée devant vous ?

— Vous le savez déjà. J'ai attendu que Pippa Maybury revienne. Elle n'a pas été très longue... sept ou huit minutes du début à la fin... peut-être dix. Elle n'est certainement pas restée plus de trois ou quatre minutes dans la cabine.

— Pas assez longtemps pour qu'il y ait eu une querelle ?

— Oh, non.

— Et à son retour elle manifestait une profonde détresse ?

— Très profonde.

— Vous ne lui avez pas parlé ?

— Je ne savais pas ce qui s'était passé. J'ai pensé qu'elle n'aimerait pas savoir qu'on l'avait vue.

— Et c'est pour cette même raison que vous ne l'avez pas suivie jusqu'à la maison ?

— Eh bien... oui.

Où cela les menait-il ? Il allait le savoir tout de suite.

— Au lieu de cela, vous êtes descendu vous-même jusqu'à la cabine.

Ce n'était pas une question. C'était une affirmation tranquille et péremptoire. Il ne put rien trouver de mieux à dire que :

— Qu'est-ce qui vous fait croire cela ?

— Comment pourrait-il en être autrement ? répondit-elle. Si vous n'avez pas suivi Mrs. Maybury, vous êtes certainement allé voir dans la cabine. Il était évident qu'elle avait été profondément bouleversée, et je suis persuadée que vous vous êtes senti obligé de vous rendre compte par vous-même de ce qui avait pu se passer. Voulez-vous maintenant me dire ce que vous avez découvert en arrivant à la cabine ?

— Exactement ce que Pippa a décrit. Field avait été poignardé. Il était allongé sur le ventre, un bras étendu devant lui. Il était mort.

— Avez-vous vu le poignard ?

— Le coupe-papier de Mrs. Field ? Oh, oui... il était planté dans son dos.

— Vous l'avez reconnu. Et vous avez décidé qu'il serait préférable de s'en débarrasser.

— Moi ?

— Oui, je pense, commandant Hardwick. Cela établissait un lien avec votre maison. Je suppose que vous l'avez jeté à la mer ?

Il hocha lentement la tête.

— Sur le moment, cela m'a paru être la meilleure chose à faire.

Elle secoua la tête d'un air réprobateur.

— Vous avez eu extrêmement tort, commandant Hardwick... avez-vous cru à ce moment-là que c'était Pippa Maybury qui avait poignardé Alan Field ?

— Je savais que ce n'était pas elle.

— Comment ?

— Je suppose que je ferais aussi bien de vous raconter. J'ai entendu Pippa sur les galets. J'ai su quand elle était arrivée devant la cabine. Elle a poussé un cri... je l'ai entendu. Cela a dû être au moment où elle a trébuché sur le corps et où elle est tombée. C'était un petit cri étouffé. J'ai attendu une minute en tendant l'oreille. Puis j'ai commencé à descendre le sentier, mais avant d'être arrivé à mi-chemin, elle est sortie de la cabine et s'est mise à courir à travers les galets. J'ai juste eu le temps de remonter jusqu'au chemin de la falaise et de m'écarter avant de la voir passer devant moi.

Miss Silver resta silencieuse pendant quelques instants. Puis elle demanda :

— Vous avez décidé de ne pas m'en dire plus ?

— Pour le moment.

— Il vous faut du temps... » dit-elle d'une voix pensive.

C'était ce qu'il lui avait fallu à elle aussi, et ce que

Frank Abbott lui avait accordé — du temps pour exercer une pression sur James Hardwick, du temps pour étudier ses réactions à cette pression. Et maintenant, c'était lui qui demandait du temps. Il n'était pas difficile de deviner que ce devait être pour les mêmes raisons que celles qu'elle avait eues. Il y avait une pression à exercer, peut-être un avertissement à donner. Mais, dans ce cas, que de risques ! Le double assassin céderait-il à cette pression et accepterait-il l'avertissement, et avec lui la reconnaissance de sa culpabilité ? Ou bien y aurait-il une troisième et encore plus désastreuse tentative pour trouver une solution par la violence ?

— Je puis vous donner un peu de temps, dit-elle, mais pas beaucoup. Après quoi, il me faudra aller voir la police et leur faire part de ce que vous m'avez raconté. Si je n'y vais pas immédiatement, c'est parce que j'espère de tout cœur que vous vous résoudrez à le faire vous-même. Entre-temps, je vous conjure de ne pas oublier que vous vous trouvez en danger. Si l'on soupçonne que vous savez quelque chose, le danger peut être grave. Je vous supplie d'abandonner toute idée préconçue et de garder en mémoire qu'après chaque crime un assassin devient plus audacieux et plus implacable. Je vous en prie, ne négligez pas cet avertissement.

En se rendant du bureau à sa chambre, elle rencontra Carmona sur le palier — maillot, serviette et sortie de bain sur le bras — et commenta platement :

— Vous allez vous baigner...

— Plus tard, quand la mer sera plus haute. Je pense que nous y allons tous. Pippa et Bill sont déjà partis. Ils disent que cela leur est égal de faire un kilomètre pour ne plus avoir pied, mais je crois que les autres préfèrent que la mer vienne à eux. Je vais voir si je peux nager jusqu'au Rocher Noir. Je n'ai jamais réussi encore, mais je veux bien essayer si James y va.

— Il est bon nageur ?

— Oh, oui. Lady Castelton et lui sont nos champions. Esther se débrouille bien aussi. Adela et elle étaient à l'école au bord de la mer et la natation était la principale activité. Le colonel Trevor n'est pas mauvais non plus.

— Et Mrs. Trevor ?

Carmona se mit à rire.

— Oh, elle n'entre pas dans l'eau ! Elle prétend que cela détruit sa permanente !

Un peu plus tard, alors qu'elle descendait, miss Silver se trouva de nouveau nez à nez avec Carmona qui, elle, remontait. Elle transportait encore sa serviette, sa sortie de bain et son maillot. Miss Silver s'arrêta pour la complimenter.

— Quel joli vert ! Cela doit vous aller à ravir. J'ai hâte de le voir sur vous quand vous nagerez vers le Rocher Noir.

En prononçant ces mots, elle réalisa que l'expression de Carmona avait changé. Elle était plus pâle et n'avait plus cet air de joyeuse anticipation qu'elle lui avait vu si peu de temps auparavant. Elle répondit avec un sourire un peu forcé :

— Eh bien, je pense qu'en fin de compte, je ne me baignerai pas. J'ai appris que les autres allaient faire la course jusqu'au Rocher Noir et je ne voudrais pas être gênante. Je ne suis pas du tout au même niveau qu'eux. Je resterais en arrière, et James se sentirait obligé de revenir me chercher. La distance est grande jusqu'au Rocher Noir, et je ne voudrais pas qu'il se tracasse pour moi. Il n'aimerait pas que je fasse la traversée seule.

Il sembla à Miss Silver qu'elle avançait toutes ces raisons pour se convaincre elle-même, et que malgré cela, elle était démoralisée. Elles se séparèrent sans rien ajouter, Carmona continuant à monter, et miss Silver descendant dans le hall.

Les deux autres dames étaient juste en train de sortir. Elles transportaient leurs serviettes et leurs maillots de

bain et se proposaient de se changer dans la cabine. A leurs questions elle répondit qu'elle les rejoindrait très bientôt.

Le colonel Trevor, semblait-il, avait du courrier à faire, et Mrs. Trevor allait en ville pour se faire coiffer.

Miss Silver pénétra dans le petit salon. Elle laissa la porte entrebâillée et attendit.

Au bout d'un petit moment, Mrs. Trevor descendit et sortit par la porte de devant qui restait ouverte pour laisser entrer l'air. Puis la maison retomba dans le silence jusqu'à ce que James Hardwick sorte du bureau. Il monta au premier étage et disparut hors de la vue de miss Silver. Elle estima qu'il ne serait pas long à redescendre. Comme il n'y avait qu'un seul appareil dans la maison, elle ne pouvait utiliser le téléphone avant de pouvoir raisonnablement espérer être à l'abri d'une interruption importune. Elle entrouvrit un peu plus la porte et attendit.

Carmona et James descendirent ensemble, elle dans un ensemble de plage à fleurs, des sandales d'un vert vif et un chapeau de soleil, lui nu-tête, en maillot de bain bleu foncé, un peignoir jeté sur l'épaule et une serviette sur le bras. Des bribes de leur conversation parvinrent à miss Silver par la porte entrouverte.

— Ne sois pas déçue, chérie. Je tiens juste à avoir cette discussion. Esther ne reste jamais assise après avoir nagé, et l'occasion paraît vraiment excellente. Nous pourrons y aller ensemble n'importe quand.

Il avait passé un bras autour des épaules de Carmona qui eut un petit rire et lui dit :

— Oh, oui, bien sûr que nous pourrons. Ce n'est pas drôle quand il y a trop de monde.

Ils traversèrent le salon et sortirent par la porte vitrée qui ouvrait sur la terrasse. Miss Silver sortit du petit salon et les regarda s'éloigner. Carmona avait retrouvé sa joie de vivre.

Ils suivirent l'allée cimentée brûlante et sortirent par la

petite porte du bas du jardin. Quand elle se fut refermée derrière eux, miss Silver alla s'enfermer dans le bureau.

L'inspecteur Abbott avait quitté Sea View.

Non, il n'était pas au poste de police.

L'inspecteur Abbott ? Le réceptionniste du « George » allait voir s'il était à l'hôtel.

Elle resta au bureau et attendit pendant quelques très longues minutes, puis elle entendit à l'autre bout du fil la voix de Frank Abbott qui demandait :

— Miss Silver ?

— Oui, Frank.

— Qu'y a-t-il ?

— Je ne me sens pas du tout rassurée.

— Que puis-je faire pour vous ?

— Vous êtes bon nageur ?

— Eh bien, je dois dire que je me flatte plutôt...

— Alors, écoutez-moi... » Elle parla rapidement pendant une ou deux minutes. Il reçut ses instructions. Même si le temps ne les avait rendues particulièrement agréables, il y avait dans sa voix et dans son comportement quelque chose de si pressant qu'il eût hésité à ne pas en tenir compte. Ce qu'elle lui proposait paraissait, en l'occurrence, à la fois facile et plaisant. Il n'avait pas été assez bête pour venir au bord de la mer par une telle chaleur sans prendre la précaution de s'équiper pour prendre au moins un bain avant le petit déjeuner, et le « George », situé sur le front de mer, ne se trouvait qu'à une faible distance de la plage privée réservée aux différentes demeures de la falaise.

A l'autre bout du fil, miss Silver raccrocha et, se sentant l'esprit quelque peu soulagé, elle prit son sac à ouvrage et partit rejoindre les autres.

Chapitre XXXVII

Lady Castelton et Mrs. Field étaient à leur place habituelle. Comme à cette heure il n'y avait rien à gagner en restant à une telle proximité de la cabine, puisque le soleil était au zénith et qu'il n'était pas question de trouver de l'ombre, miss Silver fut légèrement étonnée de voir que les dames n'avaient pas préféré s'éloigner quelque peu de la scène du crime du mercredi. Son étonnement ne fit que croître quand elle apprit que les deux dames avaient l'intention de se retirer dans la cabine pour se changer. Une partie de cet étonnement dut être apparent, car Esther Field lui dit :

— Vous trouvez cela étrange. Mais n'est-ce pas mieux de continuer à tout utiliser comme nous le faisions avant que ne commencent à courir des histoires ridicules ? Cela vient si facilement, et il est si difficile de s'en débarrasser. Une de mes amies a appris cela à ses dépens. Il y avait eu une mort violente chez elle... un sien parent s'était suicidé. Elle avait répugné à utiliser la chambre, et en un rien de temps les gens disaient qu'elle était hantée et tout le monde refusait d'y dormir. C'était fort ennuyeux, car cela leur faisait une chambre en moins, et finalement, il lui a fallu abandonner la sienne et s'installer là-bas. Mais cela a pris longtemps avant que l'on cesse d'en parler. Alors nous avons pensé...

Miss Silver mesurait le pied de son petit chausson rose.

— Oui, c'est très sage de votre part. D'autant plus que Mrs. Hardwick m'a dit qu'ils sont désireux de vendre la maison.

Esther Field inclina le grand parasol qui lui donnait de l'ombre. Comme elle n'avait jamais pu s'habituer à l'éclat du soleil, elle avait été ravie de découvrir cet antique objet dans un coin du hall où il voisinait avec une collection de cannes ayant appartenu à Octavius Hardwick. Elle trouvait que la hollande qui le recouvrait la protégeait fort bien de la chaleur. Mais Adela Castelton était assise en plein soleil, le visage tourné vers la mer qui le réfléchissait.

Avec un toussotement d'introduction, miss Silver hasarda une remarque à ce propos. Elle-même ne se plaignait pas de la chaleur — l'été anglais était si tristement court qu'il eût été dommage de ne pas en profiter — mais elle n'avait rien contre la protection d'un vieux parapluie noir, beaucoup plus souvent utilisé contre la pluie.

— Le soleil ne vous dérange pas, Lady Castelton ?

— Oh, non.

Il y avait dans sa voix une pointe d'étonnement qu'on lui eût posé la question... et presque d'étonnement que miss Silver se fût adressée à elle. Il n'y avait, en tout cas, rien qui pût inciter à poursuivre la conversation. Pourtant miss Silver la poursuivit.

— Vous ne trouvez pas que cela vous donne la migraine.

— Non, je ne trouve pas.

Miss Silver continuait à tricoter.

— Mrs. Hardwick a mentionné que vous aviez eu des migraines, et je me demandais s'il était vraiment prudent de vous exposer ainsi en pleine chaleur.

Le regard d'Adela Castelton se perdit par-delà le sable sur l'étendue miroitante de la mer. Les galets se termi-

naient, le sable se déroulait, la mer montait. Le Rocher Noir n'était qu'un point dans le lointain. Sans tenir aucun compte de ce que miss Silver avait dit et sans même lui accorder un regard, Adela Castelton se leva.

— Eh bien, je pense que je vais y aller », dit-elle, et elle se dirigea vers la cabine. « Viens-tu, Esther ? James et Carmona sont près des petites flaques, mais elle n'a pas l'intention de nager. Il est dommage que tu ne lui aies jamais appris correctement. »

Elle éleva la voix sur les derniers mots en arrivant devant la cabine où elle pénétra. La porte était ouverte pour laisser entrer l'air et le soleil. Le plancher avait été frotté. Une natte neuve, de couleur gaie, avait été jetée dessus. En dessous, rebelle et tenace, la tache du sang d'Alan.

Miss Silver, qui observait lady Castelton, ne vit pas la moindre trace d'hésitation. Elle franchit le seuil d'un pas régulier et referma la porte.

Tournant de nouveau la tête, elle vit qu'Esther Field était en train de plier sa broderie blanche et de l'enrouler dans un vieux mouchoir.

— Cela ne me dit vraiment rien de marcher si loin pour atteindre la mer, mais Adela ne peut jamais supporter d'attendre. Quand elle veut quelque chose, il faut que cela se fasse tout de suite. Mais moi, je ne suis pas comme ça. Cela m'est égal d'attendre si ce qu'il y a au bout en vaut la peine.

Elle aussi remonta sur la plage, et elle aussi fut suivie par le regard de miss Silver. Mais en arrivant devant la porte fermée, elle non plus ne marqua aucune hésitation. Elle leva la main et frappa. Puis elle souleva le loquet et entra.

Lady Castelton fut la première à sortir — un maillot de bain noir moulant ses formes parfaites, les cheveux enserrés dans un foulard noir et émeraude, un peignoir vert clair sur le bras. Elle descendit vers le bord de l'eau sans

tourner la tête, passa devant miss Silver sans un regard ni une parole et s'arrêta pour discuter avec James et Carmona. Esther Field la suivit. Elle aussi était en maillot de bain noir uni, mais consciente de ce que son corps n'était plus assez mince pour être ainsi exhibé, elle serrait son peignoir autour d'elle et ne le tendit à Carmona que lorsqu'elle fut arrivée au bord de l'eau.

Carmona remonta en le portant sur le bras. Elle avait l'air heureuse et détendue. Son maillot de bain court était tout éclaboussé d'eau. Sa couleur formait un heureux contraste avec sa peau brune. Elle enfila sa sortie de bain de même ton et la boutonna. Puis elle s'assit pour regarder les trois nageurs qui avaient pris la direction du Rocher Noir.

Frank Abbott trouvait sa mission fort agréable. La température dépassait certainement 30° C. Colt et l'inspecteur divisionnaire devaient cuire dans leur jus, et plus il faisait chaud, plus ils devaient être impatients d'arrêter miss Anning. Et lui était dans l'eau et hors de leur portée. Cela faisait maintenant de nombreuses années qu'il considérait miss Silver comme unique, mais il avait rarement éprouvé à son égard une telle admiration que lorsqu'il se dit que c'était sa bienveillante intervention qui l'avait arraché à l'étuve où se débattaient Colt et le commissaire, pour le plonger dans la fraîcheur des flots. Il entreprit de lui rendre l'hommage qui convenait, agrémenté d'une citation de lord Tennyson :

Déferlez, déferlez, déferlez,
Au pied de vos falaises, ô flots (ou bien était-ce à-pic ?)
Et si mon cœur pouvait vous dire
Les pensées qui naissent en moi.

Dès qu'il doubla la pointe, il aperçut le Rocher Noir, encore tout petit et distant. Il estima qu'il lui faudrait encore un quart d'heure pour l'atteindre. Il s'en était approché d'assez près, la veille au matin, pour reconnaître

qu'il s'agissait d'une de ces cheminées qui s'élèvent brusquement dans le prolongement d'une pointe de terre. Du côté du littoral, c'était un rocher abrupt, mais vers le large, une série de degrés naturels dus à l'érosion de la mer étaient accessibles aux nageurs, sauf au plus fort des grandes marées, et se prêtaient admirablement aux bains de soleil.

Tandis qu'il approchait, quelqu'un plongea du rocher et commença à nager vers la côte — une femme en maillot de bain noir. Elle nageait puissamment et sans tourner la tête. Il n'y avait aucune raison de supposer qu'elle l'avait vu.

Il arriva du côté du rocher orienté vers la terre et le contourna en nageant doucement. Il arrivait peut-être trop tôt, à moins qu'il ne fût déjà trop tard. Il n'avait peut-être eu aucune raison de venir. Miss Silver ne lui avait vraiment pas dit grand-chose. Il devait nager jusqu'au Rocher Noir en évitant de se faire repérer. Il y avait peut-être deux personnes. Ce qu'elles se disaient pouvait être d'une importance vitale.

Il avançait lentement à la nage. Jusqu'à présent, il n'avait vu qu'une personne, et elle était repartie vers la côte. Et puis, au moment même où il se disait cela, un bruit de voix lui parvint, une voix d'homme d'abord, puis une voix de femme. Mais c'était tout. Il devait s'approcher encore s'il voulait entendre ce qu'ils disaient. Encore deux ou trois brasses silencieuses et il distingua les paroles. C'était l'homme qui parlait, et il s'agissait de James Hardwick. Il disait :

— Je ne vois pas ce que je pourrais faire d'autre.

Le rire de la femme s'éleva.

— Vous pourriez tenir votre langue.

— Pas si miss Anning est arrêtée.

— Et pourquoi pas ?

— Je vous l'ai dit, je vous ai vue. J'ai suivi Pippa et je l'ai vue descendre dans la cabine. Elle a dû vous faire une

peur bleue, mais elle ne vous a pas vue. Je suppose que vous étiez plaquée contre la falaise, à l'endroit où le sentier débouche sur la plage. Dès qu'elle fut passée devant vous pour s'engager sur les galets, vous avez remonté le sentier en courant.

Le rire fusa une seconde fois.

— Oh, non, ce n'était pas moi ! J'étais au lit et je dormais... je ne suis pas dans le coup. Vous savez, je suis montée tôt, avec une migraine, et j'ai pris des somnifères. Carmona était là. Et quand vous êtes tous montés vous coucher, elle est passée dans ma chambre pour s'assurer que je dormais... ce qui était évidemment le cas.

— Carmona vous a apporté les comprimés, dit James Hardwick, et elle vous a vue boire quelque chose dans un verre. Elle est entrée dans votre chambre vers dix heures et demie et vous a entendue respirer comme si vous étiez endormie. Il vous restait encore énormément de temps pour aller à votre rendez-vous dans la cabine... une heure ou peut-être plus. Vous disposiez de tout le temps nécessaire, mais vous l'avez dépassé. Vous ne pouviez, naturellement, pas savoir que Pippa avait également un rendez-vous. Si elle était arrivée une ou deux minutes plus tôt, elle aurait pu être un témoin extrêmement gênant.

— Tout cela est complètement absurde, dit-elle d'une voix plus dure. Vous n'allez tout de même pas sérieusement supposer que je me suis rendue à minuit dans la cabine de plage pour retrouver Alan Field. Ce n'est pas du tout mon genre ! Vraiment pas !

— Non, bien sûr que non. Ce n'est pas ce que je voulais dire.

— Alors que vouliez-vous dire ?

— Je pense qu'il vous faisait probablement chanter.

— Je puis vous assurer qu'il n'y a rien dans ma vie qui ait pu lui en donner l'occasion.

— Il y a des choses qui peuvent être déformées... il y a des choses qui touchent d'autres gens. Tout ce que je sais,

c'est que vous êtes remontée de la plage mercredi soir juste après que Pippa y fut descendue. Elle a poussé un cri en arrivant devant la cabine, et j'ai commencé à descendre pour la rejoindre. Puis je vous ai entendue courir. J'ai réussi de justesse à m'écarter avant que vous ne passiez devant moi.

— Ce n'est pas moi qui suis passée devant vous.

Il garda le silence. La voix féminine s'éleva de nouveau, un peu plus mordante.

— C'était en pleine nuit. Comment pouvez-vous prétendre avoir reconnu quelqu'un dans l'obscurité ?

— Je vous ai reconnue.

— Comment ?

— Comment reconnaît-on quelqu'un ? A votre taille ? A votre démarche... Non, j'aurais dû dire à votre foulée. Et c'est encore plus caractéristique que la démarche, en particulier chez la femme. Très rares sont les femmes qui savent courir.

— Et quand m'avez-vous vue courir ?

— L'an dernier, quand nous étions à Woolacombe avec Esther. Le tout premier jour... vous êtes arrivée en courant sur le sable. Je me suis dit sur le moment que je n'avais jamais vu une femme courir si bien. Et mercredi soir vous avez remonté le sentier de la même foulée légère, alors que Pippa trébuchait et ahanait. De plus, ces nuits d'été ne sont pas totalement noires, vous savez... je vous ai reconnue quand vous êtes passée. Plus tard, quand je suis descendu jusqu'à la cabine pour découvrir que Field avait été poignardé...

Elle l'interrompit d'une voix toujours aussi mordante.

— Il me semble que vous aurez vous-même quelques explications à fournir à la police !

— Oui, je suppose. J'aurais évidemment dû téléphoner tout de suite.

— Ils voudront savoir pourquoi vous ne l'avez pas fait.

— Oui.

Après quelques instants de silence, il poursuivit :

— Je ne savais pas pourquoi vous l'aviez poignardé... je ne voulais pas le savoir. J'ai pensé qu'il y avait peut-être eu des... disons, des circonstances atténuantes. En outre vous étiez mon invitée. J'ai donc décidé de garder le silence jusqu'à ce que quelqu'un d'autre soit arrêté... je pouvais difficilement aller plus loin que cela. Et puis vous avez tué la jeune fille.

Elle se mit à rire.

— Seriez-vous en train de vous apitoyer sur elle ? C'est bien digne d'un homme ! Un maître chanteur de bas étage, qui ne se préoccupait de rien d'autre que d'arrondir sa bourse. Elle est venue à la cabine avec cet étranger que la police a détenu pour l'interroger. Je les ai entendus sur les galets et je n'ai pas eu le temps de m'enfuir. Je me suis cachée derrière les serviettes qui étaient étendues pour sécher au fond de la cabine. S'ils étaient partis donner l'alerte, je pensais m'enfuir pendant qu'ils allaient chercher un téléphone. Mais ils avaient autre chose à faire. L'homme s'est penché sur le corps et a commencé à le fouiller. Il cherchait je ne sais quel papier, et quand il l'eut trouvé, plus rien d'autre ne semblait l'intéresser. Mais à un moment, la torche s'est relevée et le faisceau m'a éclairé tout le visage. Une serviette avait glissé, et la fille m'a vue. Naturellement, je ne l'ai pas su sur le moment. Elle n'a pas crié ni n'a rien dit à l'homme. Quand il s'est relevé, elle a dit qu'ils devaient trouver de l'eau pour se laver et qu'ils ne devaient pas revenir par le même chemin, au cas où il y aurait quelqu'un dans les environs. La mer était assez basse pour leur permettre de contourner la pointe, et ils pouvaient remonter par un autre chemin. Alors j'ai attendu qu'ils se soient éloignés. Et puis, avant de pouvoir remonter le sentier, j'ai entendu Pippa qui descendait.

Elle aurait pu aussi bien parler de n'importe quel événement de tous les jours — c'était tellement agaçant d'avoir

raté cet autobus ou de ne pas avoir réussi à être à l'heure à un rendez-vous sans importance. Mais Frank Abbott, en entendant cette voix paisible et cultivée, perçut une note de menace. Pas dans le ton lui-même, mais simplement parce qu'elle était devenue si paisible. Il commença à se déplacer vers le côté du Rocher donnant sur le large, un vieux dicton lui trottant dans la tête : « Les morts ne parlent pas. » Pouvait-on se permettre d'être aussi franc s'il y avait le moindre risque d'entendre répéter ses paroles ?

De l'autre côté du Rocher, Adela Castelton et James Hardwick étaient assis côte à côte sur un des degrés surplombant la mer. Ils étaient en plein soleil et les vagues venaient mourir à leurs pieds.

— Voilà, dit-elle, c'est vraiment tout. Vous pouvez maintenant aller trouver la police et faire les choses avec élégance. Je ne pense malheureusement pas vous accompagner. » Elle prononça ces derniers mots avec une inflexion légèrement moqueuse.

James, la tête baissée, avait les sourcils froncés. Oui, c'était terminé... ou ce serait bientôt terminé, et le plus tôt serait le mieux. Il ne vit pas la main d'Adela Castelton se lever jusqu'au foulard noir et émeraude noué autour de sa tête. Elle prit la petite et lourde clé à molette dissimulée sous le nœud. James ne la vit pas s'abattre avec violence sur sa nuque. Il sentit le coup, mais pas le contact avec l'eau verte dans laquelle il s'enfonça profondément.

Et Adela Castelton se mit à rire — d'un rire contenu mais triomphant. Trois dangers s'étaient dressés sur son chemin. C'était le troisième et le dernier. Deux hommes et une femme, tous absolument convaincus de leur parfaite sécurité et de leur pouvoir de lui nuire, éliminés l'un après l'autre grâce à des plans à chaque fois différents et soigneusement mis au point. Et maintenant, c'était elle qui allait être en sécurité. Quand elle se laissa tomber dans l'eau après James Hardwick, son plan d'action était tracé.

Comment il avait glissé en escaladant le Rocher, comment, en tombant, sa tête avait heurté la roche, comment elle avait plongé et fait tout son possible pour lui sauver la vie. Elle allait d'abord faire le tour du Rocher à la nage et essayer désespérément d'attirer l'attention. C'était un plan absolument infaillible. Toutes ces pensées avaient été présentes tandis qu'elle exultait en regardant James Hardwick basculer dans l'eau. Le soleil était si chaud qu'il allait être agréable de se retrouver dans la mer. Elle se laissa glisser de la plate-forme rocheuse, plongea et remonta à la surface pour voir Frank Abbott à peine à deux mètres d'elle.

Ce fut un choc terrible, mais son rôle était prêt, et elle y entra immédiatement. Elle hoqueta et s'écria :

— Le commandant Hardwick... il est tombé ! Je crains qu'il ne soit tombé sur la tête ! Oh, inspecteur Abbott, c'est vous ! Il s'est enfoncé dans l'eau... je crains qu'il ne soit blessé !

Pendant les quelques secondes qui suivirent, Frank n'eut même pas le temps de se dire qu'il était probablement arrivé trop tard pour sauver la vie de James Hardwick. Il plongea, et ce n'est que plus tard qu'il réalisa que l'on avait peut-être eu l'intention de faire en sorte qu'il reste sous l'eau. Mais avant d'avoir pu voir ce qui se passait, il se heurta à James qui remontait, s'agrippa à lui et reçut un coup de pied pour sa peine. Ils crevèrent ensemble la surface de l'eau, James suffoquant et faisant de grands moulinets des deux bras, Frank le lâchant et s'écartant de lui, car il était bien évident que James était beaucoup moins mort que dangereux... la cervelle un peu brouillée et se débattant comme un forcené. Les leçons de secourisme vous apprenaient comment assommer l'autre quand il essayait de vous noyer, mais dans le cas présent, il valait peut-être mieux s'abstenir. Frank avait vu quelque chose briller dans la main d'Adela Castelton quand elle s'était abattue. Il se dit que James était probablement déjà

assez sonné, et qu'il était aussi bien qu'il soit capable de se défendre si la meurtrière avait plusieurs cordes à son arc.

Mais Adela Castelton était trop intelligente pour ne pas savoir quand elle avait perdu. Elle aurait pu se tirer d'affaire avec un homme seul, à demi noyé et estourbi, et exécuter son plan jusqu'au bout, mais pas avec ce policier, vigoureux et en bonne forme physique, et aussi bon nageur qu'elle. Et même si elle avait réussi à se montrer plus maligne qu'eux et à les éliminer tous deux, il n'y aurait eu aucun moyen d'expliquer ces deux morts. Non, tout était fini. Elle avait joué et elle avait perdu. Elle se dit que cela avait été un bon jeu, et que cela valait la peine de l'avoir joué. Elle n'avait rien à regretter.

Quand James eut fini de suffoquer et que Frank l'eut aidé à se hisser sur la plate-forme rocheuse d'où il était tombé, le foulard noir et émeraude d'Adela Castelton était déjà à une centaine de mètres. L'eau était parfaitement calme et claire et elle nageait vers le large.

Chapitre XXXVIII

C'est Esther Field qui fut la moins étonnée de tous.

— Vous comprenez, cela fait si longtemps que je connais Adela, et elle a toujours été la même... quand elle voulait quelque chose, elle ne supportait pas que rien ni personne se mette en travers de sa route. Cela m'a toujours un peu effrayée. Geoffrey Castelton était fiancé avec une autre fille avant qu'elle l'épouse, mais cela ne l'a pas arrêtée. L'autre n'a jamais eu la moindre chance... et je suppose que Geoffrey non plus. Mais il n'était pas vraiment heureux avec elle, vous savez, et il est mort jeune. Je me souviens qu'il m'a dit une fois qu'après trente ans, il n'y avait plus grand-chose à attendre de la vie.

Miss Silver toussota.

— C'est une chose tragique à dire.

Esther porta un mouchoir à ses yeux déjà rouges.

— Je n'ai jamais pu oublier ces paroles. Et on le considérait comme quelqu'un qui promettait beaucoup. Je lui en ai parlé, et il m'a répondu : « Ma chère Esther, on ne peut bâtir toute sa vie sur une carrière. » Tout cela était très triste. Et récemment... récemment j'ai eu peur. Pas tout le temps, vous voyez, mais parfois la peur me saisissait. Parce que — je suppose que vous l'aviez deviné — parce qu'Alan essayait de me soutirer de l'argent. Ces lettres ridicules qu'Irene avait écrites à Pen... les gens n'y

auraient rien compris, pas plus qu'à ses réponses à lui. Il était tout simplement incapable de ne pas être gentil avec une femme qui prétendait tenir à lui. Mais si elles avaient été publiées, tout aurait été affreusement mal interprété. Et si Alan avait essayé de me soutirer de l'argent, il paraissait hautement vraisemblable qu'il faisait la même chose avec Adela, et quand il a été poignardé... je n'ai pas pu m'empêcher... d'avoir peur... » La voix lui manqua, et il lui fallut quelques instants avant de pouvoir poursuivre.

La sollicitude de miss Silver l'aida à reprendre le contrôle d'elle-même.

— Vous êtes si gentille, dit-elle. Cela m'a toujours aidée de vous parler. Cela aide quand des choses auxquelles vous osez à peine penser... » Elle se tamponna de nouveau les yeux avec son mouchoir. « Et la pauvre Marie... je ne l'aimais pas beaucoup, et je suppose qu'elle aussi essayait d'extorquer de l'argent à Adela. Mais c'était une chose très dangereuse à faire, et quand tout le monde répétait que cela avait dû être un homme, parce qu'aucune femme n'aurait eu la force d'étrangler quelqu'un comme ça, je ne pouvais éviter de me souvenir à quel point Adela était forte... » Sa voix se réduisit à un murmure tremblant. « Un jour... elle a étranglé... un chien. Un de ces gros chiens de ferme. Il l'a attaquée, et elle l'a pris par la gorge... et elle l'a étranglé. Je n'ai pas pu m'empêcher de m'en souvenir. Mais je ne pensais pas... qu'elle essaierait... de faire du mal à James... »

— Il ne pouvait pas laisser arrêter miss Anning.

— Non, non... bien sûr que non. Les pauvres Anning... les avez-vous vues quand vous y êtes allée tout à l'heure ? J'aurais dû vous le demander plus tôt, mais je n'arrivais pas à penser à quelqu'un d'autre qu'Adela... mais il le faut pourtant. Comment vont-elles ?

— Oui, je les ai vues. Miss Anning a connu une grande tension nerveuse, mais sa mère est étonnamment bien. Elle est, à vrai dire, sortie pour une large part de l'espèce d'hébétude dans laquelle elle a si longtemps vécu.

— Je l'ai toujours bien aimée, dit Esther Field. Elle n'était pas très intelligente, vous savez... mais ne pensez-vous pas que l'on se lasse des gens intelligents ? Elle était douce, et si attachée à sa famille. Je serais tellement heureuse si elle pouvait redevenir ce qu'elle était. Cela a dû être très dur pour Darsie. Et puis toutes ces choses affreuses qui se sont passées.

L'inspecteur Abbott ne fut pas libre avant quelque temps. Il embarqua sur le canot automobile qui partit à la recherche d'Adela Castelton. Il n'était pas question d'abandonner trop tôt les recherches, car c'était une excellente nageuse et il y avait plusieurs possibilités. Son intention avait peut-être été de nager vers le large jusqu'à ce qu'elle ne puisse plus nager, mais elle pouvait aussi, après un certain temps, avoir fait demi-tour vers la côte pour aborder une autre partie de la plage. Quand, finalement, le canot accosta, Frank prit le temps de se changer, de manger quelque chose et de passer au poste de police avant de répondre au message qui l'y attendait.

— C'est miss Silver, dit-il à l'inspecteur Colt. Elle dit que Mrs. Anning a une déposition à faire.

— Mrs. Anning ! protesta Colt. Est-elle en état de faire une déposition ?

— D'après miss Silver, oui. Vous feriez mieux d'y aller et de juger par vous-même.

Colt hocha la tête en signe d'assentiment.

— Il me faudra une vingtaine de minutes avant de pouvoir me libérer. Nous pouvons nous retrouver à Sea View.

A Cliff Edge, il y avait bien des choses que miss Silver était impatiente d'apprendre. Le résumé des faits, communiqué avec réticence par James Hardwick, l'avait laissée dans l'incertitude de ce que Frank avait entendu exactement et de la mesure dans laquelle la police était maintenant assurée de l'identité de l'assassin.

Il lui fit un récit vivant de ce qui s'était passé, et quand il eut terminé, il ajouta :

— Et maintenant vous allez peut-être me dire si c'est un don de double vue, de la sorcellerie ou je ne sais quoi d'autre qui vous a fait m'envoyer au Rocher Noir à point nommé.

Le petit salon était une pièce hideuse, mais elle était fraîche, et les fauteuils étaient confortables. Frank avait allongé sa grande carcasse dans le plus large d'entre eux. Sa chevelure blonde luisait. Son costume gris et ses chaussures grises s'harmonisaient avec bonheur. Les yeux mi-clos, une lueur taquine brillant entre les cils, il avait l'air de quelqu'un qui ne s'était jamais donné de mal dans sa vie.

Miss Silver, assise dans une petite chaise droite, était en train de faire une bordure au crochet à l'un des petits chaussons roses. Elle estima utile de lui adresser un léger reproche.

— Mon cher Frank, vous ne devriez pas utiliser un langage aussi exagéré.

— Le chef vous soupçonne définitivement d'en savoir beaucoup plus que vous ne devriez. Il y a en lui un fond caché de superstitions campagnardes, et parfois vous les titillez.

Le crochet allait et venait sans trêve.

— L'inspecteur principal Lamb est un homme de très grande valeur. Pour en revenir à ma suggestion de vous envoyer nager jusqu'au Rocher Noir, j'avais déjà averti le commandant Hardwick qu'il pouvait, à mon avis, se trouver en très grand danger tant qu'il n'aurait pas fait part à la police de ce qu'il savait. Il avait refusé de me le dire, et je ne pouvais que me livrer à des suppositions. J'étais persuadée qu'il serait en danger aussi longtemps qu'il n'en parlerait à personne. Il était, bien entendu, évident à mes yeux qu'il ne pouvait laisser procéder à l'arrestation de miss Anning et qu'il avait l'intention de mettre en garde lady Castelton avant de communiquer ses renseignements à la police. Donc, quand j'ai appris qu'il se

proposait de donner pour cadre à cette conversation un endroit aussi dangereux et isolé que le Rocher Noir, j'ai commencé à me sentir extrêmement inquiète.

Frank haussa un sourcil.

— Vous ne voulez tout de même pas me demander de croire qu'Hardwick vous a confié qu'il allait à la nage jusqu'au Rocher Noir dans le seul but d'avertir lady Castelton !

— Il était tout à fait clair que telle était son intention.

— Cela vous ennuierait de me dire comment il comptait s'y prendre ? A première vue rien ne paraissait moins favorable, puisque Mrs. Field s'était jointe à eux.

— Mrs. Field n'apprécie pas de rester assise avec un maillot de bain humide. Quand elle a fini de nager, elle préfère sortir de l'eau et mettre des vêtements secs. J'ai appris cela en surprenant une brève conversation entre le commandant Hardwick et sa femme. J'attendais dans le petit salon dont j'avais laissé la porte entrouverte, et ils descendaient l'escalier. Il a laissé entendre à ce moment-là qu'il tenait à avoir une discussion avec lady Castelton.

Frank éclata de rire.

— Comme tout est simple dès que l'on connaît le pourquoi et le comment !

Elle inclina la tête.

— Dès qu'ils eurent quitté la maison, je suis entrée dans le bureau et je vous ai appelé.

— Dieu merci !

Elle tira une dernière fois son crochet.

— Ce fut véritablement providentiel, dit-elle.

Chapitre XXXIX

Miss Anning reçut miss Silver et les deux inspecteurs avec un air de protestation et une extrême raideur. Elle avait fait de son mieux pour s'opposer à leur venue, et elle avait échoué. Comme le docteur Adamson, appelé en renfort, avait déclaré que l'amélioration de l'état de Mrs. Anning était absolument stupéfiante et que, pour autant qu'il pût en juger, tout ce qui contribuait à la secouer et à la faire sortir d'elle-même ne pourrait que lui faire du bien, il n'y avait rien eu à ajouter. Elle les précéda en silence jusqu'à la chambre de sa mère, et quand tout le monde fut installé, prit place sur un tabouret dur.

La première chose que remarqua Frank Abbott fut que la broderie de Mrs. Anning avait fait de considérables progrès. Elle ne tirait plus un fil sans nœud à travers son canevas. Deux fleurs et une feuille avaient été achevées depuis son dernier et bref entretien avec elle. Son aspect aussi avait changé. Les yeux n'étaient plus vides, la pose n'était plus celle d'une personne plongée dans ses rêves. Elle les accueillit avec calme, mais avec un plaisir manifeste, en particulier miss Silver, à qui elle s'adressa.

— Darsie pense que cela me fait du mal de parler, mais elle se trompe complètement. J'ai été malade, mais je vais beaucoup mieux maintenant. Et même si Alan s'est très mal conduit et si je n'ai jamais aimé cette petite Française, les

gens ne devraient pas être assassinés. Et je n'aimerais pas que l'on soupçonne des innocents. » Tout en parlant, elle continuait à aligner ses points propres et réguliers.

— C'est pour cette raison que nous espérions que vous pourriez nous aider, Mrs. Anning, dit Frank Abbott.

Cette voix calme et cultivée lui donna confiance. Elle posa son tambour.

— Que voulez-vous que je vous dise ?

— Nous aimerions simplement que vous nous racontiez ce dont vous vous souvenez de la nuit de mercredi.

Elle était assise dans un fauteuil droit. Elle avait fait bouffer ses cheveux gris pour se coiffer à son avantage, et elle avait les joues légèrement colorées. Le teint foncé de Darsie devait venir de l'autre côté de la famille. Mrs. Anning avait la peau claire et les yeux bleus.

— Oh, mais je me souviens de tout, dit-elle.

— Alors voulez-vous nous raconter exactement ce qui s'est passé ?

Elle ferma les yeux quelques instants puis les rouvrit d'un air étonné.

— Oh, oui... je suis sortie... je ne me souviens plus pourquoi... cela m'arrive parfois quand il a fait chaud... Non, ce n'était pas pour cette raison ! Je m'en souviens maintenant. Je regardais par la fenêtre, et j'ai vu Alan traverser le jardin.

— Quelle heure était-il ?

— Je ne sais pas... il était tard. Je n'arrivais pas à dormir, et quand j'ai vu Alan, je me suis dit que j'allais le suivre.

— Qu'est-ce qui vous a donné cette idée ?

— Darsie ne voulait pas que je le voie, répondit-elle d'un ton maussade, mais j'avais des choses à lui dire, alors j'ai pensé que ce serait une bonne occasion.

— Étiez-vous habillée ?

— Oh, non. Mais j'ai mis ma belle robe de chambre bleu foncé, et j'avais mes pantoufles... elles sont si confortables.

— Et vous avez suivi Alan Field ?

— Oh, oui, je l'ai suivi. Pas de trop près, vous voyez. Il faisait très bon sur le chemin de la falaise, et je voulais voir où il allait. Quand il a descendu le sentier de la plage, j'ai continué à le suivre. Quand je suis arrivée en bas, il était devant la cabine de Cliff Edge, sa torche allumée, en train d'ouvrir la porte. J'ai attendu qu'il soit entré, puis j'y suis allée aussi. J'ai pensé que peut-être il m'entendrait marcher sur les galets et qu'il ressortirait, mais non... je faisais vraiment très peu de bruit avec mes pantoufles. Ou il a peut-être cru que c'était quelqu'un d'autre, parce que, bien sûr, il attendait quelqu'un.

Elle s'arrêta avec un petit sourire de satisfaction et regarda autour d'elle. Miss Silver qui avait été si gentille avec elle — ce charmant policier qui lui rappelait les jeunes gens qui tournaient autour de la maison au bon vieux temps — l'autre inspecteur qui notait tout ce qu'elle disait — ils étaient tous contents d'elle. Elle sentait qu'ils étaient contents. Mais pas Darsie... oh, non, pas Darsie. Elle eut un petit haussement d'épaules provocant et détourna son regard pour ne plus voir la raide désapprobation que marquaient le visage et l'attitude de Darsie.

Miss Silver était assise sur une de ces petites chaises droites qu'elle aimait bien. Elle portait une robe de rayonne grise dont le motif évoquait à Frank des têtards noirs et blancs. Elle avait sur la tête le chapeau de paille noir qu'elle avait estimé bienséant de débarrasser d'un bouquet de fleurs. Ses mains, dans les gants crème de Dorothy, étaient croisées sur ses genoux. Elle avait déjà entendu l'histoire de Mrs. Anning, et elle l'écoutait maintenant avec l'approbation due à une élève dont le comportement donne toute satisfaction.

— Et alors ? demanda Frank Abbott.

— J'ai entendu quelqu'un d'autre marcher sur les galets en faisant beaucoup plus de bruit que moi... mais, bien sûr, elle n'avait pas de bonnes pantoufles comme les miennes. Je me suis plaquée contre l'arrière de la cabine, et avec le

foulard sombre que je m'étais mis sur les cheveux, elle ne m'a pas vue du tout. Elle a fait le tour jusqu'à l'avant de la cabine, et je l'ai entendue parler à Alan.

— Avez-vous entendu ce qu'ils disaient ?

Elle eut un petit rire bizarre, comme un enfant qui sent qu'il se montre intelligent...

— Ils se disputaient... affreusement. Pas très fort, vous voyez, mais elle avait l'air de le haïr.

— Mrs. Anning... savez-vous de qui il s'agissait ?

Elle le regarda d'un air étonné.

— Mais naturellement ! Nous nous connaissions si bien dans le temps. C'était Adela Castelton.

L'inspecteur Colt écrivit le nom.

— A propos de quoi se disputaient-ils ? demanda Frank Abbott.

— A propos de lettres, répondit Mrs. Anning. Il voulait les publier, et elle ne voulait pas qu'il le fasse. Elles n'étaient pas d'elle... Adela n'était pas comme ça. Elles étaient de sa sœur. Cela s'est passé il y a très longtemps, alors qu'elle était une très jeune fille. Et les jeunes filles font des choses stupides parce qu'elles croient tout savoir, mais elles ne savent rien.

Les larmes lui montèrent aux yeux et commencèrent à couler. Darsie Anning avait la sensation de recevoir sur le cœur chacune de ces gouttes brûlantes. Elle s'arma de patience.

Mrs. Anning avait repris la parole.

— Il voulait qu'elle lui donne de l'argent, et elle a dit qu'elle acceptait. Ils ont discuté de la somme qu'elle allait lui donner. Ils avaient arrêté de se disputer. Je ne reconnaissais plus Adela.

— Vous voulez dire que vous n'étiez plus sûre qu'il s'agissait d'Adela Castelton ?

— Oh, si, c'était bien Adela. Mais cela ne lui ressemblait pas d'abandonner comme ça... cela m'effrayait. Alors elle lui a dit : « Vous pouvez avoir l'argent maintenant... j'ai

apporté mon carnet de chèques. Voulez-vous juste me donner le livre d'Esther pour écrire dessus. » Et puis d'un seul coup, il a poussé une sorte de gémissement et il est tombé, et elle s'est mise à rire. Je ne savais pas ce qui s'était passé... comment aurais-je pu le savoir ? Quand on connaît les gens, on n'imagine pas qu'ils puissent poignarder quelqu'un. J'ai seulement cru qu'il avait trébuché sur quelque chose, et même s'il s'était très mal conduit, je me suis dit qu'Adela Castelton n'aurait pas dû rire. Et puis, avant d'avoir eu le temps de penser à autre chose, j'ai entendu quelqu'un d'autre marcher sur les galets.

— Mrs. Maybury ?

Mrs. Anning parut légèrement étonnée.

— Oh, non... pas encore. Il y avait deux personnes. L'une des deux était cette petite Française que je n'ai jamais aimée, Marie Bonnet... mais je suppose que je ne devrais pas dire ça maintenant, parce que Darsie m'a dit qu'elle avait été assassinée aussi. Seulement on ne peut pas vraiment se mettre à aimer les gens parce qu'ils se sont fait assassiner en essayant de faire chanter quelqu'un... et, bien entendu, c'est ce qu'elle a dû essayer de faire.

— Continuez, s'il vous plaît, Mrs. Anning. L'une des deux personnes qui approchaient de la cabine était Marie Bonnet. Qui était la seconde ?

— C'était un homme... un étranger. Il est curieux que les étrangers ne perdent jamais leur accent, vous ne trouvez pas ? Je l'ai remarqué quand il a parlé à Marie. Il lui a dit : « Je vais me contrôler... je vais me contrôler. Mais il faut que je voie s'il a le papier. S'il l'a, alors c'est lui l'assassin de mon frère, car Felipe ne se serait séparé de ce papier qu'en perdant la vie. » Et moi, je me suis dit : « Et maintenant, que va faire Adela Castelton ? Si elle sort, ils la verront, et s'ils entrent, ils la verront, et cela paraîtra très étrange. » Et j'ai aussi trouvé très étrange qu'il n'y ait eu aucun bruit venant de l'intérieur de la cabine... rien d'Adela, et rien d'Alan. Cela paraissait vraiment très étrange.

— Oui... continuez.

Le regard de Mrs. Anning passait de l'un à l'autre comme celui d'un enfant attendant qu'on le rassure. C'est miss Silver qui s'en chargea.

— C'est vraiment très bien, Mrs. Anning. Continuez, je vous prie.

— L'homme a allumé une torche, et ils ont fait le tour de la cabine jusqu'à la porte. Et puis ils ont tous deux poussé un cri de surprise... un cri un peu étouffé, vous voyez, comme s'ils avaient vu quelque chose d'affreux. Marie a dit : « *O mon Dieu ! Il est mort*[1] ! » et l'homme s'est mis à parler très vite dans une langue qui ressemblait à de l'espagnol ou du portugais. Mon mari et moi avons visité une fois le Portugal à l'époque des vendanges — le raisin était tellement bon et tellement bon marché — et on aurait dit la même langue. Mais quand il s'adressait à Marie, ils parlaient anglais. Elle lui a dit : « Vite, vite... il faut partir d'ici ! » et il a répondu : « Non, non, non... pas avant d'avoir vu s'il a le papier ! » Elle lui a dit qu'il était fou et qu'ils allaient être impliqués dans un meurtre. Et il lui a dit qu'elle ne comprenait pas... que c'était la lettre de son oncle qui révélait où se trouvait le trésor, et que ce serait de la folie de ne pas la récupérer. Et puis je pense qu'il a dû la trouver, parce qu'il a recommencé à parler dans sa langue natale, très rapidement et nerveusement, et un peu comme s'il jurait. Marie continuait à répéter qu'ils devaient s'en aller, et d'un seul coup, il a été pressé de partir lui aussi. Alors elle lui a dit qu'il ne fallait pas remonter par le sentier, qu'il leur fallait trouver une flaque où il pourrait se laver et qu'ils allaient contourner la pointe pour remonter par un autre chemin. Ils sont partis en marchant le long de la plage, et Adela Castelton est sortie de la cabine, mais elle avait à peine atteint la falaise que j'ai entendu quelqu'un d'autre descendre le sentier. Adela n'est pas revenue. Elle a dû se cacher sous la falaise. Je suis restée

1. En français dans le texte.

derrière la cabine, et j'ai attendu pour voir qui arrivait cette fois. J'ai entendu un bruit, comme si quelqu'un avait buté contre le seuil et était tombé. En tout cas, cette personne a poussé un petit cri, et il y a eu l'éclair d'une torche. Alors j'ai passé la tête à l'angle de la cabine et j'ai vu une fille avec des cheveux très blonds et une robe blanche. Elle tenait à la main une torche qui tremblait. Elle dirigeait le faisceau vers le ciel, mais l'instant d'après il a éclairé un poignard planté dans le dos d'Alan. C'est à ce moment-là que j'ai compris qu'il devait être mort. Tout cela paraissait complètement irréel. Il méritait d'être châtié, c'est sûr, mais ce n'est pas bien de tuer les gens, et j'étais désolée pour cette pauvre fille, parce que ce n'était pas de sa faute. Bien sûr, elle n'aurait jamais dû aller là-bas, mais cela avait dû lui faire un drôle de choc. Elle poussait de petits gémissements étouffés, et quand elle s'est relevée, tout le devant de sa robe était épouvantablement taché. Elle est partie, et je me préparais à partir aussi quand un homme a descendu le sentier. Je ne voulais pas continuer à attendre, mais je ne pouvais pas faire autrement. Je me disais que Darsie allait s'apercevoir de mon absence si je ne m'en allais pas très vite, parce que parfois, quand les nuits sont chaudes, elle vient me voir dans ma chambre et elle m'apporte à boire. Elle ne dort pas très bien, je crains, et elle est toujours si bonne pour moi.

Darsie Anning sentit le picotement des larmes derrière ses yeux qui n'avaient pas pleuré depuis des années.

— C'est une bonne fille, reprit la voix placide de Mrs. Anning. Et j'ai pensé qu'elle allait être horriblement inquiète si elle entrait dans ma chambre et s'apercevait que je n'y étais pas. Mais, bien entendu, j'étais obligée d'attendre.

— Saviez-vous qui était cet homme ?

— Oh, oui. C'était James Hardwick. Je le voyais de temps en temps quand il était enfant, et après la mort de son oncle, il est venu voir Darsie et elle a pensé que j'aimerais le voir aussi. Il avait une torche, et quand il l'a allumée, la lumière est tombée sur sa chevalière, et j'ai vu les armoiries

— un oiseau, avec quelque chose dans le bec. J'ai une très bonne vue.

— Qu'a-t-il fait ?

— Il a regardé Alan et il a dit : « Oh, mon Dieu ! » Et puis il lui a pris le pouls... mais, bien sûr, il n'y en avait plus. Après quoi, il a arraché le poignard et s'est dirigé vers la mer en l'emportant. J'ai pensé qu'il ne m'entendrait pas marcher sur les galets pendant que lui-même était dessus, alors je suis partie aussi vite que j'ai pu.

— Et c'est tout ?

— Oui, c'est tout. Sauf que Darsie était sortie à ma recherche. Elle était entrée dans ma chambre, exactement comme je le craignais, et elle m'a dit que je lui avais fait une peur terrible et que je ne devais jamais recommencer.

Quand elle eut fini de parler, le silence tomba. C'est Frank Abbott qui le rompit.

— Merci infiniment, Mrs. Anning. Votre déposition est très claire. Nous demanderons, bien entendu, à José Cardozo — l'homme qui accompagnait Marie Bonnet — de la confirmer. Pour ce qui est du commandant Hardwick et de Mrs. Maybury, elle coïncide avec leurs dépositions respectives. Quant à lady Castelton, le commandant Hardwick et moi-même l'avons entendue faire ce qui correspondait pratiquement à une reconnaissance de sa culpabilité.

Mrs. Anning tendit la main vers sa broderie au tambour.

— Adela Castelton a toujours été la même, dit-elle. Elle ne voulait en faire qu'à sa tête. Mais ça ne sert à rien, n'est-ce pas ? Il y a des fois où c'est impossible.

Chapitre XL

Le colonel Trevor était profondément bouleversé. Adela Castelton qu'il connaissait depuis trente ans ! C'était le genre de chose que l'on lisait dans les journaux. Ce n'était pas le genre de journal qu'il lisait lui-même, mais l'on ne pouvait toujours détourner les yeux des grands titres. Monstrueux ! Tout allait de travers ! Une femme qui avait de nombreuses relations — excellente éducation — la veuve du pauvre Geoffrey Castelton — qui se mettait à assassiner des gens à droite et à gauche... qui essayait d'assassiner James ! Elle devait être folle... c'était la seule explication possible... folle à lier !

Maisie Trevor avait déjà commencé à dire qu'elle avait toujours pensé qu'il y avait quelque chose d'un peu bizarre chez Adela. « Et puis ce temps si chaud... eh bien, je suppose que cela l'a achevée. Mais j'ai toujours pensé... » Et elle se lança dans l'énumération des bizarreries qu'elle avait remarquées dans la conduite d'Adela Castelton.

Pippa pleurait sur l'épaule solide de Bill Maybury. Elle pleurait tant que sa belle peau blanche s'était couverte de rougeurs et que ses yeux bleus étaient devenus pratiquement invisibles sous ses paupières gonflées. La seule chose qu'elle désirait était qu'on la laisse pleurer, le bras de Bill passé autour d'elle, en étant sûre que personne

n'allait l'arrêter ou l'emmener en prison. Bill allait la protéger, et même si ses yeux se fermaient à force d'être gonflés et si son visage devenait méconnaissable, il continuerait à l'aimer tout pareil. En son for intérieur, elle promit à la vague idée qu'elle se faisait de Dieu que jamais, jamais plus, elle ne se laisserait conter fleurette par quiconque, ni embrasser par quelqu'un d'autre que Bill. Ce ne serait pas très drôle, mais elle ne le ferait plus, vraiment plus. Elle s'accrocha à Bill et le lui dit d'une voix entrecoupée de sanglots. Il posa un baiser sur le haut de sa tête et la serra fort contre lui.

— Vraiment, Pippa ? demanda-t-il.

Dans la grande chambre qui avait été celle d'Octavius Hardwick, Carmona regardait par la fenêtre le jardin où poussaient des figures de proue à la place de fleurs — une femme aux yeux vides et à la poitrine agressive ; un triton portant une conque ; un amiral battu par les tempêtes et qui avait enfin trouvé un havre de paix, et bien d'autres encore. L'allée cimentée courait entre elles jusqu'à la falaise. Adela Castelton l'avait descendue pour tuer pendant la nuit... pas une unique fois, mais à deux reprises. Elle l'avait encore descendue ce matin même, portant dans son cœur le désir de tuer James. Alan Field l'avait descendue le mercredi, sans savoir que sa mort était à peine distante d'une demi-douzaine d'heures. Pippa Maybury l'avait remontée avec sa robe blanche souillée de sang.

Elle entendit la porte s'ouvrir et se refermer. James s'approcha derrière elle, mais elle ne se retourna pas. Il s'arrêta à côté d'elle et regarda aussi par la fenêtre.

— Dans combien de temps pourrons-nous partir ? demanda-t-elle.

— Tu peux partir demain si tu veux. Enfin, je pense que tu pourras.

— Non, non, je ne parlais pas de cela. J'ai dit *nous*.

— Je serai obligé de rester pour l'enquête. Je ne pense pas qu'ils auront besoin de toi.

— Il est évident que je ne partirai pas !

— Vraiment évident ?

— Tu le sais bien.

Il passa le bras autour d'elle, et elle s'appuya contre lui. « Qu'importe que nous restions ici pourvu que nous soyons ensemble », se dit-elle.

Dans le petit salon, miss Silver s'entretenait avec l'inspecteur Abbott.

— Je prendrai le train demain matin de bonne heure, alors j'ai pensé qu'il valait mieux venir vous présenter mes hommages ce soir et vous dire comment s'est terminée l'affaire Cardozo.

— Vous avez interrogé Mr. Cardozo ?

— Absolument. Vous vous souvenez qu'il essayait de retrouver la trace de son frère Felipe. Il a identifié mercredi un corps que l'on venait de sortir du fleuve comme celui de son frère, et c'est à ce moment-là que j'ai été chargé de l'affaire. Jeudi, après l'assassinat d'Alan Field, il est revenu sur ses déclarations et nous a sorti une histoire cousue de fil blanc d'après laquelle Felipe se serait cassé la jambe, ce dont le corps ne portait pas la moindre trace. Quand il est apparu qu'il avait retrouvé la piste de Field et qu'il se trouvait à Cliffton à l'heure du meurtre, il ne fut pas difficile de deviner pourquoi il avait inventé cette histoire de jambe cassée. Felipe était en possession d'un document de famille indiquant où était caché un de ces bons vieux trésors de pirates. C'était un grand-oncle qui l'avait découvert et caché à son tour dans sa maison ou dans son jardin, mais il avait lui-même été trucidé avant de pouvoir le convertir en espèces sonnantes et trébuchantes, et sa propriété a été vendue pour payer ses dettes. Nous avons appris tout cela de Cardozo, qui, je le pense sincèrement, dit la vérité. Il prétend que chaque fois que la propriété a été mise en vente, la famille Cardozo a raté le coche. Soit ils n'avaient pas le document, soit ils ne pouvaient réunir la somme nécessaire, et, bien entendu, le

secret le plus absolu s'imposait. Et maintenant, la maison est de nouveau en vente. Felipe avait fait la bêtise de confier le secret à Alan Field qui se faisait fort de pouvoir réunir ici l'argent nécessaire. José ignore ce qui s'est passé exactement après cela. Il s'est querellé avec son frère à propos de Field qui avait été mis dans le coup et ils l'ont laissé à l'écart. Il ne savait pas où ils étaient ni ce qu'ils faisaient. Et puis, il y a peu de temps de cela, il a appris qu'on les avait vus à Londres... ensemble. L'homme qui l'a mis au courant connaissait bien Felipe et lui a fait une bonne description de Field. José a pris peur, et il a commencé à importuner le chef. Revenons-en à mercredi... il avait identifié le corps de son frère et découvert que Field était ici. Il était persuadé que Field avait assassiné Felipe et s'était emparé du papier indiquant le lieu où était caché le trésor. Il a sauté dans sa voiture, et il a roulé jusqu'ici pour le trouver. Après quoi, tout s'est passé comme nous l'avons déjà vu. Il est allé le voir à Sea View, mais il l'a raté, et a emmené Marie au « Joyeux Pêcheur ». Elle accepte de remettre un message à Field quand elle rentrera, mais elle n'est pas pressée. Ils reviennent vers onze heures, et elle joue un tour à miss Anning — ce n'est certainement pas la première fois. Elle rentre, la porte est fermée derrière elle, et dès qu'elle estime pouvoir le faire sans risque, elle redescend et sort par la fenêtre de la salle à manger. Comme elle l'a dit dans sa déposition, c'était une belle nuit pour se promener. Il devait donc, à ce moment-là, être près de minuit. Au moment où ils s'éloignent, Marie le tire par la manche. Elle lève la tête et lui chuchote quelque chose à l'oreille. Quelqu'un d'autre est en train de sortir par cette fenêtre bien commode. Ils restent parfaitement immobiles, et un homme saute par terre et s'éloigne en contournant la pension en direction du chemin de la falaise. Dès qu'il a disparu, Marie dit : « C'était Mr. Field », et Cardozo est furieux. Il veut le suivre et avoir une explication avec lui,

mais cela ne convient pas à Marie. Elle essaie de le persuader d'attendre, de remettre l'explication au lendemain. Elle lui dit qu'il est hors de lui, qu'il va faire un scandale, qu'il va lui attirer des ennuis... que la police risque même de s'en mêler. Cela refroidit un peu Cardozo. Ils discutent un petit moment et il lui affirme qu'il se montrera prudent et qu'il se contrôlera, mais pourquoi n'iraient-ils pas se promener le long de la falaise pour voir ce qu'est devenu Alan ? C'est ce qu'ils font. Si l'on y réfléchit bien, ils ont dû manquer de justesse Mrs. Anning quand elle est sortie par la porte vitrée du salon. Elle devait avoir commencé à descendre le sentier qui mène à la plage avant qu'ils n'arrivent à son embranchement avec le chemin de la falaise, et ils ont dépassé l'embranchement, si bien qu'ils n'ont pas vu lady Castelton arriver le Cliff Edge et descendre à son tour. Mais ils ne sont pas allés très loin. D'un seul coup, Cardozo a vu l'éclair d'une torche sur la plage... Field a allumé la sienne quand il est entré dans la cabine, et lady Castelton a fait de même. Quand Cardozo a vu la lumière, l'idée lui est immédiatement venue que Field était en bas et que l'endroit était idéal pour discuter sans être dérangés. Il a fait demi-tour, est descendu sur la plage et est arrivé à la cabine comme Mrs. Anning nous l'a raconté. Vous ne trouvez pas que sa déposition est vraiment extraordinaire ? Vous qui l'avez entendue deux fois, pouvez-vous me dire si elle a apporté des modifications ?

— Pratiquement pas un seul mot, Frank. Mais cela me paraît tout à fait naturel. Depuis sa maladie, son esprit était resté inoccupé. Quand, une fois remis en action, il a commencé à recevoir et à enregistrer des impressions, elles ne pouvaient être que simples, concrètes et vivaces. Elle a raconté son histoire comme l'aurait fait un enfant ou une personne sans éducation, sans se laisser distraire par d'autres pensées. Le résultat, un récit clair et véridique.

— Oui, fit-il. Comme d'habitude, vous êtes tombée juste. Eh bien, je pense que c'est tout pour Cardozo. Il a trouvé le papier qu'il cherchait, bien entendu, comme Mrs. Anning nous l'a dit. Et si elle n'avait pas fait sa déposition, cela aurait pu coûter la vie à Cardozo. Personne... absolument personne n'aurait cru à son innocence si l'on avait trouvé sur lui ce papier taché, comme c'était le cas, du sang de Field. Il aurait pu se laver les mains, pour suivre le prudent conseil de Marie, mais jamais il n'aurait pu enlever le sang de cette feuille de papier, et s'il avait été arrêté en la portant sur lui...

— Où était-elle, Frank ?

— Dans le talon de sa botte droite, répondit-il en riant. Il devait savoir qu'il risquait sa peau en la gardant sur lui, mais il n'y avait pas un être au monde à qui il l'eût confiée. Et maintenant, il va partir ramasser son magot. Bien mal acquis ne semble guère profiter. Et ce trésor particulier a laissé derrière lui les habituelles traînées de sang.

Miss Silver cita un auteur beaucoup plus ancien que son cher lord Tennyson.

Celui qui se hâte de devenir riche ne sera pas innocent.

Frank leva une main et la laissa retomber.

— Ah ! Salomon était un malin ! dit-il. Et maintenant, si nous parlions de vous. Restez-vous ici ou rentrez-vous à Londres ?

— Je vais retourner à Sea View pendant quelques jours. Miss Anning a réussi à trouver quelqu'un pour la seconder provisoirement, une femme charmante qui a travaillé pour les Anning pendant quelques années avant son mariage, et je pense qu'elle sera contente de m'avoir là-bas, même si la compagnie de Mrs. Anning, maintenant qu'elle va beaucoup mieux, ne saurait lui être que plus agréable.

— Je crains que cette histoire n'ait pour elle des répercussions financières désastreuses.

— Dans une certaine mesure, c'est inévitable. Mais elle a un certain nombre de réservations pour le mois de septembre, sur lesquelles elle espère que ces événements n'influeront pas. Il y a les trois sœurs Margetson qui viennent tous les ans passer le mois entier. Elle les a appelées, et elles n'envisagent pas de modifier leurs plans. Il y a également un couple d'amis à elles, les Bunting, auquel elles ont recommandé Sea View, et qui sont peu susceptibles de changer d'avis. J'espère ainsi que miss Anning ne pâtira pas trop de cette triste affaire.

Frank Abbott, confortablement installé dans son fauteuil, fit remarquer qu'elle pouvait s'estimer heureuse de s'en tirer à si bon compte.

— J'espère qu'elle sait que si vous n'aviez pas été là, elle aurait été arrêtée avant que lady Castelton abatte son jeu. Mais comment diable en êtes-vous venue à la soupçonner ? Je me pose vraiment la question.

— Les somnifères, répondit miss Silver. Quand j'ai appris que non seulement elle les avait pris en présence de Mrs. Hardwick, mais qu'elle lui avait également demandé de jeter un coup d'œil dans sa chambre pour s'assurer qu'elle dormait, l'idée d'un alibi soigneusement préparé s'est présentée à mon esprit. Tout cela ne s'accordait pas avec la personnalité de lady Castelton, sûre d'elle et indépendante. De là j'ai étudié ses relations avec les autres habitants de la maison. Elle était belle, douée et célèbre, mais elle ne paraissait pas inspirer d'affection. Elle les connaissait tous depuis très longtemps. Elle était liée à Mrs. Field par une vieille amitié, mais ce lien paraissait plus dû à l'habitude qu'à autre chose. Son mariage semblait avoir été singulièrement dépourvu de passion. Mrs. Trevor m'a confié que la seule personne à qui elle avait véritablement été attachée avait été sa jeune sœur, Irene, morte noyée il y a dix ans. Il m'a semblé que l'impression géné-

rale était qu'elle n'en faisait qu'à sa tête. Une de ces femmes dominatrices qui ne se laissent pas détourner du but qu'elles poursuivent. En fait, une personne sur laquelle il était extrêmement dangereux d'exercer un chantage.

— Mais vous ne saviez pas qu'on la faisait chanter.

— Cela m'est très vite apparu. Mrs. Field m'a beaucoup parlé. Il était clair que son beau-fils avait essayé de lui soutirer de l'argent. Elle ne m'a pas dit que les lettres qu'il menaçait de faire publier mettaient en cause la jeune sœur de lady Castelton. Elle m'a simplement dit que les jeunes filles avaient toujours couru après son mari, et qu'il était trop gentil pour les repousser. Elle m'a dit qu'il y en avait une en particulier qui s'était conduite de manière particulièrement stupide, et que cette histoire était extrêmement navrante parce qu'elle s'était noyée en se baignant, mais qu'elle avait, sans doute, été prise de crampes. C'est Mrs. Trevor qui a fait le lien quand elle m'a parlé de la dévotion de lady Castelton pour une sœur qui avait connu ce destin tragique. Il est rétrospectivement difficile de se souvenir de toutes les petites choses qui s'ajoutent les unes aux autres pour confirmer les soupçons. Si les lettres dont m'avait parlé Mrs. Field étaient aussi importantes aux yeux de lady Castelton, Alan Field aurait-il négligé cette possibilité supplémentaire de chantage ? Était-elle femme à se soumettre à une telle pression ou à laisser souiller la mémoire de sa sœur ? J'étais sûre que non. En poursuivant mes observations, j'ai découvert quelque chose de fort intéressant. Tout le monde dans la maison montrait des signes de tension de plus en plus forte. Pippa Maybury approchait du point de rupture. Mais lady Castelton, dont j'avais appris qu'elle avait souffert de fortes migraines le mardi et le mercredi et avait été obligée de monter se coucher de bonne heure et de prendre des somnifères, paraissait maintenant en parfaite santé. Derrière son attitude posée, je sentais quelque chose

qu'il est difficile de nommer. Le mot triomphe est peut-être trop fort... satisfaction n'est pas tout à fait exact. Il s'agissait plutôt d'une sorte de profond contentement. Cela devenait de plus en plus fort, et finalement, cela m'a profondément alarmée... » Elle s'interrompit avec un petit sourire et ajouta : « Vous voyez, tout cela est très simple. »

Il éclata de rire.

— C'est toujours simple avec vous ! Comme je vous l'ai dit au début, bien des gens peuvent se réjouir que vous ayez trouvé cela simple. Hardwick aurait pu continuer à se taire...

Miss Silver secoua la tête.

— Il n'aurait pas laissé arrêter une innocente.

— Oh, vous savez, la belle Adela avait bien des atouts — une vieille amie de la famille — elle était sous son toit — un Personnage, avec un grand P. Et contre tout cela, qu'y avait-il, quand on y réfléchissait bien ? Rien d'autre que des soupçons. Elle aurait pu nous sortir la même histoire que Pippa Maybury... nous dire qu'elle avait un rendez-vous avec Alan et qu'elle l'avait trouvé mort. En fait, je n'arrive pas à comprendre pourquoi elle ne l'a pas fait.

Miss Silver toussota.

— Oh, mais jamais elle n'aurait fait cela.

— Pourquoi pas ?

— Jamais elle n'aurait accepté de reconnaître cela. Vous devez vous souvenir qu'elle était, comme vous l'avez dit vous-même, un personnage. D'une manière ou d'une autre son nom était connu du public depuis une trentaine d'années, et jamais rien n'avait terni sa réputation. Elle avait une bonne dose de fierté aristocratique, et je suis sûre qu'elle aurait préféré la mort, ou celle de quelqu'un d'autre, à la supposition d'avoir donné un rendez-vous secret à Mr. Field. Et cela m'évoque les vers bien connus dans lesquels lord Tennyson, parlant de sir Lancelot, dit :

L'honneur enraciné au fond du déshonneur
Et la fidélité profondément honnête.

» Les circonstances, bien entendu, ne sont pas les mêmes, mais il y a une certaine similitude que je trouve suggestive.

Il la regarda à travers ses paupières mi-closes. C'était bien là Maudie. Le modèle victorien appliqué. La morale tirée. Une pénétrante analyse de caractère. Le tout servi avec l'indispensable garniture tennysonienne. Son respect pour elle était immense, son plaisir intarissable. Il se jeta à ses pieds et lui baisa la main.

— Madame, votre tout dévoué ! A notre prochain crime !

Elle le regarda avec un mélange d'affection et de reproche.

— Mon cher Frank !

ACHEVÉ D'IMPRIMER SUR LES PRESSES
DE COX & WYMAN LTD. (ANGLETERRE)

N° d'édition : 2375
Dépôt légal : mars 1994
Imprimé en Angleterre